国家古籍整理出版
专项资助项目

中国古典文学
读本丛书典藏

柳永词选注

张惠民　张进　选注

人民文学出版社

图书在版编目（CIP）数据

柳永词选注/张惠民，张进选注. —北京：人民文学出版社，2017（2023.7重印）
（中国古典文学读本丛书典藏）
ISBN 978-7-02-012473-2

Ⅰ.①柳… Ⅱ.①张…②张… Ⅲ.①宋词—注释 Ⅳ.①I222.844

中国版本图书馆CIP数据核字（2017）第038874号

责任编辑　李　俊
装帧设计　陶　雷
责任印制　张　娜

出版发行　人民文学出版社
社　　址　北京市朝内大街166号
邮政编码　100705

印　　刷　三河市鑫金马印装有限公司
经　　销　全国新华书店等

字　　数　195千字
开　　本　880毫米×1230毫米　1/32
印　　张　7.875　插页3
印　　数　8001—10000
版　　次　2007年6月北京第1版
印　　次　2023年7月第3次印刷

书　　号　978-7-02-012473-2
定　　价　29.00元

如有印装质量问题,请与本社图书销售中心调换。电话:010-65233595

目　录

前言　1

黄莺儿(园林晴昼春谁主)　1
玉女摇仙佩(飞琼伴侣)　2
雪梅香(景萧索)　4
尾犯(夜雨滴空阶)　5
早梅芳(海霞红)　7
斗百花(飒飒霜飘鸳瓦)　9
斗百花(煦色韶光明媚)　11
甘草子(秋暮)　12
甘草子(秋尽)　13
送征衣(过韶阳)　14
昼夜乐(洞房记得初相遇)　17
昼夜乐(秀香家住桃花径)　18
柳腰轻(英英妙舞腰肢软)　20
倾杯乐(禁漏花深)　22
笛家弄(花发西园)　24
倾杯乐(皓月初圆)　26
迎新春(嶰管变青律)　27
曲玉管(陇首云飞)　29
满朝欢(花隔铜壶)　31
梦还京(夜来匆匆饮散)　32

凤衔杯(有美瑶卿能染翰) 33
凤衔杯(追悔当初孤深愿) 34
鹤冲天(闲窗漏永) 35
受恩深(雅致装庭宇) 36
看花回(屈指劳生百岁期) 38
看花回(玉城金阶舞舜干) 39
柳初新(东郊向晓星杓亚) 40
女冠子(断云残雨) 42
玉楼春(皇都今夕知何夕) 43
惜春郎(玉肌琼艳新妆饰) 44
传花枝(平生自负) 45
雨霖铃(寒蝉凄切) 47
定风波(伫立长堤) 48
尉迟杯(宠佳丽) 50
征部乐(雅欢幽会) 51
佳人醉(暮景萧萧雨霁) 52
迷仙引(才过笄年) 53
御街行(前时小饮春庭院) 54
归朝欢(别岸扁舟三两只) 55
采莲令(月华收) 57
婆罗门令(昨宵里) 58
法曲献仙音(追想秦楼心事) 59
西平乐(尽日凭高目) 60
凤栖梧(帘内清歌帘外宴) 62
凤栖梧(独倚危楼风细细) 63
法曲第二(青翼传情) 64

秋蕊香引(留不得) 65

一寸金(井络天开) 66

永遇乐(天阁英游) 69

卜算子(江枫渐老) 72

浪淘沙(梦觉) 74

夏云峰(宴堂深) 75

浪淘沙令(有个人人) 77

荔枝香(甚处寻芳赏翠) 78

倾杯(离宴殷勤) 79

破阵乐(露花倒影) 81

双声子(晚天萧索) 83

阳台路(楚天晚) 85

内家娇(煦景朝升) 86

二郎神(炎光谢) 88

醉蓬莱(渐亭皋叶下) 89

锦堂春(坠髻慵梳) 92

定风波(自春来) 93

诉衷情近(雨晴气爽) 94

诉衷情近(景阑昼永) 95

留客住(偶登眺) 96

凤归云(恋帝里) 97

抛毬乐(晓来天气浓淡) 99

集贤宾(小楼深巷狂游遍) 101

䤰人娇(当日相逢) 103

思归乐(天幕清和堪宴聚) 104

应天长(残蝉渐绝) 105

3

少年游(长安古道马迟迟)　107
少年游(参差烟树灞陵桥)　108
少年游(世间尤物意中人)　109
少年游(一生赢得是凄凉)　110
长相思(画鼓喧街)　111
尾犯(晴烟幂幂)　113
木兰花(心娘自小能歌舞)　114
木兰花(佳娘捧板花钿簇)　115
木兰花(虫娘举措皆温润)　116
木兰花(酥娘一搦腰肢袅)　117
驻马听(凤枕鸾帷)　118
戚氏(晚秋天)　120
轮台子(一枕清宵好梦)　122
引驾行(虹收残雨)　123
望远行(绣帏睡起)　124
彩云归(蘅皋向晚舣轻航)　126
离别难(花谢水流倏忽)　127
击梧桐(香靥深深)　129
夜半乐(冻云黯淡天气)　130
祭天神(叹笑筵歌席轻抛亸)　133
过涧歇近(淮楚)　134
安公子(长川波潋滟)　135
菊花新(欲掩香帏论缱绻)　137
过涧歇近(酒醒)　137
轮台子(雾敛澄江)　139
望汉月(明月明月明月)　140

4

燕归梁(织锦裁编写意深) 141

八六子(如花貌) 142

长寿乐(尤红殢翠) 143

望海潮(东南形胜) 145

如鱼水(轻霭浮空) 147

如鱼水(帝里疏散) 148

玉蝴蝶(望处雨收云断) 150

玉蝴蝶(渐觉芳郊明媚) 151

玉蝴蝶(是处小街斜巷) 154

玉蝴蝶(误入平康小巷) 155

玉蝴蝶(淡荡素商行暮) 157

满江红(暮雨初收) 158

满江红(访雨寻云) 160

满江红(匹马驱驱) 161

洞仙歌(乘兴) 162

引驾行(红尘紫陌) 164

望远行(长空降瑞) 166

八声甘州(对潇潇) 168

竹马子(登孤垒荒凉) 169

小镇西犯(水乡初禁火) 171

迷神引(一叶扁舟轻帆卷) 172

剔银灯(何事春工用意) 173

临江仙(鸣珂碎撼都门晓) 174

凤归云(向深秋) 175

女冠子(淡烟飘薄) 177

玉山枕(骤雨新霁) 179

5

木兰花令(有个人人真攀羡) 181

甘州令(冻云深) 182

西施(苎萝妖艳世难偕) 183

西施(自从回步百花桥) 184

河传(淮岸) 185

郭郎儿近(帝里) 186

透碧宵(月华边) 187

木兰花慢(倚危楼伫立) 189

木兰花慢(拆桐花烂漫) 191

木兰花慢(古繁华茂苑) 193

临江仙引(上国) 195

瑞鹧鸪(宝髻瑶簪) 196

忆帝京(薄衾小枕天气) 197

塞孤(一声鸡) 198

瑞鹧鸪(天将奇艳与寒梅) 200

瑞鹧鸪(全吴嘉会古风流) 201

安公子(远岸收残雨) 202

长寿乐(繁红嫩翠) 204

倾杯(水乡天气) 205

倾杯(金风淡荡) 206

倾杯(鹜落霜洲) 208

鹤冲天(黄金榜上) 209

木兰花(剪裁用尽春工意) 211

倾杯乐(楼锁轻烟) 212

瑞鹧鸪(吹破残烟入夜风) 214

梁州令(梦觉纱窗晓) 215

夜半乐(艳阳天气) 216

爪茉莉(每到秋来) 218

十二时(晚晴初) 219

柳永词评辑要 221

前　言

一

　　柳永为宋代词坛名家,其词影响甚大,流传极广,以致"凡有井水饮处,即能歌柳词"①。但因《宋史》无传,对于柳永的家世生平事迹,研究者主要根据宋人笔记、文集和一些地方志及其本人的作品加以考订。现撮其要者略述如下。

　　柳永,初名三变,字景庄,后改名永,字耆卿,排行第七,福建崇安人。大约生于宋太宗雍熙四年(987),卒于仁宗皇祐五年(1053)②。祖父柳崇以儒学著于州里。父柳宜曾仕南唐任监察御史,入宋后,登进士第,仕至工部侍郎。柳永有叔父五人,有兄二人,皆有科第功名于时。柳永出生于这样一个有着深厚儒学传统的仕宦之家,决定了他一生必然走科举入仕的道路。

　　柳永的一生,大致可分为四个时期:

　　(一)家乡举业时期。文献中有关此一时期的记载很少。从他超群的文学修养和音乐才能来看,他在少年时期就应是勤于读书的,并且学习过音乐。他早年曾著有《劝学文》一篇。据说他偶得宋无名氏《眉峰碧》一词,便题写于壁,终于悟出作词的章法③。由于环境的影响和熏陶,柳永自然饱学儒家诗书,热衷功名仕进。他在家乡习成举业后,便赴

---

① 叶梦得《避暑录话》卷三,台版文渊阁《四库全书》本。
② 唐圭璋《柳永事迹新证》,《文学研究》1957年第3期。收入唐圭璋《词学论丛》。此后又有诸多学者探讨,在尚无可靠证据之时,学界大致同意唐先生意见。
③ 清沈雄《古今词话·词辨》,唐圭璋《词话丛编》,中华书局,1986年版。

京参加科考。从他后来词中有"追悔当初,绣阁话别太容易"(《梦还京》)、"绣阁轻抛,锦字难逢。……算孟光,争得知我、继日添憔悴"(《定风波》)等语看,可能此时他已娶妻。

(二)京都疏狂时期。柳永一到汴京,立刻被歌舞升平、触处繁华的景象所吸引。京都到处是歌楼妓馆、勾栏瓦舍,"歌声巧笑于柳陌花衢,按管调弦于茶坊酒肆"①,他疏狂浪漫的天性和精通音乐的才能被逗引起来。他既要应对科考,又难违秉性与天赋,这就形成了极大的矛盾。尽管他自恃才高,以为"临轩亲试,对天颜咫尺,定然魁甲登高第"(《长寿乐》),但首次赴闱便落了第。他写下《鹤冲天》词:"黄金榜上,偶失龙头望。……才子词人,自是白衣卿相。……忍把浮名,换了浅斟低唱。"谁料此词被仁宗皇帝闻知后大为不满,在柳永又一次考试时,"及临轩放榜,特落之,曰:'且去浅斟低唱,何要浮名!'"②柳永在遭受接二连三的打击后,遂"日与狎子纵游娼馆酒楼间,无复检约,自称云:'奉圣旨填词柳三变。'"③这期间,柳永与歌妓乐工相处,填制了大量俗词。叶梦得《避暑录话》卷三载:"永为举子时,多游狭邪,善为歌辞,教坊乐工,每得新腔,必求永为辞,始行于世。"

(三)东西漫游时期。柳永虽流连坊曲,但功名蹭蹬,无所寄托,一个时期,他离开京都,向东——去江南一带,和向西——去长安一带漫游。他的足迹到过苏州、扬州、杭州、会稽、长安等繁华都市,《双声子》、《夜半乐》、《少年游》等都是他此时期的作品。他一方面沿途览景,描绘出这些地方的山川风物;一方面伤叹羁旅行役,思念京都与故人。而最为伤感的是,光阴逝去,体衰多病,"恁驱驱、何时是了"(《轮台子》)。他终于在无路可走的情况下,又回到京都,再度参加科举。

---

① 宋孟元老《东京梦华录》,《四库全书》本。
② 宋吴曾《能改斋漫录》卷一六,《四库全书》本。
③ 宋胡仔《苕溪渔隐丛话》卷三九引《艺苑雌黄》,人民文学出版社,1984年版。

(四)入仕为宦时期。柳永于景祐元年(1034)及第,此时他已年近半百,可谓"及第已老"①。入仕后,他任过睦州(今浙江建德)团练使推官,昌国县(今浙江定海)晓峰盐场盐监,馀杭(今浙江馀杭)令、灵台(今属甘肃)令、华阴(属陕西)令等小官②,最后入调回京,仕至屯田员外郎,属于从六品,在宋词名家中他是官阶最低的。柳永虽然青年时期以浪子词人的形象出现,但入仕后,他勤于职守,关心民瘼,《嘉庆馀杭县志》卷二十一说他"抚民清净,安于无事,百姓爱之",倒是以一个有政绩的名宦而被载入地方志。可惜他做的都是些小官,仕途的多蹇,身体的多病,加上外任官"三年一易"的游宦生活,使他疲于奔波,"识尽宦游滋味",至死景况仍很凄凉。关于柳永的死地和葬地,说法不一。一般认为死于润州(今江苏镇江)僧寺,许多年后,改葬于丹徒(今江苏丹徒)的北固山下③。

二

柳永是第一个专心致力于歌词创作的词人,他以"一生精力在是"④,其毁誉荣枯皆与词息息相关。他用词发挥自己的才能与天赋,用词抒写自己的情感与遭际,也用词记录见闻感受甚至作为交游谋生的手段。因此,比之唐五代与北宋初期的词,柳词在内容上便有了很大的开拓。他的词,不再仅仅用以佐酒助兴,也不再囿于狭小的生活圈子,而是面向更广阔的天地,都市风光、湖山胜景、羁旅行役、咏物怀古、祝颂投

---

① 清宋翔凤《乐府馀论》,《词话丛编》本。
② 参见孙望、常国武《宋代文学史》,人民文学出版社,1996年版。
③ 据《避暑录话》卷三与明万历《镇江府志》卷三六。后者转引自唐圭璋《柳永事迹新证》。
④ 清宋翔凤《乐府馀论》,《词话丛编》本。

赠、游宴赠妓、相思离别、悼亡游仙……在柳词中无所不有。柳词现存二百一十二首,另有三首集外词为明人小说所假托①。将这些词粗略归类,则描绘都市繁华、节日盛况及祝颂投赠之词约三十首,羁旅行役之词约七十首,男女情事及赠妓之词八十多首,游冶饮宴及其他内容的约三十首。

  柳永生活和创作的时段主要在北宋真宗和仁宗两朝,正值"盛明"之世。柳永以他的耳目感受尽情描绘了当日物阜民康、朝野多欢的升平气象。如写帝都的壮丽祥瑞:"帝居壮丽,皇家熙盛"、"太平时、朝野多欢。遍锦街香陌,钧天歌吹,阆苑神仙"(《透碧霄》);写都市的繁华富庶:"烟柳画桥,风帘翠幕,参差十万人家"、"市列珠玑,户盈罗绮竞豪奢"(《望海潮》);写人们的游冶行乐:"是处楼台,朱门院落,弦管新声腾沸。恣游人,无限驰骤,娇马车如水。竞寻芳选胜"(《长寿乐》);写佳节的热闹场面:"列华灯、千门万户。遍九陌、罗绮香风微度。十里然绛树。鳌山耸、喧天箫鼓"(《迎新春》)……这些描写,虽不免有歌功颂德、粉饰太平之嫌,却也比较写实地描绘出了一幅社会安定、经济繁荣、朝野同欢的都市生活风俗画卷。北宋黄裳曾感之曰:"予观柳氏乐章,喜其能道嘉祐中太平气象,如观杜甫诗,典雅文华,无所不有。……令人歌柳词,闻其声,听其词,如丁斯时,使人慨然所感。"②李之仪称柳词"形容盛明,千载如逢当日"③。比柳永略后的朝中重臣范镇亦曾叹曰:"仁宗四十二年太平,镇在翰苑十馀载,不能出一语歌咏,乃于耆卿词见之。"④这些评论,皆指出柳永以词纪实、以词颂美的特点。其立足点,正是儒家礼乐文明与政相通的思想,即所谓"治世之音安以乐,其政和"。柳词描写盛世

---

① 据唐圭璋《全宋词》,中华书局,1965年版。
② 黄裳《演山集》卷三五《书乐章集后》,《四库全书》本。
③ 李之仪《姑溪居士文集》卷四○《跋吴思道小词》,《四库全书》本。
④ 宋祝穆《方舆胜览》卷十。《四库全书》本。

气象的客观性使其词在一定程度上具有反映现实的作用,从这个意义上说,黄裳以柳词比之杜诗,不无一定道理。

前人谓柳词"尤工于羁旅行役"①。如前所述,柳永曾于一段时期东西漫游,入仕后又常任一些流转各地的小官,故词多抒写羁旅的穷愁与行役的劳顿。这些词,因是写词人的亲身经历切身体验,故感情真挚而饱满。又因与所行之地的山川景物风土人情相融合,故觉境界开阔,物态丰妍,气象万千。而尤具特色的是,柳永常借日暮秋晚的萧瑟之景,抒写羁旅落拓的感伤之情,并借"悲秋"之宋玉,抒发贫士失职才人迟暮的悲慨,给人以极大的震撼力与艺术感染力②。《雪梅香》、《曲玉管》、《玉蝴蝶》、《戚氏》等都属于这类作品。

闺情词为数最多,或赠妓,或代女子抒发闺怨,或写词人自己的离别相思。柳永在这些词中,第一,热情描写和赞美了那些色艺出众、品流详雅的风尘女子,如《柳腰轻》、《凤栖梧》、《少年游》等。第二,抒写了男女之间真诚的爱恋,既有女子的刻骨相思,亦有男子的真心痴情,从中表达了青年男女对爱情的追求,也表达了词人的爱情理想。如"衣带渐宽终不悔,为伊消得人憔悴"(《凤栖梧》);"美人才子,合是相知"(《玉蝴蝶》)。第三,着力刻画下层妇女的境遇,尤对她们的不幸遭遇寄予深切的同情。如《斗百花》写思妇的寂寞悲苦;《迷仙引》写歌妓的渴望从良;《离别难》、《秋蕊香引》二首悼女子的青春早逝。"一生赢得是凄凉",则是对女子命运的一个总概括,表现了柳永对妇女的理解、尊重与同情,不乏平等思想与人道主义。这反映了当时新兴市民阶层进步思想意识对他的影响。当然,闺情词中也杂有平庸露骨的色情描写,这是毋庸讳言的。

值得特别提出的是,柳永在许多羁旅闺情游冶词中,经常表现出对

---

① 宋陈振孙《直斋书录题解》卷二一,《四库全书》本。
② 参见叶嘉莹《唐宋词名家论稿·论柳永词》,河北教育出版社,1997年。

5

功名利禄的鄙弃。对此,论者历来抑扬不一。我们认为,说柳永一贯蔑视权贵、鄙视功名或一贯追求利禄、追求享乐,都未为切当。柳永对功名的态度,实际经历了热衷向往——调侃放浪——竭力进取——感伤厌倦四个阶段。他青少年时期热衷功名,向往通过科举仕进以实现自己的用世之心、兼济之志,走的是古代知识分子实现人生价值的理想道路,这无可厚非。但他浪漫疏狂的性格和善为歌词的天赋,却使他没有以严肃认真的态度去追求自己的目标(话说回来,如果他严肃认真地去求取功名,就不会有他对词的贡献。历史的辩证法就是如此)。在遭受挫折后,他虽对功名表示蔑视,但不过是落第举子一时的愤激解嘲之语。"富贵岂由人,时会高志须酬"(《如鱼水》)。他一方面以调侃放浪的态度处之,一方面又期待时来运转一酬壮志。释褐后的柳永,竭力进取,不无政绩,虽也曾干谒权贵、歌功颂德,但风气处境使然,不可求全责备。只有在饱经仕途的坎坷、身体的多病与游宦生活的艰辛之后,柳永对功名利禄的怀疑与否定才具有了真正的意味:"驱驱行役,苒苒光阴,蝇头利禄,蜗角功名,毕竟成何事,漫相高"(《凤归云》);"念浮生、不满百。虽照人轩冕,润屋珠金,于身何益。一种劳心力。图利禄,殆非长策"(《尾犯》);"红颜成白发,极品何为"(《看花回》);"名缰利锁,虚费光阴"(《夏云峰》),……这种怀疑和否定是伴随着人生价值的思考而展开的。他开始认识到,在人短暂的一生中,功名利禄不过是一种"虚费光阴"、徒"劳心力"、"于身无益"的东西,现实生活才是实实在在须当把握的。由此,他追忆过去未名未禄时自由自在尽情尽意的生活。应该说,柳永此时对昔日享乐生活的怀恋,不仅仅是作为一种单纯的感官享受来追求,而是上升到一种人生意识的高度,具有一种与现实作比照的"符号"意义。他对功名利禄的感伤厌倦情绪,体现了一种人生价值追求的失落感,其中既有不被社会见容见用的政治伦理价值的失落,也有个性不得舒展张扬的人生价值的失落,更有老大伤悲的生命本体价值的失落。由于这种失落感是在人生各种价值被毁灭之后所产生出来的,不乏悲剧色彩。它在不得志的知识分子和下层群众中最易引起同情和共鸣,这也是柳词(特别是那些羁旅行役之词)为人喜爱的一个重要原因。

三

柳永对词的突出贡献是大量创作慢词,变旧声作新声,以"赋法"入词,铺叙展衍,或情景交融,或明白家常,具有雅俗相兼的审美特征。

(一)关于慢词

词由唐兴起而至北宋初期,歌者日多,制作益繁。然一般文人士大夫因不甚熟通音律,仍习于专工单调小令,以其尚含蓄,又与诗之作法相近之故。自唐中叶渐有慢词以来,仅流行于教坊或里巷间。柳永既出入坊曲,与乐工歌妓频繁交往,尤精于音律,善为歌辞,便肆其笔力,大量制作长调慢词,又"变旧声作新声"①,遂使慢词长调,"始大行于士大夫间"②,以致后来的大词家无有不受其笼罩者。据龙榆生先生统计,"今所传《乐章集》及《续添曲子》(彊村丛书本),凡用十七宫调,一百五十三曲。或同一曲名,而别入数宫调,而大部为长调慢词。其为依新腔而制之作品,必居多数。"③可知柳永对词体之开拓与演进实有大功。

(二)关于"赋"法

柳永既大量制作长调慢词,在写法上,自然不同于以往含蓄凝练的小令。他除了在"慢词的成型过程中引入了律诗的构成法"④外,更为突出的是采取了"以赋为词"的作法。近人蔡嵩云指出:"周(邦彦)词

---

① 宋李清照《词论》,宋魏庆之《魏庆之词话》引,《词话丛编》本。
②③ 龙榆生《龙榆生词学论文集·词体之演进》,上海古籍出版社,1997年版。
④ [日]宇野直人《柳永论稿·柳永怀古词的构成意识》,上海古籍出版社,1998年版。

渊源,全从柳出。其写情用赋笔,纯是屯田家法。"①夏敬观亦谓柳词"用六朝小品文赋作法,层层铺叙,情景交融,一笔到底,始终不懈。"②可见探讨"赋法"是把握"屯田家法"之关键。

所谓"赋",一是指诗歌的一种表现手法,即"诗六义"中的"赋、比、兴";一是指有别于诗、骚的一种文体,所谓"不歌而诵谓之赋"③。赋作为表现手法,不假他物,"直书其事"④,包含了"直说"与"叙事"两个要素;作为文体,则"铺采摛文,体物写志"⑤,重在铺陈华采,通过描绘景物,抒写作者的情志,如两汉铺张扬厉的大赋与六朝写景抒情的小赋。柳词善用赋法,正是将以上两重意思引入词中:

1、善于吸收汉大赋铺采摛文之法。柳永在那些描写皇宫富丽、都市繁华以及投献帝王达官的词中,不仅套用了班固《西都赋》、张衡《西京赋》等大赋中的辞藻,如"中天华阙"、"都门十二"、"玉阶彤庭"、"金茎承露"等,而且吸收了大赋铺张扬厉的文法,极尽铺排、夸张之能事,写尽雍容富丽之气象与繁华富庶之物态,所谓"铺叙展衍,备足无馀"⑥、"承平气象,形容曲尽"⑦。

2、善于吸收宋玉辞赋及六朝小品文赋写景抒情情景交融之作法。细读柳词,可以明显见出宋玉《九辩》、《高唐赋》、《风赋》、《登徒子好色赋》,曹植《洛神赋》,潘岳《秋兴赋》,陆机《叹逝赋》,江淹《别赋》,谢惠连《雪赋》,以及王羲之《兰亭集序》等抒情文对其词的影响。主要表

---

① 蔡嵩云《柯亭论词》,《词话丛编》本。
② 夏敬观《手评乐章集》,转引自龙榆生《唐宋名家词选》,上海古籍出版社,1980年版。
③ 班固《汉书·艺文志》。
④ 钟嵘《诗品·序》,清何文焕《历代诗话》本,中华书局,1981年版。
⑤ 刘勰《文心雕龙·诠赋》。
⑥ 李之仪《姑溪居士文集》卷四〇《跋吴思道小词》,《四库全书》本。
⑦ 宋陈振孙《直斋书录题解》卷二一,《四库全书》本。

现在:其一,深受这些辞赋写景抒情的熏染。故在柳词,不但长于摹景,尤能情景交融,创造出婉曲层深之意境;其二,在章法结构上得其精神。如柳词中许多以晚秋悲景抒写羁旅悲情的结构模式,显然来自宋玉的《九辩》与潘岳的《秋兴赋》等;而触景生情、由乐而悲的结构模式,当取法于王羲之《兰亭集序》等。

3、善于在语言上吸收辞赋骈偶与用典的特点。柳词多用四六骈偶句式与排比句式,两两相形,整饬工致,雅丽流美,极富表现力。如"重湖叠巘清嘉。有三秋桂子,十里荷花。羌管弄晴,菱歌泛夜,嬉嬉钓叟莲娃"(《望海潮》);"江枫渐老,汀蕙半凋,满目败红衰翠"(《卜算子》)。柳词中还大量引用了汉魏六朝辞赋、《世说新语》以及经史、诗文中的语典事典。郑文焯谓之"非深于文章,贯串百家,不能识其流别"[1]。前引黄裳也说:"典雅文华,无所不有。"词之用事用典,柳词恐怕是始作俑者。

4、善于吸收"赋"的"直书其事"的表现手法。前人曾指出,"柳词总以平叙见长"[2],"其铺叙委婉,言近意远,森秀幽淡之趣在骨"[3],"耆卿多平铺直叙"[4],等等。这正说明,柳词之铺叙,具备了"赋"作为表现手法所包含的"直说"与"叙事"两个要素。具体说来,其一是在词的上片写景下片言情的格式中,融入较多的叙事成分,这在柳永以前的词作中是少有的。柳词注意将设景造境与叙事抒情结合起来,特别是在表现羁旅离愁与思旧怀人的词作中,多将眼前之景、过去之事与当下之情打并一体,如此写景、叙事、抒情相融,现在、过去、现在(未来)交织,

---

[1] 郑文焯《与人论词遗札》,转引自龙榆生《唐宋名家词选》。
[2] 清周济《宋四家词选》,《词话丛编》本。
[3] 清周济《介存斋论词杂著》,《词话丛编》本。
[4] 夏敬观《手评乐章集》,转引自龙榆生《唐宋名家词选》,上海古籍出版社,1980年版。

层层铺叙,自然委婉曲折。其二是柳词的铺排叙事,多"平叙"、"直叙","只是直说"①,较少借助比兴,较少寄托。尤其是一些闺情词,往往舍去景物描写,以女子口吻,娓娓叙来,抒写人物内心情感,明白而家常,有直说、说尽,淋漓尽致、不留馀蕴的特点。《锦堂春》《击梧桐》等就是这样的作品。这也正是赋作为表现手法的极好运用。

(三)关于雅俗

柳词风行一时广为传唱,词家对其评论最多的,是指出其"俗"的特点:

> 柳耆卿《乐章集》,世多爱赏该洽,序事闲暇,……惟是浅近卑俗,自成一体,不知书者尤好之。②
>
> (柳词)骫骳从俗,天下咏之。③
>
> 柳之《乐章》,人多称之。然大概非羁旅穷愁之词,则闺门淫媟之语。……彼其所以传名者,直以言多近俗,俗子易悦故也。④
>
> 康伯可、柳耆卿音律甚谐,句法亦多有好处,然未免有鄙俗气。⑤

无论是"从俗"、"近俗",还是"卑俗"、"鄙俗","俗"的确是柳词的一个显著特征。柳词之俗,突出地表现在其语言的通俗易懂,表意的大胆率直,以及浓厚的世俗情味。在作法上,主要吸收汉魏乐府及唐五代民间词的特点。清人宋翔凤《乐府馀论》说:"耆卿失意无俚,流连坊曲,遂

---

① 宋张端义《贵耳集》引项平斋语,《四库全书》本。
② 宋王灼《碧鸡漫志》卷二,《词话丛编》本。
③ 宋陈师道《后山诗话》,何文焕《历代诗话》本。
④ 宋沈义父《乐府指迷》,《词话丛编》本。
⑤ 宋胡仔《苕溪渔隐丛话》卷三九引《艺苑雌黄》,人民文学出版社,1984年版。

尽收俚俗语言,编入词中,以使伎人传习。一时动听,散播四方。"可知柳永以俚俗语入词,一则便于歌妓演习传唱,一则利于广泛传播。这种俚俗语与大胆率直的表意手法相结合,用以表现市井生活世俗情趣,甚至不避讳对色欲的直接描写(如《菊花新》、《尉迟杯》等),使柳词一方面迎合了当时市民阶层追求个性自由、追求享乐生活的精神需求,一方面也与中和雅正的审美原则相偏离,故招致"卑俗"、"鄙俗"、"为风月所使"之类的诟病。

但仅以"俗"字目柳词,则未免偏狭。恰恰是另立豪放词派、与柳分庭抗礼的苏轼,自出手眼,最先为柳词辩正,最先揭橥柳词具有"雅"的审美特征。他说:

> 世言柳耆卿曲俗,非也。如八声甘州云:"霜风凄紧,关河冷落,残照当楼。"此语于诗句不减唐人高处。①

关于柳词之"不减唐人高处",叶嘉莹先生认为正在于其所写兴象之高远阔大,声情之雄深矫健,足以传达一种强大的感发力量。只是其高远之兴象常与儿女之柔情结合在一起来抒写,因此往往使一般人忽略其高远而只见其淫靡了②。苏轼能从世人皆以为尘俗的柳词中发见其高华浑雅之境界,不独在推赏柳氏之一词一语,更在振聋发聩,张扬一种登高望远、举首高歌的逸怀浩气。同时,苏轼之论,对启发人们透过"俗事"、"俗情"以发见柳词之"雅",亦有着不可低估的作用。清人彭孙遹云:"柳七亦自有唐人妙境。今人但从浅俚处求之,遂使金荃、兰畹之音,流入挂枝、黄莺之调,此学柳之过也。"③宋翔凤云:"柳词曲折

---

① 宋赵令畤《侯鲭录》卷七,《四库全书》本。
② 参见叶嘉莹《唐宋词名家论稿·论柳永词》,河北教育出版社,1997年。
③ 清彭孙遹《金粟词话》,《词话丛编》本。

委婉,而中具浑沦之气,虽多俚语,而高处足冠群流,倚声家当尸而祝之。"①近人郑文焯云:"屯田,北宋专家,其高浑处不减清真。长调尤能以沉雄之魄,清劲之气,写奇丽之情,作挥绰之声。"②夏敬观明确指出:"耆卿词,当分雅、俚二类。"③可以说,亦俗亦雅,平处家常俚俗,高处清劲浑雅,这正是柳词所独具的审美特征。

柳永既放笔慢词,善用赋法,雅俗相兼,极富表现力,故对后世词曲之创作影响深远。这一方面表现在对苏轼、黄庭坚、秦观、周邦彦、李清照、吴文英等词坛大家有着不同程度之影响;另一方面,其俗词开金元散曲之先声,尤其是关汉卿等人的散曲创作与柳词有着明显的继承关系。

四

关于柳永《乐章集》的版本,宋陈振孙《直斋书录解题》中谓有《乐章集》三卷,然宋本已不传。今见较早的版本有明毛晋刻《宋六十名家词》本,后有清光绪年间吴重熹石莲庵刻《山左人词》本和民国三年(1914)朱祖谋《彊村丛书》本。再后则有唐圭璋《全宋词》。本书依《全宋词》本。因词之声律既已不传,故不标宫调只标词牌,顺序依旧。选词一百五十余首,约占《乐章集》的四分之三。力求展示柳词全貌,雅俗兼顾,故即使被指摘为淫靡之词者,亦略选一二,并作说明。剔除太净,便不是柳永之词。筛去者为重复或平庸之作。因柳永生平事迹不甚详,不作编年。注释与评析力求准确晓畅。所选之词,清代万树

---

① 清宋翔凤《乐府馀论》,《词话丛编》本。
② 郑文焯《与人论词遗札》,转引自龙榆生《唐宋名家词选》。
③ 夏敬观《手评乐章集》,转引自龙榆生《唐宋名家词选》,上海古籍出版社,1980年版。

《词律》与圣祖敕撰《词谱》中标明为柳永创调或翻新者,予以注明。不当之处,敬请读者批评指正。

二〇〇二年四月

黄莺儿[1]

园林晴昼春谁主[2]。暖律潜催,幽谷暄和[3],黄鹂翩翩,乍迁芳树[4]。观露湿缕金衣,叶映如簧语[5]。晓来枝上绵蛮,似把芳心、深意低诉[6]。　　无据。乍出暖烟来,又趁游蜂去[7]。恣狂踪迹,两两相呼,终朝雾吟风舞[8]。当上苑秾柳时,别馆花深处[9]。此际海燕偏饶,都把韶光与[10]。

〔1〕此首咏黄鹂。春回大地,黄鹂从幽谷飞来移聚芳树。它羽毛美丽,声音动听,自由飞翔。在柳秾花艳之时,与燕子共同为园林增添了几分美丽。全篇铺叙井然,主次分明;又多用拟人手法与动态描写,把黄鹂写得有声有色,栩栩如生。从中领略词人对大自然的热爱之情。

〔2〕园林句:言谁是占尽园林风光的主人。春谁主,宋林逋《点绛唇》词:"金谷年年,乱生春色谁为主。"

〔3〕暖律二句:言春来阳气上升,暗暗催生万物,寒冷的幽谷也变得暖和起来。暖律,指春天的阳气。律,乐律。古人按音阶高低,把相当于现代使用的传统七声音阶分为十二律,又以时令合乐律,以十二律对应十二月,故将春天的阳气或温暖的节候称"暖律"。宋范纯仁《鹧鸪天》词:"腊后春前暖律催,日和风暖欲开梅。"暄和,暖和。

〔4〕翩翩:轻快地飞。乍:刚。迁:迁移,乔迁。《诗经·小雅·伐木》:"伐木丁丁,鸟鸣嘤嘤,出自幽谷,迁于乔木。"

〔5〕观露湿二句:言晨露沾湿了黄鹂美丽的羽毛,翠叶映衬着它宛

转动听的鸣叫声。缕金衣,亦名金缕衣,指以金线为装饰的华丽服装。此处喻黄鹂的羽毛。映,映衬,映照。如簧语,指黄鹂的鸣叫声如音乐般悦耳。簧,乐器中用以发声的片状振动体。《诗经·小雅·巧言》:"巧言如簧。"

〔6〕晓来二句:言黄鹂一清早就在枝上鸣叫,好像在把芳心倾诉。绵蛮,鸟鸣声。《诗经·小雅·绵蛮》:"绵蛮黄鸟,止于丘阿。"

〔7〕无据三句:言黄鹂无拘无束,自由自在,才飞出暖烟,又追逐游蜂。无据,无所凭依,无所拘束。乍,才。暖烟,指春天的烟霭。唐郑谷《曲江春草》诗:"花落江堤簇暖烟,雨馀草色远相连。"趁,逐。

〔8〕恣狂三句:言黄鹂恣情飞翔,呼朋引伴,整日在雾里吟唱风里起舞。恣狂,放纵。

〔9〕当上苑二句:互文。言在园林、别馆柳叶茂密、鲜花盛开之际。当,在。上苑,即禁苑,帝王的园林,此代指所有的园林。秾,草木茂盛。别馆,指别墅或客馆。唐张说《奉和春日幸望春宫应制》诗:"别馆芳菲上苑东,飞花澹荡御筵红。"

〔10〕此际二句:言此时燕子也从遥远的地方飞来,给春光增添了几分美色。海燕,燕子的别称。传说燕子来自海上,故称。饶,犹添,不足而求增益。韶光,美好的时光,常指春光。

玉女摇仙佩[1]

飞琼伴侣,偶别珠宫,未返神仙行缀[2]。取次梳妆,寻常言语,有得几多姝丽[3]。拟把名花比。恐旁人笑我,谈何容易[4]。细思算、奇葩艳卉,惟是深红浅白而已[5]。争如这多情,占得人间,千娇百媚[6]。　须信画堂绣阁,皓月清风,忍把光阴轻弃[7]。自古及今,佳人才子,少得当年双美[8]。且恁相偎依。未消得、怜我多才多艺[9]。愿妳妳、兰心蕙性,枕前言下,表余深意[10]。为盟誓。今生断不孤鸳被[11]。

〔1〕此首写"佳人才子"的爱情。上片写佳人的美丽。不作正面描写,而采用比拟、对比手法。下片写佳人才子的浓情蜜意、山盟海誓。这种"佳人才子"式的结合,无疑是词人的爱情理想。

〔2〕飞琼三句:写佳人之美丽。言她像是仙女的伴侣,偶别仙宫,暂未返回。飞琼,即许飞琼,古代传说中的仙女,西王母侍者。珠宫,仙女居住的宫室。行(háng杭)缀,行列。

〔3〕取次三句:言她即使是随便梳妆,平常言语,便会透出许多俏丽。取次,随便、随意。

〔4〕拟把三句:言我打算用名花比喻她,却怕人笑我俗气。谈何容易,指说起来可并不那么容易。

〔5〕细思算二句:言细思量,那奇艳的花草,不过是颜色艳丽而已。葩(pā琶),花。卉,各种草的总称。

〔6〕争如三句:怎如她多情多意,占尽人间的无限娇媚。争如,怎如。占得,占尽。

〔7〕须信三句:犹言有良辰美景佳人陪伴,怎忍把好时光轻易抛弃。须信,须知。画堂,指华丽的堂舍。绣阁,犹绣房。女子的居室装饰华丽如绣,故称。皓月,犹明月。忍,怎么忍心。

〔8〕自古三句:言从古到今,难得佳人才子双美遇合。当年,指盛壮之年。

3

〔9〕且恁(nèn嫩):就这样。且,犹藉也,就也。恁,这么,这样。偎(wēi威)依,亲热地靠着,紧挨着。消,抵,值,配也。怜,爱。言深情相偎,也未抵得爱我材艺之情更深。

〔10〕愿妳(nǎi乃)妳三句:言愿你心地纯美,我也枕前言下,表达深深的爱意。妳妳,对女子的昵称,犹姐姐。兰心蕙性,比喻女子心性纯美,芳洁高雅。"兰"、"蕙"皆为香草。

〔11〕为盟誓二句:让我俩盟誓,今生永不分开。断,一定,绝对。孤,孤单。指独寝。鸳被,绣有鸳鸯的被子,亦指夫妻共寝的被子。

雪梅香[1]

景萧索,危楼独立面晴空[2]。动悲秋情绪,当时宋玉应同[3]。渔市孤烟袅寒碧,水村残叶舞愁红[4]。楚天阔,浪浸斜阳,千里溶溶[5]。　　临风。想佳丽,别后愁颜,镇敛眉峰[6]。可惜当年,顿乖雨迹云踪[7]。雅态妍姿正欢洽,落花流水忽西东[8]。无憀恨、相思意,尽分付征鸿[9]。

〔1〕此首以登高怀远,抒写悲秋离愁,是柳词中常见的主题。上片写悲秋。引宋玉之典,使悲秋之情绪具有更深厚的文化内涵。它不独是自然景物萧索之悲,同时也包含着怀才不遇、壮志难酬等人生境遇之悲。下片写离愁。先设想佳人思己,再言自己吩咐鸿雁,两面写来,温婉妥帖。全词虽抒发悲愁情绪,却境界开阔,哀而不伤。

〔2〕萧索:萧条冷落。危楼:高楼。面:面对。

〔3〕动悲秋二句:言自己此时引动的悲秋情绪,与当年宋玉的情感

正同。宋玉,战国时楚人,失职贫士,潦倒终身。其《九辩》曰:"悲哉!秋之为气也!萧瑟兮草木摇落而变衰。憭慄兮若在远行,登山临水兮送将归。"故后世诗人在抒发悲秋念远情绪时,常与宋玉相联系。

〔4〕渔市二句:描绘渔市水村的秋景:碧空孤烟袅袅,到处败花残叶。寒碧,给人以清冷感觉的碧色,代指寒凉的碧空。愁红,谓经风雨摧残的花。此指凋零的花瓣。

〔5〕楚天阔三句:描绘远景。碧空寥阔,夕阳映照,千里江水滚滚东流。楚天,古时长江中下游一带属楚国,故用以泛指南方的天空。浸,喻映照。五代牛希济《中兴乐》词:"池塘暖碧浸晴晖,濛濛柳絮轻飞。"溶溶,缓缓流动貌。《楚辞·九叹·逢纷》:"扬流波之潢潢兮,体溶溶而东回。"

〔6〕镇:常,长久。敛:收敛,皱起。

〔7〕顿:突然,一下子。乖:背离。雨迹云踪:雨散云飞,此处形容男女情事的变化。宋玉《高唐赋》载,楚王曾在高唐与一女子共寝,女子自称:"妾在巫山之阳,高丘之阻,旦为朝云,暮为行雨,朝朝暮暮,阳台之下。"后以"云雨"喻男女情事。

〔8〕雅态二句:言正当两情欢愉之时,却像花落水流各分东西。雅态妍姿,形容女子姿态优雅美好。欢洽,欢乐和谐。

〔9〕无憀(liáo 辽)二句:意谓把自己的无憀和相思都写进书信里。无憀,精神无所寄托。分付,同"吩咐",嘱托。征鸿,远飞的大雁,旧有大雁传书之说,后因以"鸿雁"、"雁足"喻书信。

尾犯[1]

夜雨滴空阶,孤馆梦回[2],情绪萧索。一片闲愁,想丹青难貌[3]。渐秋老、蛩声正苦[4],夜将阑、灯花旋落[5]。最无端处,总把良宵,只恁孤眠却[6]。　　佳人应怪我,别后寡信轻诺[7]。记得当初,剪香云为约[8]。甚时向、幽闺深处,按新词、流霞共酌[9]。再同欢笑,肯把金玉珠珍博[10]。

〔1〕此首写孤馆独眠的闲愁。上片从自己入笔,写夜半梦醒的萧索情绪。以"夜雨"、"孤馆"、"蛩声"、"灯花"等烘托环境与心境的冷落和凄凉。下片从佳人设想,写她对自己久别不归的怨怪,以及自己对日后重聚、共享欢乐的期盼。这种抒情结构在柳词中最为常见。

〔2〕梦回:梦醒。

〔3〕一片二句:言内心愁绪难以描画。丹青,红色和青色,为绘画中常用之色。故泛指绘画、作画。唐杜甫《丹青引赠曹将军霸》诗:"丹青不知老将至,富贵于我如浮云。"

〔4〕秋老:指秋尽。蛩(qióng穷)声:蟋蟀的鸣叫声。苦,急。

〔5〕阑:残,尽,晚。旋落:盘旋着落下。

〔6〕无端:没有来由,无缘无故。却:语助词,用于动词之后,无实义。

〔7〕寡信轻诺:不讲信用,忽视了最初的承诺。

〔8〕剪香云:香云,指女人头发。古代情人相别,女子常剪发相赠,故云。

〔9〕按新词:演奏新谱写的词。按,弹奏。流霞:神话传说中的仙酒名。东汉王充《论衡·道虚篇》载,项曼都"好道学仙,委家亡去,三年而返家。问其状,曼都曰:'……有仙人数人将我上天,……口饥欲食,仙人辄饮我以流霞一杯,每饮一杯,数月不饥。'"后借以泛指美酒。共酌:共饮。

〔10〕肯:犹拚。言拚以金玉珠珍博美人之歌酒欢会。

早梅芳[1]

海霞红,山烟翠[2]。故都风景繁华地[3]。谯门画戟,下临万井,金碧楼台相倚[4]。芰荷浦溆,杨柳汀洲[5],映虹桥倒影,兰舟飞棹,游人聚散,一片湖光里[6]。　　汉元侯,自从破虏征蛮,峻陟枢庭贵[7]。筹帷厌久,盛年昼锦,归来吾乡我里[8]。铃斋少讼,宴馆多欢[9],未周星,便恐皇家,图任勋贤,又作登庸计[10]。

〔1〕据薛瑞生先生《乐章集校注》(中华书局,1994年版)考,此词为柳永投献初知杭州的孙沔之作。时间当在皇祐五年(1053)四月至八月间。词的上片描绘杭州的繁华富丽。下片是对孙沔功名、前途的颂美。多处用典,既避免直露,又显示出词人的才学功力。柳词中的投赠词,多是上片写景,下片议论,用事用典,夹叙夹议,由此可略见一斑。

〔2〕山烟:山中弥漫着的雾气。

〔3〕故都句:谓古都杭州风景优美,是繁华之地。

〔4〕谯(qiáo 瞧)门三句:言城门有谯楼画戟,城区地广人稠,亭台楼阁,金碧辉映,高下相倚。谯门,即谯楼,城门上的瞭望楼。画戟(jǐ),古兵器名。因有彩饰,故称画戟。后来常作为仪饰之用。万井,形容城市人烟稠密。井,《说文》:"八家一井。"古时市街,因井而设,也称市井。

〔5〕芰(jì 技)荷二句:言湖边遍植荷花杨柳。芰荷,出水的荷,指荷叶或荷花。《离骚》:"制芰荷以为衣兮,集芙蓉以为裳。"浦溆(xù 序)、汀洲,皆为水边或水边平地。唐王维《三月三日曲江侍宴应制诗》:"画

7

旗摇浦溆,春服满汀洲。"此处套用王维诗句。

〔6〕映虹桥四句:写湖上美景与游人盛况。虹桥,拱桥。兰舟,画船的美称。相传鲁班曾刻木兰树为舟,故称。飞棹(zhào照),船行如飞。棹,船桨,代船。

〔7〕汉元侯三句:以汉元侯战功显赫荣升高位喻孙沔。汉元侯,似指东汉邓禹。他曾助光武帝平定天下,立有大功,封高密侯,谥元侯。峻陟(zhì制),高升。陟,登高。枢庭,政权中枢,内庭。

〔8〕筹帷三句:言厌倦久在军中,壮年便得以衣锦还乡。筹帷,即"运筹帷幄"之意。指军中谋划。《史记·高祖本纪》:"高祖曰:'夫运筹策帷帐之中,决胜于千里之外,吾不如子房。'"昼锦,即"衣绣昼行"、"锦衣行昼"之意。谓富贵须归故里,方显门楣。《三国志·张既传》:"魏过既建,(张既)为尚书,出为雍州刺史。太祖谓既曰:'还君本州,可谓衣绣昼行矣。'"《史记·项羽本纪》:"(项王)曰:'富贵不归故乡,如衣绣夜行,谁知之者!'"以上六句,赞孙沔立功封侯,又正值壮年荣归故里,任行政长官。吾乡我里,指故乡。

〔9〕铃斋二句:言公堂上少诉讼,宴馆里多欢娱,即政和人闲之意。铃斋,古代州郡长官办公的地方。唐韩翃《赠郓州马使君》诗:"他日铃斋内,知君亦赋诗。"

〔10〕未周星四句:言到任不足一年,恐怕又要被朝廷选拔重用。周星,指一年。唐白居易《与刘苏州书》:"去年冬,梦得由礼部郎中集贤学士迁苏州刺史,冰雪塞路,自秦徂吴,……岁月易迈,行复周星。"图任,犹谋任。《尚书·盘庚上》:"亦惟图任旧人共政。"孔传:"先王谋任久老成人,共治其政。"勋贤,有功勋有才能的人。此处谓孙沔知杭有功。登庸,选拔任用。庸,用。语出《尚书·尧典》:"帝曰:'畴咨若时登庸?'"

8

斗百花[1]

飒飒霜飘鸳瓦,翠幕轻寒微透[2],长门深锁悄悄,满庭秋色将晚[3]。眼看菊蕊,重阳泪落如珠,长是淹残粉面[4]。鸾辂音尘远[5]。　　无限幽恨,寄情空殢纨扇[6]。应是帝王,当初怪妾辞辇[7]。陡顿今来,宫中第一妖娆,却道昭阳飞燕[8]。

〔1〕唐沈佺期《凤箫曲》诗云:"飞燕侍寝昭阳殿,班姬饮恨长信宫。"柳永此词也是写班婕仔(亦作婕好)失宠后的幽怨之情。班婕仔,汉雁门郡楼烦班况之女,班彪之姑。成帝时选入后宫,始为少使,俄而大幸,为婕仔。后为赵飞燕所谮,退处东宫,作赋自伤。成帝崩后,充奉园陵。《汉书》有传。此词上片通过环境的描绘,写她的孤寂、冷清和伤悲。下片写她托纨扇以寄幽怨,并对赵飞燕的得宠表示不满。词中观察角度,由室内向外,以表现人物的幽居。叙述口吻,选用第一人称,娓娓道来,如泣如诉。以历史人物为题材,在柳词中并不多见。

〔2〕飒(sà 萨)飒二句:写霜花飘落屋瓦,翠绿的帘幕透进微微的寒气。飒飒,象声词,形容风声。此处指风吹霜花飘落的声音。鸳瓦,成对的瓦。《三国志·周宣传》:"(魏)文帝问宣曰:'吾梦殿屋两瓦堕地,化为双鸳鸯,此何谓也?'"后遂称成对的瓦为鸳鸯瓦,简称鸳瓦。一说屋瓦一俯一仰为鸳鸯瓦。白居易《长恨歌》:"鸳鸯瓦冷霜华重,翡翠衾寒谁与共?"白氏用瓦冷衾寒写唐明皇失去杨贵妃后的冷清寂寞,此处暗用其意,写班姬失宠后的寂寥凄清。

〔3〕长门二句:以宫门深锁,秋色将晚,写班姬之处境,亦暗示其感伤迟暮之心境。长门,即长门宫,原是西汉孝武帝陈皇后罢退后居住的地方。《文选》司马相如《长门赋序》:"孝武皇帝陈皇后,时得幸,颇妒,别在长门宫,愁闷悲思。"后泛指失宠后妃的居处。

〔4〕眼看三句:言眼见重阳时节露滴菊蕊,恰似班姬整日泪落如珠,粉面经泪水浸渍而妆残。淹,浸渍。宋孙光宪《酒泉子》词:"泪淹红,眉敛翠,恨沉沉。"粉面,傅粉的脸。

〔5〕鸾辂(luán lù峦路)句:言天子的鸾驾已离开此地很远。鸾辂,天子所乘之车。

〔6〕幽恨:深藏于心中的怨恨。殢(tì替):迷恋。纨扇:细绢制成的团扇。《玉台新咏》载班婕妤《怨歌行》:"新裂齐纨素,皎洁如霜雪。裁为合欢扇,团团似明月。出入君怀袖,动摇微风发。常恐秋节至,凉飚夺炎热。弃捐箧笥中,恩情中道绝。"诗以纨扇秋凉见捐,隐喻恩情中绝终为所弃的命运。

〔7〕应是二句:自思失宠之原因,应是帝王怪我不愿与他同辇的要求。《汉书·外戚传》:"成帝游于后庭,尝欲与婕妤同辇载。婕妤辞曰:'观古图画,圣贤之君皆有名臣在侧,三代末主乃有嬖女,今欲同辇,得无近似之乎?'上善其言而止。……其后赵飞燕姊弟亦从自微贱兴,逾越礼制,寝盛于前。班婕妤及许皇后皆失宠,稀复进见。"

〔8〕陡顿三句:言不料情况突然变化,后宫中第一妖娆得宠的倒成了昭阳宫中的赵飞燕。陡顿,同"斗顿",突然变化。却,倒,反。赵飞燕,汉成帝后。《汉书·外戚传》:"孝成赵皇后,本长安宫人。学歌舞,号曰飞燕。成帝尝微行出,过阳阿主,作乐。上见飞燕而说之,召入宫,大幸。有女弟复召入,俱为婕妤,贵倾后宫。"昭阳,即昭阳宫。赵飞燕不住昭阳宫,是她妹妹居昭阳宫。因赵飞燕姊妹俱得成帝宠幸,故后世诗人常将昭阳与飞燕联用。

斗百花[1]

煦色韶光明媚[2]。轻霭低笼芳树[3]。池塘浅蘸烟芜,帘幕闲垂风絮[4]。春困厌厌[5],抛掷斗草工夫[6],冷落踏青情绪[7]。终日扃朱户[8]。　　远恨绵绵,淑景迟迟难度[9]。年少傅粉,依前醉眠何处[10]。深院无人,黄昏乍拆秋千,空锁满庭花雨[11]。

〔1〕此首写一位被轻薄少年遗弃了的女子的感伤与哀怨。上片写春困厌厌,无心游玩。以乐景作反衬。下片"年少傅粉"二句点明个中原由:原来是轻薄少年另觅新欢抛弃旧爱。结拍以哀景作象征,暗示了这位女子冷落凄清的命运。清人先著、程洪《词洁辑评》卷三谓此词"匀稳工整,在柳词已是上乘"。

〔2〕煦(xù 续)色:温暖的春色。

〔3〕轻霭(ǎi 矮):淡淡的烟雾。笼:笼罩。

〔4〕池塘二句:具体描写春日景象:远处池边的草丛半没(mò)在水中,屋内帘幕低垂,屋外柳絮飘飞。烟芜,烟雾中的草丛。蘸,没于水中。

〔5〕厌厌(yān 烟):同"恹恹",困倦、无精打采的样子。

〔6〕抛掷:丢弃。斗草:亦称斗百草,一种用草作竞赛的游戏。双方以所采之草的种类多寡和韧性相较量;或以花草的名称相对应,如狗耳草对鸡冠花等。南朝宗懔《荆楚岁时记》载:"五月五日,四民并踏百草,又有斗百草之戏。"唐宋时这种习俗已移至清明前后。

〔7〕踏青:春天到郊野游览,古时自元宵节后至清明节前后有游春

之俗。或以二月二、三月三为踏青节,或以清明节为踏青节。唐孟浩然《大堤行》诗:"岁岁春草生,踏青二三月。"

〔8〕扃(jiōng 炯平声):关门。

〔9〕远恨二句:谓念远伤怀,怅恨绵绵,虽春光明媚犹觉时光难度。绵绵,绵长。淑景,明丽美好的日光。迟迟,阳光温暖、光线充足的样子。《诗经·豳风·七月》:"春日迟迟,采蘩祁祁。"朱熹集传:"迟迟,日长而暄也。"

〔10〕年少二句:谓那曾与我两情相好的人仍旧不知在何处寻欢作乐。年少傅粉,即"傅粉少年",本指三国魏时貌美面白的何晏。南朝宋刘义庆《世说新语·容止》:"何平叔(晏)美姿仪,面至白;魏明帝疑其傅粉。正夏月,与热汤饼。既啖,大汗出,以朱衣自拭,色转皎然。"刘孝标注引《魏略》:"晏性自喜,动静粉帛不去手,行步顾影。"后以"傅粉何郎"或"傅粉少年"代称美男子。此指女主人公的情郎。依前,依旧。

〔11〕乍拆秋千:才拆了秋千。秋千,我国民间传统体育运动。民间习俗,寒食清明时节打秋千,清明过后,则陆续拆掉秋千。锁:封闭。花雨:落花如雨,形容花瓣纷飞。深院三句,暗示春去花落,恰是主人公命运的象征。

甘草子[1]

秋暮。乱洒衰荷,颗颗真珠雨[2]。雨过月华生[3]。冷彻鸳鸯浦[4]。　池上凭阑愁无侣。奈此个、单栖情绪[5]。却傍金笼共鹦鹉,念粉郎言语[6]。

〔1〕此首以女子的口吻诉说独处的孤单情绪。小词清新流畅,语

言风格接近唐五代词。清彭孙遹《金粟词话》谓:"柳耆卿'却傍金笼教鹦鹉,念粉郎言语。'花间之丽句也。"

〔2〕真珠:即珍珠。雨洒落在荷叶上,形成的水珠宛如一颗颗珍珠。

〔3〕月华:月光。

〔4〕冷彻:冷清。彻,同"澈",清澈。鸳鸯浦:鸳鸯栖息的水滨。

〔5〕凭阑:靠着栏杆。奈此个:言如何对付此种光景。此个,犹言如此,这个。单栖:独处。

〔6〕却傍二句:言只得在金笼旁与鹦鹉一起念情郎说的那些话。却,还。傍,靠近。金笼,鸟笼的美称。粉郎,此指情郎。详见《斗百花·煦色韶光明媚》注〔10〕。

甘草子[1]

秋尽。叶剪红绡,砌菊遗金粉[2]。雁字一行来,还有边庭信[3]。　飘散露华清风紧,动翠幕、晓寒犹嫩[4]。中酒残妆慵整顿[5]。聚两眉离恨。

〔1〕此首写闺中女子清晨起来时的满腹离愁。全词感情深挚,哀婉动人。遣词亦较雅丽。

〔2〕秋尽三句:言深秋时节,树叶犹如红色的薄纱剪成,台阶边的黄菊遗落下一层花粉。绡(xiāo 肖),生丝织成的薄纱、薄绢。金粉,黄色的花粉。唐李白《酬殷明佐见赠五云裘歌》:"轻如松花落金粉,浓似锦苔含碧滋。"

〔3〕雁字二句:言大雁排成"一"字飞来,带来了边关征夫的音信。雁字一行,群雁飞行时常排成"一"或"人"字,故称。语出白居易《江楼

晚眺景物鲜奇吟玩成篇寄水部张籍员外》诗:"风翻白浪花千片,雁点青天字一行。"

〔4〕飘散二句:言清风吹散露水,掀动翠帘,使人感觉到了清晨的淡淡寒意。露华,露水。李白《清平调》词:"云想衣裳花想容,春风拂槛露华浓。"嫩,浅淡。

〔5〕中酒:醉酒。残妆:指女子残褪的化妆。慵:懒得。整顿:整理。

送征衣[1]

过韶阳[2]。璇枢电绕,华渚虹流,运应千载会昌[3]。罄寰宇、荐殊祥[4]。吾皇。诞弥月,瑶图缵庆,玉叶腾芳[5]。并景贶、三灵眷祐[6],挺英哲、掩前王[7]。遇年年、嘉节清和,颁率土称觞[8]。　　无间要荒华夏,尽万里、走梯航[9]。彤庭舜张大乐,禹会群方[10]。鹓行[11]。望上国,山呼鳌抃,遥爇炉香[12]。竞就日、瞻云献寿[13],指南山、等无疆[14]。愿巍巍、宝历鸿基,齐天地遥长[15]。

〔1〕此首系为仁宗皇帝的祝寿词。上片赞皇上华诞,下片写朝野同庆。词多用典,如"璇枢电绕"、"华渚虹流"、"舜张大乐"、"禹会群方"、"山呼鳌抃"、"就日瞻云"等等。且多书面语,整饬典雅,颇有雍容富贵之气象。由此可见柳永应制词之特点。

〔2〕韶阳:犹韶华、韶光,指明媚的春光,也言美好的时光。

〔3〕璇枢三句:言仁宗皇帝如同黄帝轩辕氏、帝挚少昊氏、帝颛顼(zhuān xū 专须)高阳氏等一样,感应符瑞而降生,顺应时势,会当兴盛

昌隆。璇枢电绕,指电光绕北斗星。璇枢,星名。北斗第一星为枢,第二星为璇。此处泛指北斗星。《宋书·符瑞志》:"黄帝轩辕氏,母曰附宝,见大电光绕北斗枢星,照郊野,感而孕。二十五月而生黄帝于寿丘。"华渚虹流,谓流星如虹掠过长满花草的小洲。华渚,一说古代传说中的地名。《宋书》同上:"帝挚少昊氏,母曰女节,见星如虹,下流华渚,既而梦接意感,生少昊。"又:"帝颛顼高阳氏,母曰女枢,见瑶光之星,贯月如虹,感己于幽房之宫,生颛顼于若水。"运应千载,谓在千年之后顺应时势。运应,即应运,顺应期运。会昌,会当昌盛。《文选》左思《蜀都赋》:"天帝运期而会昌。"

〔4〕馨(qìng庆)寰宇句:犹言整个世界都在为皇上祭神以求吉祥。馨寰宇,亦作馨宇,犹言整个世界。南朝宋谢庄《宋明堂歌·歌白帝》:"浃地奉渥,馨宇承秋灵。"荐祥,祭神求祥。

〔5〕吾皇四句:谓吾皇诞生,皇族承续福泽,英名传扬。诞弥月,语出《诗经·大雅·生民》:"诞弥厥月,先生如达。"意谓怀胎足月,顺利诞生。原诗是对后稷的赞颂,此处用以颂仁宗皇帝。瑶图,指帝王世系,帝王族谱。清龚自珍《皇朝硕辅颂》:"瑶图上爵,同姓大功。"缵(zuǎn钻上声),继续,继承。《诗经·鲁颂·閟宫》:"缵禹之绪。"庆,福泽。玉叶腾芳,谓皇族谱系英名传扬。玉叶,指皇族。《古今注》:"黄帝与蚩尤战于涿鹿之野,常有五色云气,金枝玉叶止于帝上,有花葩象。"故后世称皇族为金枝玉叶。腾芳,谓美声传扬。

〔6〕并景贶(kuàng况)句:谓三灵眷顾辅佐,一同赐予祥瑞。并,同时,一起。景,祥瑞。贶,赐予。三灵,指天、地、人三者。《文选》班固《典引》:"答三灵之蕃祉,展放唐之明文。"李善注:"三灵,天、地、人也。"眷祐,亦作眷佑,眷顾佐助。

〔7〕挺英哲句:谓皇上秀挺英哲,足以超过前王。掩,盖过,超过。

〔8〕遇年年二句:谓每年清和嘉节,颁告天下臣民称觞上寿。清和,

15

俗称农历四月为清和。《岁时记》:"四月朔为清和节。"一说指农历二月。颁,颁告。率土,犹言四海之内的臣民。语出《诗经·小雅·北山》:"率土之滨,莫非王臣。"称觞,举杯祝酒。此处为称觞上寿之省语。

〔9〕无间二句:谓不论远僻之境还是中原之地,四方嘉宾皆不畏艰辛而来。无间,无论,不论。要荒,《尚书·禹贡》分疆域为甸、侯、绥、要、荒五服,每服五百里。要荒,即指极远之地,亦泛指远方之国。汉刘向《新序·杂事二》:"昔唐虞崇举九贤,布之于位,而海内大康,要荒来宾,麟凤在郊。"华夏,谓中国、中原。梯航,梯山航海之省语。意谓长途跋涉,逢山爬梯,遇海航渡。唐玄宗《赐新罗王》诗:"玉帛遍天下,梯杭(通航)归上都。"

〔10〕彤庭二句:谓宫廷奏响大乐,接待四方来宾。彤庭,汉代宫廷,因以朱漆涂饰,故称。汉班固《西都赋》:"于是玄墀釦(kòu 扣)砌,玉阶彤庭。"亦泛指皇宫。舜张大乐,相传舜作《韶》乐。汉应劭《风俗通·声音序》:"夫乐者,尧作《大章》,舜作《韶》。"《庄子·天下》:"舜有《大韶》。"张乐,置乐,奏乐。大乐,指典雅庄重的音乐,用于帝王祭祀、朝贺、燕享等。此处以"舜张大乐",代指演奏典雅庄重的音乐。禹会群方,《尚书·大禹谟》:"禹乃会群后。"此处指宾客咸集,如同大禹会聚各路诸侯之师。

〔11〕鹓行(yuān háng 鸳杭):谓朝官排列齐整。因鹓和鹭小不逾大,飞行有序,故用以指朝官的行列。鹓,古时指凤凰一类的鸟。杜甫《至日遣兴奉寄两院补遗》之一:"去岁兹辰捧御床,五更三点入鹓行。"

〔12〕望上国三句:谓外藩属国之宾客向朝廷俯首称臣,山呼万岁;遥见炉烟缭绕,馨香远闻。上国,外藩及属国对帝室或朝廷的称呼。山呼,封建时代对皇帝的祝颂仪式,叩头高呼"万岁"三次。唐卢纶《皇帝感词》诗:"山呼一万岁,直入九重城。"鳌抃(biàn 变),即"鳌戴山抃"之略。古代神话谓渤海之东,不知几亿万里,有无底深渊,中有五山,互不

相连,随波上下往还,不得暂峙。天帝乃命禹强使巨鳌十五,更迭举首而戴之。五山始兀峙不动。见《列子·汤问》。《楚辞·天问》:"鳌戴山抃,何以安之?"意谓鳌戴山而舞,如何使之安?抃,两手相击,即鼓掌,此处作鼓舞解。后以"鳌抃"形容欢欣鼓舞。爇(ruò 若),点燃,焚烧,此处指焚香。

〔13〕竟就日句:谓外藩属国之宾客对皇上无限崇仰,全都献礼祝寿。竟,遍,全。就日、瞻云,语出《史记·五帝本纪》:"帝尧者,放勋。其仁如天,其知如神,就之如日,望之如云。"瞻云,即望云。

〔14〕指南山句:谓祝皇上寿比南山,万寿无疆。《诗经·小雅·南山有台》:"南山有台,北山有莱。乐只君子,邦家之基。……乐只君子,万寿无疆。"

〔15〕愿巍巍二句:谓衷心祝愿吾皇之基业如昆仑巍巍,同天地久长。巍巍,高大貌。《文选》张衡《思玄赋》:"瞻昆仑之巍巍兮,临萦河之洋洋。"宝历,指国祚,皇位。唐欧阳詹《回鸾赋》:"应千年之宝历,承八圣之重光。"鸿基,谓帝王之基业。

昼夜乐[1]

洞房记得初相遇。便只合、长相聚[2]。何期小会幽欢,变作离情别绪[3]。况值阑珊春色暮。对满目、乱花狂絮[4]。直恐好风光,尽随伊归去[5]。　　一场寂寞凭谁诉。算前言、总轻负[6]。早知恁地难拚,悔不当时留住[7]。其奈风流端正外,更别有、系人心处[8]。一日不思量,也攒眉千度[9]。

〔1〕此首为女子的相思之词。她独居索寞,深深地思念着久别的情人。上片写她回忆两人初遇时的盟誓及匆匆离别的情形。下片写她孤寂难耐与后悔不已的心情。抒发情感无遮无拦,却愈白愈有味,愈尽愈无尽。柳词这种直抒胸臆,真率自然,贴近人物,情态逼真的抒情特色,对元代闺情散曲的创作风格有直接影响。《词谱》载"此调创自柳永"。

〔2〕洞房二句:言记得洞房初遇时,便发誓要长久在一起。洞房,内室,闺房。合,应当。

〔3〕何期:怎能料到。期,预料。小会幽欢:短暂的欢会。

〔4〕况值二句:写暮春的景色。阑珊,衰落,将残、将尽之意。乱花,花开纷繁。唐白居易《钱塘湖春行》诗:"乱花渐欲迷人眼,浅草才能没马蹄。"狂絮,指柳絮飘飞。

〔5〕直恐二句:真担心眼前的好风光,也都随他一起而去。直,真的。恐,恐怕。

〔6〕一场二句:言料想以前的盟言都轻易被辜负了,留给我只是一场无处诉说的寂寞。算,料想。

〔7〕早知二句:言早知这般难以割舍,后悔当时没有把他留住。恁地,如此,这样。拚(pàn盼),割舍。

〔8〕其奈二句:怎奈他除了举止风流外表端正之外,还更有使人动情牵系人心的地方。其奈,怎奈。

〔9〕一日二句:言一日不思量他,也要皱眉千百次。犹言没有一日不思量。思量,想念。攒(cuán 窜阳平)眉,皱眉。此指忧愁哀伤。其与《诗经·王风·采葛》"一日不见,如三秋兮"同一意思。

昼夜乐[1]

秀香家住桃花径。算神仙、才堪并[2]。层波细剪明眸,腻玉圆搓素颈[3]。爱把歌喉当筵逞。遏天边,乱云愁凝[4]。言语似娇莺,一声声堪听。　　洞房饮散帘帏静。拥香衾、欢心称。金炉麝袅青烟[5],凤帐烛摇红影。无限狂心乘酒兴。这欢娱、渐入佳景。犹自怨邻鸡,道秋宵不永[6]。

〔1〕此首写歌妓秀香。上片单写秀香。先写其住址,次写其容貌,再写其歌喉,最后写其言语。层层写来,脉络分明。又连用比喻手法,贴切而生动。其中"层波细剪明眸,腻玉圆搓素颈"两对偶句,尤为精致工丽。下片合写两人。先写帐帏合欢,后怨邻鸡报晓。言男女情事可谓既庸俗又露骨。宋人黄昇《唐宋诸贤绝妙词选》卷五收入此词,盖因苏轼《满庭芳·香叆雕盘》一词,引用了其中"腻玉圆搓素颈"一语。编者特为注明说:"此词丽以淫。"

〔2〕秀香二句:谓秀香家住在开满桃花的小路旁,其风景优美,料想只有神仙的处所才能与它媲美。并,比并,相比。

〔3〕层波二句:谓秀香俊美而明亮的眼睛如水波剪出,丰腴而洁白的颈项如美玉搓成。层波,谓起伏的波浪。亦指美人的眼睛。腻玉,纹理细腻润泽的玉。此处形容皮肤光滑细润。

〔4〕爱把三句:言秀香喜欢在酒筵上夸耀自己的歌喉,表现自己的音乐才能。她的歌声嘹亮,能使天边的行云停驻。此用"响遏行云"之成语。《列子·汤问》中记秦青:"抚节悲歌,声振林木,响遏行云。"遏,阻拦,停驻。

〔5〕金炉句:言金炉里点燃的麝香青烟袅袅。金炉,香炉的美称。

〔6〕秋宵不永:秋夜不长。诗词中常道"春宵苦短日高起"、"春宵一刻值千金",此言秋宵不永,正所谓"欢娱嫌夜短"之意。

柳腰轻[1]

英英妙舞腰肢软。章台柳、昭阳燕[2]。锦衣冠盖,绮堂筵会,是处千金争选[3]。顾香砌、丝管初调,倚轻风、佩环微颤[4]。　　乍入霓裳促遍[5]。逞盈盈、渐催檀板[6]。慢垂霞袖,急趋莲步,进退奇容千变[7]。算何止、倾国倾城[8],暂回眸、万人肠断[9]。

[1] 此首盛赞英英腰肢细柔,擅长舞蹈,美貌绝伦。词中采用比喻、夸张的手法,明比飞燕,暗比玉环,极尽夸张之能事。柳永长期与歌儿舞女相处,为她们填词谱曲,对她们的色艺抱欣赏赞美和尊重的态度,与一般纨绔子弟的轻薄狎妓自是有所不同。

[2] 英英二句:以章台柳与昭阳燕比喻英英腰肢细柔,擅长舞蹈。章台原是汉代长安街名,后人用以代称游冶之地。章台柳,事出唐孟启《本事诗·情感》。说天宝末进士韩翃负才名,与妓柳氏相爱悦。后韩翃出为淄青节度使侯希逸从事,柳氏留居都下。三年后,韩题《章台柳》词远寄柳氏:"章台柳,章台柳,往日青青今在否?纵使长条似旧垂,亦应攀折他人手。"柳氏以《杨柳枝》词相答:"杨柳枝,芳菲节,可恨年年赠离别。一叶随风忽报秋,纵使君来岂堪折。"此处"章台柳"语含双关,既喻英英腰肢细柔,又暗示她为青楼女子。昭阳燕,指汉成帝后赵飞燕,其体轻盈,善歌舞。宋人秦醇《赵飞燕别传》:"赵后腰骨尤纤细,善踽步行,若人手执花枝颤颤然,它人莫可学也。"后人常以飞燕比喻舞娘。

[3] 锦衣三句:言英英善舞,在显贵富豪者的饮宴集会上,处处以

高价被人争选。锦衣,精美华丽的衣服。旧指显贵者的服装。冠盖,官员的冠服和车乘。代指仕宦富豪之人。绮堂,华丽的厅堂。筵会,宴请宾客的集会。是处,到处,处处。千金争选,指显贵者情愿花费重金争着挑选。

〔4〕顾香砌二句:写英英闻乐起舞、环佩微颤的优美姿态。香砌,香阶。台阶的美称。宋吴处厚《青箱杂记》卷八:"乖崖张公咏《席上赠官妓小英歌》曰:'……有时歌罢下香砌,几人魂魄遥相惊。'"丝管初调,指乐班调好音调。丝管,泛指各种丝竹乐器。

〔5〕乍入句:言英英表演《霓裳羽衣曲》中节奏急促的那一段的舞蹈。乍,刚,才。霓裳,即《霓裳羽衣曲》,唐代著名宫廷乐舞。相传为开元中西凉节度使杨敬忠所献,本名《婆罗门曲》,经玄宗润色并制辞,改用此名。又一说,玄宗游月宫闻乐,强记其半归,适杨敬忠献曲,声调吻合,乃成此舞此曲。促遍,促拍,节奏急促的乐曲。《霓裳》高潮时繁音促节,"跳珠撼玉",结束时长引一声,舞而不歌。

〔6〕逞盈盈:言英英施展她的美好舞姿。盈盈,仪态美好貌,《古诗十九首》句:"盈盈楼上女。"渐催檀板,言她的舞步急促,渐渐催得檀板也加快了节奏。檀板,檀木制成的拍板,演奏音乐时打拍子用。

〔7〕慢垂三句:描绘英英舞蹈时进退快慢、千变万化的舞姿。慢垂霞袖,缓缓地垂下美丽的衣袖。急趋莲步,小步急行。趋,快走。莲步,美女步。语本《南史·齐纪(下)·废帝东昏侯》:"又凿金为莲华以贴地,令潘妃行其上,曰:'此步步生莲华也。'"宋孔平仲《观舞》诗:"云鬟应节低,莲步随歌舞。"

〔8〕算何止句:言英英美貌何止倾国倾城。倾国倾城,极言佳人美丽。语出《汉书·外戚传》。李延年为武帝表演歌舞,歌曰:"北方有佳人,绝世而独立,一顾倾人城,再顾倾人国。宁不知倾城与倾国,佳人难再得。"白居易《长恨歌》:"汉皇重色思倾国,御宇多年求不得。杨家有

21

女初长成,养在深闺人未识。天生丽质难自弃,一朝选在君王侧。"此处有以英英暗比玉环之意。

〔9〕暂回眸二句:白居易《长恨歌》:"回眸一笑百媚生,六宫粉黛无颜色。"杨玉环貌美使后宫佳丽失色,而英英一笑则能使众多女子黯然伤悲。可谓极尽夸张。肠断,形容极度悲伤。

倾杯乐〔1〕

禁漏花深,绣工日永,蕙风布暖〔2〕。变韶景、都门十二〔3〕,元宵三五,银蟾光满〔4〕。连云复道凌飞观〔5〕。耸皇居丽,嘉气瑞烟葱蒨〔6〕。翠华宵幸,是处层城阆苑〔7〕。 龙凤烛、交光星汉〔8〕。对咫尺鳌山开羽扇〔9〕。会乐府两籍神仙,梨园四部弦管〔10〕。向晓色、都人未散〔11〕。盈万井、山呼鳌抃〔12〕。愿岁岁,天仗里、常瞻凤辇〔13〕。

〔1〕此首写元宵佳节盛况。上片写景。一派喜庆、祥和、辉煌、富丽的节日景象。下片写人。游人观赏彩灯,欢歌动地,更有天子临幸,与民同乐。全篇旨在形容盛况,颂美盛世。北宋李之仪说,词至柳永"铺叙展衍,备足无馀,形容盛明,千载如逢当日"(《跋吴思道小词》)。此词即可见出柳词长于铺叙、形容盛明的特色。

〔2〕禁漏三句:谓和风送暖,白昼渐长。禁漏,皇宫中的漏刻。漏刻是古代的一种计时器。以铜壶盛水,一昼夜壶水恰好漏完。花深,花的色彩浓艳。绣工,指刺绣劳动。日永,日长。蕙风,和风。布,散布,传布。

〔3〕韶景:指春景。南朝梁元帝《纂要》:"春日青阳,景曰媚景、和景、韶景。"都门十二:指京城之门。旧长安城一面三门,四面共十二门。此处代指汴京城门。

〔4〕元宵三五:指农历正月十五元宵节。源出于道教。宋吴自牧《梦粱录》卷一"元宵":"正月十五元夕节,乃上元天官赐福之辰。"宋孟元老《东京梦华录》记载北宋时期首都汴京元宵节之盛况:"正月十五元宵,大内自岁前冬至后,开封府绞缚山棚,立木正对宣德楼。游人已集,御街两廊下,奇术异能,歌舞百戏,鳞鳞相切,乐声嘈杂十馀里。"银蟾(chán蝉),月亮的别称。传说月中有蟾蜍,故称。白居易《中秋月》诗:"照他几许人肠断,玉兔银蟾远不知。"

〔5〕连云句:言复道高耸入云,楼观凌空如飞。连云,连接云端。形容复道之高。复道,架在楼阁之间的空中通道。杜牧《阿房宫赋》:"复道行空,不霁何虹?"观(guàn惯),古代宫门外的双阙,后泛指台榭楼阁。

〔6〕耸皇二句:言仰望楼观复道高耸辉煌,瑞烟缭绕。耸皇,高耸辉煌。嘉气,瑞气。瑞烟,祥瑞的云烟。唐杜审言《蓬莱三殿侍宴奉敕咏终南山应制》诗:"半岭通佳气,中峰饶瑞烟。"葱蒨(qiàn倩),草木青翠而茂盛,亦用来形容气象旺盛、美好。

〔7〕翠华二句:谓天子此夜临幸观赏,处处犹如仙境一般。翠华,皇帝仪仗中一种用翠鸟羽毛作装饰的旗。白居易《长恨歌》:"翠华摇摇行复止,西出都门百馀里。"此处代指皇帝及随从。层城阆(láng郎)苑,层城、阆苑皆传说中仙人的住处。《淮南子·墬形》:"昆仑山有层城九重。"

〔8〕龙凤烛句:谓龙灯凤烛与银河星光交相辉映。龙凤烛,指各种彩灯。星汉,天河,银河。

〔9〕对咫尺句:言鳌山、羽扇近在咫尺。鳌山,古代传说海上有巨鳌背负神山。宋时于元宵节夜,人们堆叠彩灯为山形,称为鳌山。周密《武

林旧事》记载南宋元夕观灯盛况,有"起立鳌山"之事。羽扇,指天子仪仗中的掌扇。

〔10〕会乐府二句:谓会集了乐班的各路高手和各种乐曲,欢歌动地,弦管喧天。乐府,初为汉武帝时设立的音乐官署,后亦指乐府官署所采制的诗歌。此处指管理音乐的机构,与下句的"梨园"相对举。两籍神仙,指天、地两处神仙,用以借喻演唱者为名流高手。梨园,唐玄宗时宫廷乐工教习之所,后人因称乐班戏班为梨园。四部弦管,指金石丝竹四类乐器。

〔11〕向晓色句:谓临近天亮,游人仍未散去。向,临近,接近。

〔12〕盈万井句:言到处人山人海,个个欢欣鼓舞。万井,言地广人多。参见《早梅芳·海霞红》注〔4〕。山呼鳌抃,欢呼、鼓掌。参见《送征衣·过韶阳》注〔12〕。

〔13〕愿岁岁二句:谓愿年年岁岁,天子与民同乐。天仗,天子之仪仗。凤辇,天子所乘之车。

笛家弄[1]

花发西园,草薰南陌[2],韶光明媚,乍晴轻暖清明后。水嬉舟动,禊饮筵开[3],银塘似染,金堤如绣[4]。是处王孙,几多游妓,往往携纤手。遣离人、对嘉景,触目伤怀,尽成感旧[5]。　　别久。帝城当日,兰堂夜烛,百万呼卢[6],画阁春风,十千沽酒[7]。未省、宴处能忘管弦,醉里不寻花柳[8]。岂知秦楼,玉箫声断,前事难重偶[9]。空遗恨、望仙乡[10],一晌消凝[11],泪沾襟袖。

〔1〕此首写春禊之日触景伤怀。感情由乐而悲,所悲者,欢娱难再。词的上片写乐景乐事,而使词人"触目伤怀",情感由乐而悲。下片写感旧。既怀恋帝城当日痛饮豪博恣狂放浪,更感伤男欢女爱难以重偶。柳永青年时期形迹放浪,后半生困顿奔波,词中多有忆昔感旧之作。

〔2〕花发二句:互文。言园林与小路花开草香。薰,香,发出香气。江淹《别赋》:"闺中风暖,陌上草薰。"

〔3〕禊(xì 细)饮筵开:祓(fú 福)禊之后的饮筵已开始。禊,古人为消灾祛邪而举行的一种祓祭仪式,也称祓、祓除。祓除的时间、地点、方式各有不同。通常在春、秋两季水滨举行。而尤以农历三月上旬的"巳"日祓除最为流行。魏以后改用三月三日。王羲之《兰亭集序》:"暮春之初,会于会稽山阴之兰亭,修禊事也。"

〔4〕银塘二句:言水塘碧波如染,堤堰翠柳如绣。按:古人形容坚固,多用"金"作修饰语,如"金塘"、"金堤"、"金井"等。金堤,坚固的堤堰。后作为堤堰的美称。

〔5〕遣离人三句:谓面对嘉景,让离别之人不由得触目伤怀,感念旧事。遣,让,使。

〔6〕兰堂二句:言夜晚在厅堂里赌博,不惜百万之钱。兰堂,厅堂的美称。呼卢,赌博。古时博戏之最胜采为卢,次胜采为雉。赌博时为求胜采,往往且毵掷且喝,后因称赌博为"呼卢喝雉"。李白《少年行》诗:"吾不见淮南少年游侠客,白日毵猎夜拥掷,呼卢百万终不惜,报仇千里如咫尺。"

〔7〕画阁二句:言白日聚集于酒楼,肯花贵价买酒。画阁,彩绘华丽的楼阁,此指酒楼。十千,一万,极言其多。曹植《名都篇》:"我归宴平乐,美酒斗十千。"

〔8〕未省(xǐng 醒)二句:言未曾有过饮宴时忘却管弦,醉里不寻花

柳的事,犹言当时的生活离不开饮宴歌舞、男欢女爱。未省,未曾。

〔9〕岂知三句:言怎知如今秦女已去,前欢难再。秦楼,秦穆公为其女弄玉所建之楼,亦名凤楼。汉刘向《列仙传》载:"萧史者,秦穆公时人也,善吹箫,能致孔雀、白鹤于庭。穆公有女字弄玉好之,公遂以女妻焉。日教弄玉作凤鸣,居数年吹似凤声,凤凰来止其屋,公为作凤台。夫妇居其上不下。数年,一旦随凤凰飞去。"玉箫声断,指弄玉已去,箫声已断。此处以秦女弄玉代指心爱的女子。南唐李煜《谢新恩》词:"秦楼不见吹箫女,空馀上苑风光。"重(chóng虫)偶,重新遇到。偶,遇。唐元稹《忆醉》诗:"今朝偏偶醒时别,泪落风前忆醉时。"

〔10〕仙乡:仙人所居处,此处借称所爱者的居处。前蜀韦庄《怨王孙》词:"不知今夜,何处深锁兰房,隔仙乡。"

〔11〕一晌:片刻。南唐冯延巳《鹊踏枝》词:"一晌凭阑人不见,鲛绡掩泪思量遍。"消凝,即消魂凝神之省语,谓因伤感而出神。

倾杯乐〔1〕

皓月初圆,暮云飘散,分明夜色如晴昼〔2〕。渐消尽、醺醺残酒〔3〕。危阁迥、凉生襟袖〔4〕。追旧事、一晌凭栏久〔5〕。如何媚容艳态,抵死孤欢偶〔6〕。朝思暮想,自家空恁添清瘦〔7〕。 算到头、谁与伸剖〔8〕。向道我别来,为伊牵系,度岁经年,偷眼觑、也不忍觑花柳〔9〕。可惜恁、好景良宵,未曾略展双眉暂开口〔10〕。问甚时与你,深怜痛惜还依旧〔11〕。

〔1〕此首写闺中女子月夜酒醒怀人。感情真挚细腻,用语雅俗相

兼。具体而言,描绘景物与环境气氛的文辞较雅,清新雅丽;抒发情感的语言则采用口语俗语,声口毕肖,曲尽人情。

〔2〕皓月三句:写月圆云散,夜色清朗。晴昼,晴朗的白天。

〔3〕渐消尽句:言本欲借酒浇愁,而此时已渐消醉意。醺醺,酒醉貌。

〔4〕危阁:高阁。阁,一种四角形、六角形或八角形的建筑物,一般两层,周围开窗,多建筑在高处,可以凭高远望。迥,远,此指看得远。

〔5〕一晌:有时指片刻,有时指一段较长的时间。此指后者。

〔6〕如何二句:言为何自己容貌美艳,却老是孤独无偶。此为自问,不得其解。抵死,张相《诗词曲语辞汇释》:"抵死,……犹云终究或老是也。"

〔7〕朝思二句:言朝思暮想,徒使自己憔悴消瘦。此乃思也无益,又不得不思之写照。

〔8〕算到头句:言到头来,向谁去伸说?剖,剖白,分辩表白。

〔9〕向道四句:自从他与我分别以来,因为牵挂他,使我年复一年地都不忍去偷看一眼花柳。言外之意,看到花柳,就会自然联想到昔日花前柳下的欢愉之事,就会更加增添思念和烦恼。觑(qù去),窥伺或细看。

〔10〕可惜二句:只可惜空负这良宵美景,我不曾舒展双眉开口言笑。"略"、"暂",极言没有一点快乐。

〔11〕深怜:深深的怜爱。痛惜:疼爱。

迎新春[1]

嶰管变青律,帝里阳和新布[2]。晴景回轻煦[3]。庆嘉节、当三五[4]。列华灯、千门万户。遍九陌、罗绮香风微度[5]。十里然绛树。鳌山耸、喧天箫鼓[6]。　　渐天如水，素月当午[7]。香径里、绝缨掷果无数[8]。更阑烛影花阴下，少年人、往往奇遇[9]。太平时、朝野多欢民康阜[10]。随分良聚[11]。堪对此景，争忍独醒归去。

〔1〕此首写都城汴梁元宵佳节和暖喜庆的欢乐气象与游人观看彩灯的热闹场面。千门万户张灯挂彩，八街九陌罗绮飘香，突出了士民无拘无束纵情娱乐的浪漫情趣，更带有市井平民色彩。柳词善于通过咏节序反映承平气象。北宋黄裳《书乐章集后》称："予观柳氏乐章，喜其能道嘉祐中太平气象，如观杜甫诗，典雅文华，无所不有。……令人歌柳词，闻其声，听其词，如丁斯时，使人慨然有感。"

〔2〕嶰(xiè 谢)管二句：言嶰管吹奏，春天到来，京都一片阳和之气。嶰管，指箫、笛等竹制的管乐器，因取竹于嶰谷，故称。嶰，两山间的涧谷。青律，古代为了预测节气，将苇膜烧成灰，放在律管内（每一律管代表一个月，共十二律管，以十二律吕命名，如黄钟、太簇等），到某一月份，相应律管内的灰就会自行飞出。又因古代以青色配东方春位，故以青律代表春天的律管。五代李建勋《梅花寄所亲》诗："一气才新物未知，每惭青律与先吹。"阳和，春天的暖气。布，施与。汉焦赣《易林·坤之乾》："谷风布气，万物出生。"

〔3〕晴景：晴天的日光。轻煦：微暖。

〔4〕三五：指正月十五元宵节。

〔5〕九陌：指京城中的大路。《三辅黄图》卷二谓汉长安城中有八街九陌。骆宾王《帝京篇》："三条九陌丽城隈，万户千门平旦开。"罗绮：有花纹的丝织品。此处代指身穿罗绮的男女人们。

〔6〕十里二句：言数十里内火树银花，鳌山耸立，箫鼓喧天。然，同

"燃"。绛树,神话传说中的仙树。《淮南子·墬形》:"(昆仑山)上有木禾,其修五寻,珠树、玉树、璇树、不死树在其西,沙棠、琅玕在其东,绛树在其南,碧树、瑶树在其北。"此处指火树如绛,有如仙树。鳌山,由彩灯结扎成的山。参见《倾杯乐·禁漏花深》注〔9〕。

〔7〕渐天二句:渐渐月照正中,天空如水一般澄澈。午,指月亮正当中天。

〔8〕绝缨掷果:绝缨,扯断帽子系带,用楚庄王事。刘向《说苑·复恩》记载,楚庄王宴饮群臣,日暮酒酣,灯烛熄灭,一将乘机拉美人衣,美人扯断其冠缨,请庄王上火来认。"庄王曰:'赐人酒,使醉失礼,奈何显妇人之节而辱士乎?'"于是令大家皆绝去冠缨而上火,尽情欢乐。后来晋与楚战,一将奋力在前,却敌得胜。"庄王怪而问,对曰:'臣乃夜绝缨者也。'"此处用以形容游人不拘常礼,纵情欢乐。掷果,用晋代潘岳事。《晋书·潘岳传》:"(岳)美姿仪,……少时常挟弹,出洛阳道。妇人遇之者,皆连手萦绕,掷之以果,遂满载以归。"后用为妇女爱慕美男子之辞。

〔9〕更(gēng耕)阑二句:言夜深之时,烛影花阴下,少年人往往会有绝缨掷果之遇。奇遇,指青年男女寻觅佳侣之类的风流韵事。

〔10〕康阜(fù富):安康,富足。阜,盛。此指财物盛多。

〔11〕随分句:言随处都有欢聚。随分,张相《诗词曲语辞汇释》:"随分,犹云随便也,含有随遇、随处、随意各意。"

曲玉管[1]

陇首云飞[2],江边日晚,烟波满目凭阑久。立望关河[3],萧索千里清秋。忍凝眸[4]。　　杳杳神京,盈盈仙子,别来锦字终难偶[5]。断雁无凭,冉冉飞下汀洲,思悠悠[6]。

暗想当初,有多少、幽欢佳会,岂知聚散难期,翻成雨恨云愁[7]。阻追游[8]。每登山临水,惹起平生心事,一场消黯[9],永日无言,却下层楼[10]。

〔1〕此首以登高怀远,抒发羁旅之愁与离别之情。词为三叠(即三片),一、二两叠较短,句法相同,称为双拽头。第三叠较长,句法与前不同。双拽头传词较少,据宛敏灏先生说,今存不足十调。此词第一叠写登楼所见,第二叠写触景所思,第三叠追怀旧事,无限惆怅。全词善于铺叙,从凭栏立望至思念佳人,由旧日欢情到聚散难期,层层写来,虽平叙却能显出波折。首尾呼应,中间不断意脉,又能情景交融。

〔2〕陇首句:山头上秋云飞动。语出南朝梁柳恽《捣衣诗五章》之二:"亭皋木叶下,陇首秋云飞。"陇首,犹言山头,高丘。陇,通"垄"。

〔3〕关河:本指函谷关和黄河,此处泛指山河。

〔4〕忍凝眸:怎忍凝神注目。眸,瞳孔,泛指眼珠。

〔5〕杳杳三句:谓京都遥远,锦书难寄。杳杳,渺远。盈盈仙子,美丽的仙女。此处代指汴京的一位女子。锦字,指回文锦,用苏蕙事。《晋书·列女传·窦滔妻苏氏》:"窦滔妻苏氏,始平人也,名蕙,字若兰。善属文。滔,苻坚时为秦州刺史,被徙流沙。苏氏思之,织锦为回文旋图诗以赠滔。宛转循环以读之,词甚凄婉,凡八百四十字。"后代指女子给丈夫或情人的书信。偶,通"遇",意谓别后很难得到那位女子的书信。

〔6〕断雁:失群的孤雁。无凭:无所倚仗。此指孤雁不可倚靠,捎不来书信。冉冉:缓慢貌,此指目送孤雁缓缓飞下汀洲。悠悠:思念貌,忧思貌。《诗经·邶风·终风》:"莫往莫来,悠悠我思。"

〔7〕聚散难期:欢聚与离散都是难以预料的。翻成:反成。

〔8〕阻追游句:感叹如今景况萧索,难有欢会。阻,断,止。追游,指昔日的欢游。

〔9〕消黯：心情黯淡伤感。

〔10〕永日：整日。却：还，还是。表无奈失望之意。

满朝欢[1]

花隔铜壶，露晞金掌，都门十二清晓[2]。帝里风光烂漫，偏爱春杪[3]。烟轻昼永，引莺啭上林，鱼游灵沼[4]。巷陌乍晴，香尘染惹[5]，垂杨芳草。　　因念秦楼彩凤[6]，楚观朝云[7]，往昔曾迷歌笑。别来岁久，偶忆欢盟重到。人面桃花[8]，未知何处，但掩朱扉悄悄[9]。尽日伫立无言，赢得凄凉怀抱[10]。

〔1〕此首写京都重游，追怀佳人。当作于柳永中年以后、及第之前。上片摹景。起首三句，点明时、地、景物，显出京都特色。"帝里风光烂漫"一句，为上片核心。以下承此而点染描绘。暮春美景，撩人心绪，亦牵动词人念旧之怀。下片思人。旧地重游，人面已去，桃花依旧，空留怅惘。全词起以乐景，终以哀情，以乐景衬哀情，而倍增凄婉。

〔2〕花隔三句：写京城拂晓，花发露晞。铜壶，即漏壶。古代的一种计时器，以铜壶储水滴漏计时。参见《倾杯乐·禁漏花深》注〔2〕。露晞（xī西），露水蒸发。晞，干。金掌，铜铸的仙人掌，擎盘以承甘露。《三国志·魏志·卫觊传》："昔汉武信求神仙之道，谓当得云表之露以餐玉屑，故立仙掌以承高露。"后以"金掌"作为宫殿的标志。都门十二，见《倾杯乐·禁漏花深》注〔3〕。

〔3〕春杪（miǎo秒）：春末，暮春。杪，尽头，多指岁月或季节的末

31

尾。如春桄、秋桄。

〔4〕引莺啭二句：谓黄莺在林中鸣啭,鱼儿在池里畅游。上林,即上林苑,在长安。原为秦禁苑,至汉武帝时增而广之,周袤三百里,别馆七十所。西汉司马相如有《上林赋》盛赞上林之美。后泛称禁苑为上林,也用以形容华美的园苑。灵沼,周时的池沼。《诗经·大雅·灵台》："王在灵沼,于牣鱼跃。"后用为池沼的美称。

〔5〕乍晴：初晴。香尘：带有芳香的尘土。染惹：沾染。

〔6〕秦楼彩凤：原指秦穆公女弄玉吹箫引凤之事。详见《笛家弄·花发西园》注〔9〕。此处指心爱的女子。

〔7〕楚观朝云：用楚王梦巫山神女事。《文选》宋玉《高唐赋序》："昔者先王尝游高唐,怠而昼寝,梦见一妇人曰：'妾巫山之女也,为高唐之客。闻君游高唐,愿荐枕席。'王因幸之。去而辞曰：'妾在巫山之阳,高丘之阻,旦为朝云,暮为行雨,朝朝暮暮,阳台之下。'旦暮视之,如言。故为立庙,号曰'朝云'。"后以"朝云"代指与己欢爱的女子。观,庙宇。

〔8〕人面桃花：用唐代诗人崔护事。唐孟启《本事诗·情感》载,崔护清明郊游,至村居求饮。有女持水至,含情倚桃伫立。明年清明再访,则门庭如故,人去室空。因题诗曰："去年今日此门中,人面桃花相映红。人面不知何处去,桃花依旧笑春风。"后借以指男女相识,随即又分离,男子追怀往事而产生的怅惘心情。

〔9〕朱扉(fēi 非)：朱红的大门。

〔10〕赢得：落得。

梦还京[1]

夜来匆匆饮散,欹枕背灯睡[2]。酒力全轻,醉魂易醒,风揭帘栊,梦断披衣重起[3]。悄无寐。　　追悔当初,绣阁话别太容易[4]。日许时、犹阻归计[5]。甚况味。旅馆虚度残岁。想娇媚。那里独守鸳帏静,永漏迢迢[6],也应暗同此意。

〔1〕此首为夜半酒醒怀人之作。上片叙饮散至梦醒之情形。孤寂冷清,黯然伤神。下片抒怀人之幽情。先悔话别之太易,次写相见之太难,再从对面写来,乃照花前后镜手法。此词纯用白描,朴实平易,反觉愈朴而愈有味。

〔2〕欹(qī 欺)枕:斜靠着枕头。欹,倾斜。

〔3〕帘栊:窗帘。栊,窗上櫺木。梦断:梦醒。

〔4〕追悔二句:悔恨当日分别太容易。暗用李后主《浪淘沙》词"别时容易见时难"之意。绣阁,闺房。此处代指深情怀念之人。

〔5〕日许时:意为许多时日。此为宋人习惯用语。

〔6〕鸳帏:绣有鸳鸯的帷帐。永漏迢迢:形容夜长。漏,漏刻。见《倾杯乐·禁漏花深》注〔2〕。迢迢,漫长。

凤衔杯[1]

有美瑶卿能染翰[2]。千里寄、小诗长简[3]。想初擘苔笺,旋挥翠管红窗畔[4]。渐玉箸、银钩满[5]。　　锦囊收,犀轴卷[6]。常珍重、小斋吟玩。更宝若珠玑[7],置之怀袖时时看。似频见、千娇面。

〔1〕此首写词人对瑶卿姑娘书寄诗简的珍爱。瑶卿刻苦学艺、才

情兼具的性格跃然纸上。而词人对诗简异常珍重,活脱出一个怜才多情的风流才子形象。词以叙事为主,并融情入事,读来如见其人。

〔2〕有美句:谓有个美丽的瑶卿姑娘擅长笔砚之事。瑶卿,"瑶"是女子的名字,"卿"是爱称。染翰,指创作诗文或作画。翰,原指羽毛,后来借指毛笔、文字、书信等。

〔3〕长简:写得很长的书信。

〔4〕想初襞(bì 壁)二句:言令人想起她初学书写时在窗前折纸挥笔的情景。襞,折叠衣服,这里指折纸。苔笺,即苔纸,精美的纸张,供题诗、写信等用。浙江剡县产的苔纸较为有名。旋,很快地。翠管,翠竹做的毛笔。

〔5〕玉筯(zhù 住):亦作"玉筋",书体名。一种笔画纤细、结构工整的小篆。唐代舒元舆《玉筯篆志》:"秦丞相斯变仓颉籀文为玉筯篆,体尚太古。"银钩:形容草书笔姿遒劲。《晋书·索靖传》:"盖草书之为状也,婉若银钩,漂若惊鸾。"白居易《写新诗寄微之偶题卷后诗》:"写了吟看满卷愁,浅红笺纸小银钩。"

〔6〕锦囊二句:表示对瑶卿寄来的诗简异常珍爱,精心收藏。锦囊,用锦帛做成的袋子。古人多用以收藏诗稿或机密文件。犀轴:用犀牛角做轴头的卷轴。古时书画均装裱成卷轴以便悬挂和收藏,轴头或用角、或用骨来装饰,尤以用犀角或象牙为珍贵。

〔7〕珠玑(jī 机):珍珠,多用以比喻优美的文章或词句。

凤衔杯[1]

追悔当初孤深愿[2]。经年价、两成幽怨[3]。任越水吴山,似屏如障堪游玩[4]。奈独自、慵抬眼[5]。　　赏烟花[6],

听弦管。图欢笑、转加肠断[7]。更时展丹青,强拈书信频频看[8]。又争似、亲相见[9]。

〔1〕此首写男子的相思之情。追悔当时轻别,翻成日后幽怨。任山水堪游、烟花堪赏,皆毫无兴味,转添伤悲,活画出了一个痴情男子的形象。此词善以动作刻画心理,"丹青"曰"时展","书信"曰"强拈",尤觉情态宛然。

〔2〕孤:辜负。

〔3〕经年价:犹言整年都是这样的。经年,一年或一年以上。价,张相《诗词曲语辞汇释》:"价,估量某种光景之辞,犹云这般或那般,这个样儿或那个样儿。"

〔4〕似屏如障:谓吴越山水美如画屏。堪,能,值得。

〔5〕奈:犹怎奈。慵(yōng拥)抬眼:犹言懒得去看。

〔6〕烟花:妓女,言到烟花场所寻欢买笑。

〔7〕转加:反而更加。肠断:形容极度悲伤。

〔8〕更:虽,纵。丹青:红色和青色,代指绘画。此处指所思女子的画像。

〔9〕争似:怎如。

鹤冲天[1]

闲窗漏永,月冷霜华堕。悄悄下帘幕,残灯火[2]。再三追往事,离魂乱、愁肠锁[3]。无语沉吟坐。好天好景,未省展眉则个[4]。　　从前早是多成破。何况经岁月,相抛嚲[5]。

假使重相见,还得似、旧时么。悔恨无计那[6]。迢迢良夜,自家只恁摧挫[7]。

[1] 此首表现女子的思念、悔恨之情。夜长月冷,灯火微明,追思往事,心绪愁乱。悔恨当日抛闪,如今孤寂难耐。清刘熙载《艺概》谓柳词"细密而妥溜,明白而家常",正是这类词的特点。
[2] 闲窗四句:写夜深。谓窗内更漏声长,户外月冷霜重,悄悄放下帘幕,已是残灯微火。堕,落下。
[3] 离魂句:形容离别之人心情烦乱,愁肠百结。
[4] 未省句:谓不曾舒展愁眉。未省,未曾,没有。白居易《寻春题诸家园林》诗:"平生身得所,未省似而今。"则个,张相《诗词曲语辞汇释》:"则个,表示动作进行时之语助辞,近于'着'或'者'。"
[5] 从前三句:谓从前已是分开,担心难成佳偶,何况又抛闪这么久。早是,本是,已是。破,分开,分散。敠(duǒ朵),抛躲,抛开。
[6] 无计那(nuò诺):无办法。那,语助辞。
[7] 自家句:谓只能这样自我折磨。摧挫,摧残,折磨。

受恩深[1]

雅致装庭宇。黄花开淡伫[2]。细香明艳尽天与[3]。助秀色堪餐,向晓自有真珠露[4]。刚被金钱妒。拟买断秋天,容易独步[5]。　　粉蝶无情蜂已去[6]。要上金尊,惟有诗人曾许[7]。待宴赏重阳,恁时尽把芳心吐[8]。陶令轻回顾。免憔悴东篱,冷烟寒雨[9]。

〔1〕此首咏菊。作于重阳之前。上片状菊花之姿态,淡雅明艳,独步霜秋;下片写菊花之境遇,蜂蝶无情,诗人有意。全词表现了作者赏花、惜花之情,咏花咏人交相辉映。

〔2〕雅致二句:言菊花生性淡泊,将庭院装点得十分雅致。雅致,美观而不落俗套。淡伫,淡泊,恬淡寡欲,不趋时逐利。

〔3〕细香句:言菊花微微的香气与明艳的姿色全是上天赐予。

〔4〕助秀色二句:言菊花秀美异常,拂晓时挂着珍珠似的露滴。秀色堪餐,即秀色可餐,形容妇女貌美或花木秀丽。晋陆机《日出东南隅行》:"鲜肤一何润,秀色若可餐。"向晓,临天亮时。真珠露,像珍珠一样的朝露。

〔5〕刚被三句:言连金钱也会嫉妒,因为菊花似乎打算买断秋天,独领风骚。买断,独占,占尽。独步,独一无二,无与伦比。此处咏菊与宋初李遵勖《望汉月》词"此花开后更无花"句意略同。

〔6〕粉蝶句:言蜂蝶无情,此时早已远去。李商隐《二月二日》诗:"花须柳眼各无赖,紫蝶黄蜂俱有情。"蜂蝶爱恋春花,故云"有情",而不近寒菊,又云"无情"。

〔7〕要(yāo腰)上二句:言尽管蜂蝶无情飞去,而摆酒赏菊,只有得到诗人的嘉许。陶渊明《饮酒》其七:"秋菊有佳色,裛露掇其英。泛此忘忧物,远我遗世情。"要,邀请,约请。此处有摆上意。

〔8〕待宴赏二句:言待到重阳宴赏之时,那时菊花才开得最为艳丽。恁时,那时候。芳心,花蕊,言向相赏的诗人吐露芳洁之心。

〔9〕陶令三句:言陶令轻轻回顾,只恐菊花遭受深秋的寒烟冷雨的摧残而憔悴零落。陶令,陶渊明,他曾做过彭泽县令,故称,平生爱酒与菊。此指与菊相许的诗人。顾,回顾,眷顾之意。东篱,陶渊明《饮酒》其五:"采菊东篱下,悠然见南山。"后因以指种菊之处,菊圃。

37

看花回[1]

屈指劳生百岁期。荣瘁相随[2]。利牵名惹逡巡过[3],奈两轮、玉走金飞[4]。红颜成白发,极品何为[5]。　　尘事常多雅会稀[6]。忍不开眉[7]。画堂歌管深深处,难忘酒盏花枝[8]。醉乡风景好[9],携手同归。

〔1〕此首抒发对功名利禄的感慨。上片慨叹功名,下片怀恋佳人。显然,功名与爱情,此时在词人的心理天平上,后者占了突出的分量。这是柳永思想的闪光之点,却也包含了几多无奈,几多幽怨,几多苦涩。

〔2〕屈指二句:谓人生百年,屈指即逝,荣耀名利与辛苦劳累始终伴随。屈指,喻时间短暂。劳生,辛劳的一生。杜甫《陪章留后钱嘉州崔都督》:"劳生共几何?离恨兼相仍。"

〔3〕利牵名惹句:谓人被名利牵系,匆匆度过一生。逡(qūn 群平声)巡,顷刻,须臾。陆游《除夜》诗:"相看更觉光阴速,笑语逡巡即隔年。"

〔4〕奈两轮句:怎奈日月飞转,光阴迅速。两轮,指日、月。玉走,玉,玉兔,指月。金飞,金,金乌,指日。宋王安石《客至当饮酒》诗之二:"天提两轮光,环我屋角走。"

〔5〕红颜二句:红颜变成白发,要高官做什么?极品,指官员的最高等级。《宋史·职官志六》:"凡内侍初补曰小黄门,经恩迁补则为内侍黄门。……押班次迁副都知,次迁都都知,遂为内臣之极品。"何为,干什么,做什么。

〔6〕 尘事:指世俗之事。雅会:指高雅的兴会。
〔7〕 忍不句:言怎忍不自己寻求开心。开眉,笑,开颜。
〔8〕 花枝:代指所爱女子。
〔9〕 醉乡句:言醉意朦胧中,飘飘欲仙,别有一种境界。宋秦观《醉乡春》词:"醉乡广大人间小。"

看花回[1]

玉墄金阶舞舜干[2]。朝野多欢。九衢三市风光丽[3],正万家、急管繁弦[4]。凤楼临绮陌,嘉气非烟[5]。　雅俗熙熙物态妍[6]。忍负芳年。笑筵歌席连昏昼[7],任旗亭、斗酒十千[8]。赏心何处好,惟有尊前[9]。

〔1〕 此首颂时清政和,朝野多欢。起首即点破题旨。上片写都市风光,祥瑞富丽。下片写士民娱乐,通宵达旦。一派承平气象。《词谱》载"此调……六十八字者、始自柳永"。

〔2〕 玉墄(cè 侧)金阶:装饰华美的台阶。墄,台阶。舞舜干:指手执盾而舞。干,盾。《尚书·虞书·大禹谟》:"帝(舜)乃诞敷文德,舞干羽于两阶。"后以"舞干"指文德教化。此句歌颂明主大布文德,时清政和。

〔3〕 九衢(qú 渠):指四通八达的道路。三市:指早上、下午、傍晚三时之市。《周礼·地官·司市》:"大市,日昃而市,百族为主。朝市,朝时而市,商贾为主。夕市,夕时而市,贩夫贩妇为主。"亦泛指集市。唐卢照邻《长安古意》:"南陌北堂连北里,五剧三条控三市。"

39

〔4〕急管繁弦:形容节拍急促、演奏热闹的乐曲。

〔5〕凤楼二句:宫中的楼阁临近繁华的街道,缭绕着祥瑞的彩云。凤楼,宫内楼阁,屋角常饰以凤形,故云凤楼。南朝宋鲍照《代陈思王京洛篇》:"凤楼十二重,四户八绮窗。"绮陌,繁华的街道。唐刘沧《及第后宴曲江》诗:"归时不省花间醉,绮陌香车似水流。"嘉气非烟,指祥瑞的彩云,又称卿云、庆云、景云。《史记·天官书》:"若烟非烟,若云非云,郁郁纷纷,萧索轮囷,是谓卿云。卿云见,喜气也。"

〔6〕雅俗熙熙:雅士与俗人皆一派和乐。熙熙,和乐貌。《老子》:"众人熙熙,如享太牢,如登春台。"物态妍:指景物美好。

〔7〕连昏昼:指通宵达旦,夜以继日。

〔8〕旗亭:原指古代的市楼,用以指挥集市。张衡《西京赋》:"旗亭五重,俯察百隧。"后多指酒楼。陆游《初春感事》:"百钱不办旗亭醉,空爱鹅儿似酒黄。"此处指酒楼,与下文"斗酒十千"相接。斗酒十千:指酒价昂贵。参见《笛家弄·花发西园》注〔7〕。

〔9〕尊前:亦作"樽前",酒尊之前。尊,古代酒器。

柳初新[1]

东郊向晓星杓亚。报帝里、春来也[2]。柳抬烟眼,花匀露脸,渐觉绿娇红姹[3]。妆点层台芳榭。运神功、丹青无价[4]。　　别有尧阶试罢。新郎君、成行如画[5]。杏园风细,桃花浪暖,竞喜羽迁鳞化[6]。遍九陌、相将游冶[7]。聚香尘、宝鞍骄马[8]。

〔1〕此首写春试已罢,新进士饮宴游冶。当为柳永于景祐元年(1034)中进士时作。上片写春回大地,宛然一幅色彩绚丽的春归图。下片写饮宴游冶,极写新进士之宠渥有加,春风得意。全词清新明丽,情致盎然,是柳词中难得的表现踌躇满志的词作。

〔2〕东郊二句:言东郊临晓,星斗低垂,报到京都春已来临。东郊,古代以"东"指春天,以"东君"称司春之神,以东郊为迎春之地。《礼记·月令》:"立春之日,天子亲帅三公、九卿、诸侯、大夫,以迎春于东郊。"星杓(biāo标)亚,北斗星星柄低垂。杓,北斗第五、六、七颗星的名称,又称斗柄。亚,通"压",低垂貌。

〔3〕柳抬三句:用拟人手法写初春景色。柳抬烟眼,谓初生的柳叶含着轻烟。柳眼,因早春初生的柳叶细长如眼,故称。花匀露脸,谓花儿含露鲜丽如美人化妆过的脸庞。匀脸,指化妆时使脂粉匀净。绿娇红姹,绿叶红花娇艳美丽。姹,美丽。

〔4〕妆点三句:谓造物主运用神功创造化育春天万物,妆点得亭台楼榭分外美丽,如无价的丹青画图。

〔5〕别有二句:谓朝廷殿试刚刚结束,新中的进士披红挂彩,成排成行,如画中之人。尧阶,指皇帝亲临考试的殿廷。尧,传说中古帝陶唐氏之号。此处借指当朝,敬语。

〔6〕杏园三句:谓新进士游宴之处,风细浪暖,竞相贺喜。杏园,园名,故址在今陕西西安大雁塔南,为唐代新进士赐宴之地。五代王定保《唐摭言·慈恩寺题名游赏赋咏杂记》:"神龙已来,杏园宴后,皆于慈恩寺塔下题名。"后泛指新进士游宴处。桃花浪,传说河津桃花浪起,江海之鱼聚龙门下,跃过龙门的化为龙,否则点额暴腮。后遂以比喻春试高中。宋张世南《游宦纪闻》卷六:"鲍氏安国、安行、安世兄弟,三科连中,故程文昌伯禹赠之诗,有'七年三破桃花浪'之句。"羽迁鳞化,指中进士后身份将起巨大变化。羽迁,即羽化,原指昆虫由若虫或蛹化为成虫的

41

过程,后指飞升成仙。鳞化,指鱼龙变化。《文选》张衡《西京赋》:"海鳞变而成龙。"

〔7〕遍九陌句:谓新进士们兴致极高,相伴遍游京城的条条街道。九陌,汉长安城中的九条大道。后泛指都城大道和繁华闹市。

〔8〕聚香尘句:谓他们的马匹与宝鞍上聚积了许多尘土。此乃"春风得意马蹄疾,一日看尽长安花"与"踏青归来马蹄香"之合意。

女冠子[1]

断云残雨。洒微凉、生轩户[2]。动清籁、萧萧庭树[3]。银河浓淡,华星明灭,轻云时度。莎阶寂静无睹[4]。幽蛩切切秋吟苦[5]。疏篁一径,流萤几点,飞来又去[6]。　　对月临风,空恁无眠耿耿[7],暗想旧日牵情处。绮罗丛里[8],有人人、那回饮散,略曾谐鸳侣[9]。因循忍便睽阻[10]。相思不得长相聚。好天良夜,无端惹起,千愁万绪。

〔1〕此首写秋夜怀人。上片写环境之清幽静谧。下片写触景思人,离情凄恻。《词谱》载,《女冠子》为"唐教坊曲名。小令始于温庭筠,长调始于柳永"。

〔2〕断云二句:谓云将散而雨将止,门窗透进微凉。断云,片云。残雨,将止的雨。江淹《赤虹赋》:"残雨萧索,光烟艳烂。"轩户,门户,窗户。

〔3〕动清籁句:谓庭树发出清朗的声音。籁,从空虚处发出的声音;也指一般声响。萧萧,象声词,形容草木摇落声。

〔4〕莎(suō梭)阶句:谓庭院静悄悄的,看不见什么东西。莎阶,长有莎草的台阶。莎草,一种多年生草本植物。

〔5〕幽蛩(qióng穷)句:惟有蛩声凄切悲苦。蛩,蟋蟀。切切,象声词,形容声音凄切。唐皇甫冉《魏十六还苏州》诗:"秋夜沉沉此送君,阴虫切切不堪闻。"

〔6〕疏篁(huáng皇)三句:谓竹丛小径,几点流萤,飞来飞去,撩人心绪。疏篁,稀疏的竹丛。篁,丛生的竹。流萤,飞行无定的萤。

〔7〕耿耿:形容心中不能宁帖。《诗经·邶风·柏舟》:"耿耿不寐,如有隐忧。"

〔8〕绮罗丛里:指美女群里。绮罗,泛指华贵的丝织品或丝绸衣服,亦指穿着绮罗的人。多为贵妇、美女的代称。

〔9〕人人:对亲爱者的昵称。略:偶尔,偶然。谐鸳侣:指男女合欢。

〔10〕因循句:谓飘泊无定怎忍就这样长久分离。因循,流连、徘徊不去,引申指飘泊。宋陆游《宴西楼》诗:"万里因循成久客,一年容易又秋风。"睽(kuí葵)阻,分离、阻隔。

玉楼春[1]

皇都今夕知何夕[2]。特地风光盈绮陌[3]。金丝玉管咽春空,蜡炬兰灯烧晓色[4]。　凤楼十二神仙宅[5]。珠履三千鹓鹭客[6]。金吾不禁六街游[7],狂杀云踪并雨迹[8]。

〔1〕此首写元宵佳节。上片以灯、乐写元宵夜景。下片写皇宫之庆,士女之乐。欢腾热闹之场面,乐可闻,灯可见,金吾不禁,六街狂游,亦自具风情。

43

〔2〕今夕知何夕:今夜是什么日子?多用作赞叹语。《诗经·唐风·绸缪》:"今夕何夕,见此良人。"郑玄笺:"今夕何夕者,言此夕何月之夕乎?"杜甫《今夕行》诗:"今夕何夕岁云徂,更长烛明不可孤。"

〔3〕特地风光:特别的风光。绮陌:繁华的街道。

〔4〕金丝二句:谓优美的音乐充塞新春碧空,灯火通明直至晓色来临。金丝玉管,代指音乐。金丝,乐器的金属弦,借指弦乐器。玉管,借指管乐器。咽,充塞。刘向《新序·杂事》:"云霞充咽则夺日月之明。"兰灯,精致的灯具。烧,照耀,映照。

〔5〕凤楼句:谓宫中楼阁重重,有如神仙居处。凤楼,见《看花回·玉城金阶舞舜干》注〔5〕。

〔6〕珠履句:谓朝中庆典,百官齐整,宾客众多。珠履三千,《史记·春申君列传》:"春申君客三千馀人,其上客皆蹑珠履以见赵使,赵使大惭。"后用以咏门客或贵客。珠履,镶明珠的鞋子。三千,谓众多。鹓鹭客,比喻朝班秩序井然。参见《送征衣·过韶阳》注〔11〕。

〔7〕金吾句:谓此夜街市开放夜禁,青年男女可以尽情游玩。金吾,即执金吾,官名,掌管京城的戒备防务。秦时置中尉,汉武帝太初元年,更名执金吾。唐代韦述《西都杂记》:"西都京城街衢,有金吾晓暝传呼,以禁夜行;惟正月十五日夜,敕许金吾弛禁。"因元宵节开放夜禁,故有"金吾不禁"之说。六街,长安城有左右六街。此处以唐长安借指宋汴京。

〔8〕狂杀:恣意,纵情。云踪雨迹:指男女欢会。宋玉《高唐赋》所述楚王梦遇神女故事中,巫山神女自称"旦为朝云,暮为行雨"。后以"云雨"、"云踪雨迹"喻指男女情事。

惜春郎[1]

玉肌琼艳新妆饰[2]。好壮观歌席。潘妃宝钏,阿娇金屋,应也消得[3]。　　属和新词多俊格。敢与我勍敌[4]。恨少年、枉费疏狂,不早与伊相识[5]。

〔1〕此首赞歌妓之色艺。上片写其貌美。言虽比之潘妃、阿娇,亦不逊色。下片写其艺高,且有相识恨晚之憾。全词笔墨不多,而能巧用衬托,突出人物。

〔2〕玉肌:形容肌肤洁白莹润。琼艳:即琼花,一种珍贵的花。叶柔而莹泽,花色微黄而有香。唐李白《秦女休行》:"西门秦氏女,秀色如琼花。"艳,花。此处以"琼艳"喻美女。新妆饰:指时新的装扮。

〔3〕潘妃三句:谓此女美艳,即使是潘妃的宝钏,阿娇的金屋,也应该配得。潘妃宝钏,潘妃,南齐东昏侯妃,名玉儿。《南史·齐纪(下)·废帝东昏侯》:"潘氏服御,极选珍宝。主衣库旧物,不复周用,贵市人间金银宝物,价皆数倍。虎珀钏一只,直百七十万。"阿娇金屋,阿娇,汉武帝陈皇后。武帝幼年封胶东王时,姑母长公主将他抱置膝上,"问曰:'儿欲得妇不?'胶东王曰:'欲得妇。'长公主指左右长御百馀人,皆云不用。末指其女问曰:'阿娇好不?'于是乃笑对曰:'好!若得阿娇作妇,当作金屋贮之也。'"见旧题班固《汉武故事》。消得,值得,配得。

〔4〕属和(zhǔ hè 主贺)二句:谓唱和新词,文辞俊美,敢与我匹敌。属和,跟着别人唱,后指和别人的诗词。勍(qíng 情)敌,强敌。

〔5〕恨少年二句:遗憾我少年之时枉自疏狂放浪,却未能早与她相识。即相识恨晚之意。

传花枝[1]

平生自负,风流才调[2]。口儿里、道知张陈赵[3]。唱新词,改难令,总知颠倒[4]。解刷扮,能哫嗽,表里都峭[5]。每遇著、饮席歌筵,人人尽道:可惜许老了[6]。 阎罗大伯曾教来,道人生、但不须烦恼[7]。遇良辰,当美景,追欢买笑。剩活取百十年,只恁厮好[8]。若限满、鬼使来追,待倩个、淹通著到[9]。

〔1〕此首是词人的自我写照,当作于中年以后。全词以自负的口吻,狂放的笔调,自述其风流才调与生死态度,表现出桀骜不驯、乐观幽默的性格特点。上片铺叙风流才调,下片表明生死态度。这种追求个人精神上的自由满足的浪子风流情调,显然与传统的伦理规范及价值观念格格不入。同时,此词用俗语方言写成,充满幽默机趣,淋漓尽致,又与传统的雅词趣味迥异。

〔2〕平生二句:自谓平生颇富风流倜傥的才子情调。自负,自恃,自许。

〔3〕口儿里句:谓口里随便就能说出张陈赵等各种人物的来由。张陈赵,泛指各种人。俚语有张王李赵之语。清翟灏《通俗编·称谓》:"张王李赵,此语正依《梁书》张甲、王乙、李丙、赵丁之次,非俚俗所偶然杜撰。"俗语又有张赵、陈赵之说。此处是借以说明自己见多识广。

〔4〕唱新词三句:谓自己在填词谱曲方面最为擅长。唱新词,指谱写新调新词。改难令,指改写令曲。总知颠倒,指深谙个中奥妙。

〔5〕解刷扮:言会打扮。刷扮,装扮,打扮。哫(bīn 宾)嗽:吞吐说唱。表里都峭:指内心和外表都很俊俏。峭,峬峭,亦作逋峭,形容风姿、文笔等优美。《魏书·温子升传》:"子升前为中书郎,尝诣萧衍客馆受国书,自以不修容止,谓人曰:'诗章易作,逋峭难为。'"

〔6〕每遇著三句:谓常遇着歌筵酒席,人人都说,可惜这样老了。许,如此,这般。按:众人言老,而词人并不服老。故以下借阎罗之口表

明其生死态度。

〔7〕阎罗二句:谓阎王爷曾告诉我说,人生不要寻烦恼。阎罗大伯,即阎王。佛书中称管地狱之主。

〔8〕遇良辰五句:谓遇上良辰美景,就应当追欢买笑,尽情享乐。真活上百十年,只这样就好。剩,犹真,更。厮,犹就也。

〔9〕若限满二句:谓如果大限已满,小鬼来捉拿,就深通其理即刻报到。限满,即大限满,指人的死期到。倩,请。淹通,深通。

雨霖铃〔1〕

寒蝉凄切〔2〕。对长亭晚,骤雨初歇〔3〕。都门帐饮无绪〔4〕,留恋处、兰舟催发〔5〕。执手相看泪眼,竟无语凝噎〔6〕。念去去、千里烟波,暮霭沉沉楚天阔〔7〕。　　多情自古伤离别,更那堪、冷落清秋节。今宵酒醒何处,杨柳岸、晓风残月〔8〕。此去经年,应是良辰、好景虚设〔9〕。便纵有、千种风情〔10〕,更与何人说。

〔1〕此首写别情,作于词人离开汴京漫游江南之时,是柳永的代表作。上片叙写临别、惜别之时,下片设想别后情景。通篇无一处离去别意。全篇层层铺叙,情景交炼。"杨柳岸、晓风残月",虚景实写,善于点染,成为千古传诵的名句。宋人以它代表柳词之风格,说它适合十七八岁女郎按红牙檀板演唱(见宋俞文豹《吹剑续录》)。

〔2〕寒蝉:蝉的一种。又名寒蜩、寒螀。《礼记·月令》:"孟秋之月,……凉风至,白露降,寒蝉鸣。"

〔3〕长亭:古时设在路旁供行人休息或送别的亭舍。庾信《哀江南赋》:"十里五里,长亭短亭。"歇:停止。

〔4〕都门帐饮:在京城郊外张设帷帐,宴饮钱别。无绪:没有欢乐情绪。

〔5〕留恋处句:谓无限留恋,不忍分别,但船却催着要出发。兰舟,船的美称。

〔6〕凝噎(yē 椰):哽咽。喉中气结声阻,说不出话来。

〔7〕去去:不断远去。烟波:烟雾弥漫的水面。暮霭沉沉:傍晚时的云气浓重低沉。楚天:南方的天空。古代楚国在荆湘一带,故古人常泛指长江中游及南方的天空为楚天。

〔8〕多情四句:用点染手法。"多情"二句点出古往今来离情之冷落可哀;"今宵"二句用自然风景画面加以渲染。"杨柳岸、晓风残月",本魏承班《鱼歌子》"窗下晓莺残月"。

〔9〕经年:经过一年或一年以上。即年复一年的意思。虚设:空设。

〔10〕风情:指男女相悦之情。

定风波〔1〕

伫立长堤〔2〕,淡荡晚风起〔3〕。骤雨歇、极目萧疏,塞柳万株,掩映箭波千里〔4〕。走舟车向此〔5〕,人人奔名竞利。念荡子、终日驱驱〔6〕,争觉乡关转迢递〔7〕。 何意。绣阁轻抛,锦字难逢,等闲度岁〔8〕。奈泛泛旅迹,厌厌病绪〔9〕,迩来谙尽,宦游滋味〔10〕。此情怀、纵写香笺,凭谁与寄。算孟光、争得知我,继日添憔悴〔11〕。

〔1〕此首写思乡怀人之愁,作于柳永入仕之后。上片触景伤怀,感慨因奔名竞利而远离乡关。由"塞柳"句可知,柳永足迹已至北方边地,离福建家乡实万里之遥。下片思念佳人。联用苏蕙与孟光二典,可知所思佳人乃词人贤惠温良之妻。"泛泛旅迹"四句,道尽宦游甘苦,流露出厌倦情绪,非亲历之人莫能言之。

〔2〕伫立:长时间地站着。

〔3〕淡荡:舒缓清和貌。

〔4〕塞柳:边地之柳。箭波:柳叶映地之影。因柳叶细长如箭,故云。形容人疾走状。

〔5〕走舟车:犹言水陆并进。

〔6〕荡子:指辞家远出、羁旅忘返的男子。终日驱驱:整日奔走辛劳。

〔7〕争觉:只觉。转:渐。迢递:遥远貌。

〔8〕锦字:锦书,苏蕙曾织锦回文旋图诗寄夫,后代指妻子给丈夫的书信。详见《曲玉管·陇首云飞》注〔5〕。等闲:随便。

〔9〕泛泛旅迹:指行踪不定。泛泛,漂浮貌。厌厌病绪:病弱、精神不振的样子。

〔10〕迩来二句:谓近来深知外出做官的滋味。谙(ān 安),熟悉,知道。

〔11〕算孟光二句:谓就算是贤惠的妻子,又怎知我在外边一天天地憔悴了呢?孟光,东汉梁鸿妻,侍鸿举案齐眉。《后汉书·梁鸿传》:"梁鸿字伯鸾,扶风平陵人也。……同县孟氏有女,状肥丑而黑,为举石臼,择对不嫁,至年三十。父母问其故。女曰:'欲得贤如梁伯鸾者。'鸿闻而聘之。每归,妻为具食,不敢于鸿前仰视,举案齐眉。"后作为贤妻的典型。此处以孟光代指妻子。

尉迟杯[1]

宠佳丽。算九衢红粉皆难比[2]。天然嫩脸修蛾,不假施朱描翠[3]。盈盈秋水[4]。恣雅态、欲语先娇媚。每相逢、月夕花朝,自有怜才深意。　绸缪凤枕鸳被[5]。深深处、琼枝玉树相倚[6]。困极欢馀,芙蓉帐暖,别是恼人情味[7]。风流事、难逢双美[8]。况已断、香云为盟誓[9]。且相将、共乐平生,未肯轻分连理[10]。

[1] 此首写男女合欢,十分露骨,正是词家所批评的"丽以淫"。这种描写在柳词中还有一些,由此略见一斑。

[2] 九衢红粉:指大街小巷的众多美女。红粉,妇女化妆用的胭脂和铅粉。亦借指美女。

[3] 天然:天生的。修蛾:修长的眉毛。不假:不需要,不凭借。施朱描翠:涂抹胭脂描画翠眉。

[4] 盈盈秋水:形容眼神饱含感情。秋水,比喻明澈的眼波。唐白居易《宴桃源》词:"凝了一双秋水。"

[5] 绸缪(chóu móu 愁谋):缠绵。《诗经·唐风·绸缪》:"绸缪束薪,三星在天。"毛传:"绸缪,犹缠绵也。"

[6] 琼枝玉树:本形容树木华美,后喻贵家子弟。此处喻指男女之裸体。柳永《凤栖梧·蜀锦地衣丝步障》词中亦有"玉树琼枝,迤逦相偎傍"之句。

[7] 别是:另是。恼人:撩拨人。

〔8〕风流事:指男女情事。

〔9〕香云:指女子头发。参见《尾犯·夜雨滴空阶》注〔8〕。

〔10〕相将:相随,相伴。连理:异根草木,枝干连生。旧以为吉祥之兆。后喻结为夫妇或男女欢爱。唐白居易《长恨歌》:"在天愿作比翼鸟,在地愿为连理枝。"

征部乐〔1〕

雅欢幽会,良辰可惜虚抛掷。每追念、狂踪旧迹。长只恁、愁闷朝夕〔2〕。凭谁去、花衢觅。细说此中端的。道向我、转觉厌厌,役梦劳魂苦相忆〔3〕。　　须知最有,风前月下,心事始终难得。但愿我、虫虫心下,把人看待,长似初相识〔4〕。况渐逢春色。便是有、举场消息〔5〕。待这回、好好怜伊,更不轻离拆〔6〕。

〔1〕此首写对歌妓虫虫的思念。作于柳永落第后远离京城漫游之时。柳永结识众多歌妓,似乎尤属意虫虫姑娘。词的上片写他对往昔生活的无限追念和对虫虫姑娘的苦苦思忆。下片写他希望虫虫对他也能纯情如初,始终不渝。在春日临近之时,他期盼有举场消息,想借此机会与虫虫相聚。足见词人是以平等真诚的态度对待与歌妓之间的恋情。

〔2〕每追念二句:言每当回想起昔日疏狂放浪的生活,就会长久地使人如此愁闷。

〔3〕凭谁四句:言托谁去花街柳巷寻找我的心上人,向她细说我对她的苦苦思念。花衢,花街,指妓院荟集的街道。端的,究竟,底细。役

梦劳魂,指魂牵梦绕,心神劳苦。

〔4〕须知六句:言风前月下,虫虫姑娘的心事最难得。但愿她心里待我就像初相识时那样。按:柳永在《集贤宾》、《木兰花》等词中多次写到虫虫以及他与虫虫的关系。可参见二词。初相识,指当初一见钟情,如胶如漆。

〔5〕况渐逢二句:言春日临近,即将有春试的消息。举场,科场,考场。唐李肇《国史补》(下):"进士为时所尚久矣,其都会谓之举场。"

〔6〕待这回二句:犹言待这回进京赶考,便好好爱她,不再轻易分离。拆,分开。

佳人醉〔1〕

暮景萧萧雨霁〔2〕。云淡天高风细。正月华如水〔3〕。金波银汉,潋滟无际〔4〕。冷浸书帷梦断〔5〕,却披衣重起。临轩砌〔6〕。素光遥指〔7〕。因念翠蛾〔8〕,杳隔音尘何处〔9〕,相望同千里。尽凝睇〔10〕。厌厌无寐,渐晓雕阑独倚。

〔1〕此首写月夜怀人。全词由暮至晓依次写来,首尾呼应,反照作收。清冷之月色与清寂之心境相谐相融。

〔2〕暮景:傍晚的景色。萧萧:萧条寂静。雨霁:雨后放晴。

〔3〕月华:月光。如水:形容月光清朗、澄澈。

〔4〕金波:指月光。《汉书·礼乐志》:"月穆穆以金波,日华耀以宣明。"颜师古注:"言月光穆穆,如金之波流也。"银汉:银河,指星光。潋滟无际:水波荡漾,连成一片,没有边际。《文选》木华《海赋》:"尔其为

状也,则乃潋滟潋滟,浮天无岸。"李善注:"潋滟,相连之貌。"此处形容月华星辉相连相映如水波无边。

〔5〕冷浸句:言清冷的月光照进书房,使人不觉梦醒。浸,喻映照。书帷,书房的帷幔,代指书房。

〔6〕临:来到。轩砌,屋前台阶。

〔7〕素光:月光。遥指:遥对。

〔8〕翠蛾:代指佳人。

〔9〕音尘:音信,消息。

〔10〕尽:全都,一直。凝睇(dì弟):凝视。

迷仙引[1]

才过笄年[2],初绾云鬟[3],便学歌舞。席上尊前,王孙随分相许[4]。算等闲、酬一笑,便千金慵觑[5]。常只恐、容易韶华偷换[6],光阴虚度。　　已受君恩顾。好与花为主[7]。万里丹霄,何妨携手同归去[8]。永弃却、烟花伴侣。免教人见妾,朝云暮雨[9]。

〔1〕此首代歌妓倾诉渴望从良的愿望。此词塑造了一位虽身陷污泥而心性高洁的歌妓形象。

〔2〕笄(jī机)年:指女子到了十五岁。古代女子未成年时头发下垂,到十五岁时,盘发插笄,称作及笄,表示成年,可以许婚。《礼记·内则》:"女子……十有五年而笄。"笄,簪子。

〔3〕初绾(wǎn挽)云鬟:刚刚绾结起环形的发髻。绾,盘绕打结。

云鬟,形容发髻高耸如云。

〔4〕王孙:王孙公子,泛指富贵子弟。随分:随便,随意。相许:赞许。

〔5〕算等闲二句:言她只要随便应酬报之一笑,客人们便会一掷千金;然而就是千金,她也懒得去瞧。算,料想。等闲,随便。一笑千金,谓一笑价值千金,极言美人一笑之难得。典出东汉崔钰《七依》:"回顾百万,一笑千金。"慵觑,懒得看。

〔6〕常只恐句:谓常担心青春如蕣华,在不知不觉中就衰老了。蕣(shùn 顺)华,即木槿花,夏秋开花,朝开暮敛。《诗经·郑风·有女同车》:"有女同车,颜如蕣华。"后以"蕣华"喻指年华美妙而易逝。偷换,暗中改换。

〔7〕已受二句:言既已承蒙郎君关心照顾,就请为弱女子做主。此意为想选如意郎君,托付终身。表现歌妓从良的愿望。

〔8〕万里二句:暗用萧史弄玉吹箫引凤飞天而去之事典,与《诗经·邶风·北风》"携手同归"之语典,表示渴望获得爱情。萧史弄玉典参见《笛家弄·花发西园》注〔9〕。

〔9〕永弃却句:言永远抛弃这烟花生活,免得让人说我用情不专。朝云暮雨,用以描绘妓女生活,含有用情不专、朝三暮四的意思。唐韩偓《六言三首》其一:"朝云暮雨会合,罗袜绣被相逢。"

御 街 行[1]

前时小饮春庭院。悔放笙歌散[2]。归来中夜酒醺醺[3],惹起旧愁无限。虽看坠楼换马[4],争奈不是鸳鸯伴。　　朦胧暗想如花面。欲梦还惊断[5]。和衣拥被不成眠,一枕万回千转。惟有画梁,新来双燕,彻曙闻长叹[6]。

〔1〕此首写酒后怀人。上片写醉酒,先已春庭小饮,归来又自斟自饮,直至中夜醺醺大醉。本欲借酒浇愁,却"惹起旧愁无限"。下片写怀人。本图与佳人梦中相见,怎奈和衣拥被,不得成眠。"画梁双燕","彻曙闻叹",既是实景实情,亦含有燕犹成双,而人反不如燕之意。全篇铺叙细密妥帖,丝丝入扣,又曲折委婉,波澜迭起。

〔2〕悔放句:言后悔散了乐歌。因笙歌既散,人去春空,令人不免惆怅烦闷。欧阳修《采桑子》词:"笙歌散尽游人去,始觉春空。"笙歌,吹笙唱歌。

〔3〕中夜:半夜。醺醺:酒醉貌。

〔4〕坠楼换马:指坠楼、换马一类的故事。坠楼,用绿珠事。《晋书·石苞传》载:石崇有宠妓绿珠,美而艳,善吹笛。孙秀派使者来求。石崇终不应允。孙秀大怒,矫诏收石崇及潘岳、欧阳建等。当时石崇正在楼上设宴,武士已到门口。绿珠泣曰:"我当效死于官前。"于是坠楼而死。换马,即以女婢换马。据《异闻集》载:酒徒鲍生多蓄声妓,表弟韦生好乘骏马,二人各求所好。一日相遇交换其所好,鲍生以善弹奏四弦的婢女换得一匹好马。

〔5〕惊断:惊醒。

〔6〕惟有三句:言彻夜不眠,也无人知晓,只有画梁间的双燕,通宵听我长叹。唐卢照邻《长安古意》诗:"双燕双飞绕画梁,罗帏翠被郁金香。"此处反用其意,犹言燕双而人单,人反不如燕。画梁,有彩绘装饰的屋梁。彻曙,犹彻旦,直到天明。

归朝欢[1]

别岸扁舟三两只。葭苇萧萧风渐渐[2]。沙汀宿雁破烟飞[3],溪桥残月和霜白。渐渐分曙色。路遥山远多行役。往来人,只轮双桨,尽是利名客[4]。　　一望乡关烟水隔。转觉归心生羽翼[5]。愁云恨雨两牵萦[6],新春残腊相催逼[7]。岁华都瞬息[8]。浪萍风梗诚何益[9]。归去来,玉楼深处,有个人相忆[10]。

〔1〕此首写羁旅行役,抒发回归故里之思。上片写早行,下片写归思。全词写景、议论、抒情熔铸一炉。写景真切,为议论而铺设;议论透辟,为抒情而张本。层层推进,浑然一体。

〔2〕葭(jiā佳)苇:芦苇。萧萧:象声词,草木摇落声。淅淅(xī西):象声词,风声。

〔3〕宿雁:栖息在汀上的大雁。

〔4〕只轮双桨:指乘车与坐船。利名客:指远离家乡、为名利而奔波的人。

〔5〕生羽翼:恨不得生出翅膀,形容归心之急切。

〔6〕愁云恨雨:因男女之情而引起的忧愁憾恨。两牵萦:将两人牵系。

〔7〕新春句:言岁月之紧迫。残腊,岁末。腊,腊月,即农历十二月,腊尽则春来。唐元稹《酬复言长庆四年元日郡斋感怀见寄》诗:"腊尽残销春又归,逢新别故欲沾衣。"

〔8〕岁华句:言年华之短暂。瞬息,一眨眼一呼吸的极短时间。

〔9〕浪萍句:言整日飘泊,又有何益?浪萍风梗,波浪中的浮萍和疾风中的断梗,比喻行踪不定。

〔10〕归去来三句:还是回去吧,况且有佳人在日夜惦记着我。玉楼,指佳人居处。归去来,陶渊明曾作《归去来兮辞》,表达了厌弃仕途,

归隐田园,怡然自乐的情致。

采莲令[1]

月华收,云淡霜天曙[2]。西征客,此时情苦[3]。翠娥执手送临歧,轧轧开朱户[4]。千娇面、盈盈伫立,无言有泪,断肠争忍回顾[5]。　　一叶兰舟,便恁急桨凌波去。贪行色、岂知离绪。万般方寸,但饮恨,脉脉同谁语[6]。更回首、重城不见,寒江天外,隐隐两三烟树[7]。

〔1〕此首写别情。上片写送别时之情景,下片写分别后之情景。送别之时,详写送者,略写行者。通过送者的一系列动作表情抒写佳人的伤别之情,语微意足,哀婉动人。分别之后,重在行者的心理刻画,通过内心独白,诉说自己的不得已处,宛曲细腻,极尽人情。结拍以景结情,情韵无限。

〔2〕霜天:深秋的天空。曙:天刚亮。

〔3〕西征客二句:言西行之客,此时心情最为悲苦。征,远行。柳永曾至长安一带漫游,故自称"西征客"。

〔4〕翠娥二句:言佳人缓缓打开门户,执手送别。临歧,指分道惜别。唐高适《别韦参军》诗:"丈夫不作儿女别,临歧涕泪沾衣巾。"轧(yà压)轧,象声词,多为木制之物发出的声音。唐许浑《旅怀》诗:"征车何轧轧,南北极天涯。"唐温庭筠《江南曲》:"轧轧摇桨声,移舟入荇叶。"

〔5〕千娇面三句:写送者挥泪惜别,行者不忍回顾的情景。

〔6〕一叶六句:为行者的内心独白。前三句替对方想,后三句替自

己想。犹言你就这样行色匆匆,岂知她的离愁别绪?可我也是万般无奈,满肚子憾恨无处诉说。急桨,船桨划得飞快。凌波,在水上行走。行色,行旅。饮恨,受屈抱恨。

〔7〕重城:古代城市在外城中又建内城,故称。亦泛指城市。烟树:笼罩在烟雾之中的树。

婆罗门令[1]

昨宵里、恁和衣睡[2]。今宵里、又恁和衣睡。小饮归来,初更过,醺醺醉。中夜后、何事还惊起[3]。霜天冷,风细细。触疏窗、闪闪灯摇曳[4]。　　空床展转重追想,云雨梦、任敧枕难继[5]。寸心万绪,咫尺千里[6]。好景良天,彼此空有相怜意[7],未有相怜计。

〔1〕此首写中夜酒醒怀人。上片写醉归、酒醒。下片写追思、怀人。起二句用反复修辞格,强调"和衣而睡"不止一日。结拍二句为点睛之笔:既道出相思之无尽,又道出相思之无奈,此其一;用反复修辞格与起二句呼应,此其二;使上片叙事写景所蓄之情得以直笔抒发,此其三。

〔2〕恁:如此,这样。和衣:穿着衣服。

〔3〕何事:为什么。

〔4〕触:触动。此指秋风吹动。疏窗:绮疏装饰的窗户。

〔5〕空床二句:言酒醒后重新追想梦中的情景,却难以再续前梦。展转,同"辗转",翻来覆去。《诗经·周南·关雎》:"求之不得,寤寐思服,优哉游哉,辗转反侧。"云雨梦,男女欢会的梦。本于宋玉《高唐赋》

所述楚王梦遇神女故事。欹(qī七)枕,斜靠在枕上。

〔6〕寸心万绪:言心只有一寸见方,却装有万千愁绪。咫尺千里:言梦中近在咫尺,醒后却远隔千里。咫尺,古代称八寸为咫。此二句用夸张手法,突出相爱之深、相见之难。

〔7〕相怜:相爱。

法曲献仙音[1]

追想秦楼心事,当年便约,于飞比翼[2]。每恨临歧处,正携手、翻成云雨离拆。念倚玉偎香[3],前事顿轻掷。　惯怜惜[4]。饶心性,镇厌厌多病[5],柳腰花态娇无力。早是乍清减[6],别后忍教愁寂。记取盟言,少孜煎、剩好将息[7]。遇佳景、临风对月,事须时恁相忆[8]。

〔1〕此首写相思。上片追忆往事,下片思念佳人。精彩处在下片。词人先设想她此时一定整日因相思而厌厌多病、娇弱无力、身体消瘦;然后借临别盟言叮咛关照。此词多用方言口语,字字真切,语语含情,一个温柔体贴、善解人意的痴情男子形象跃然纸上。

〔2〕秦楼:用秦穆公女弄玉之事,代指男女情事。参见《笛家弄·花发西园》注〔9〕与《满朝欢·花隔铜壶》注〔6〕。于飞:本指凤与凰相偕而飞。《诗经·大雅·卷阿》:"凤凰于飞,翙翙其羽。"又《左传·庄公二十二年》:"懿氏卜妻(指嫁女)敬仲,其妻占之曰:'吉,是谓"凤凰于飞,和鸣锵锵。有妫之后,将育于姜。"'"后用以比喻夫妻和睦。比翼:两鸟齐飞,翅膀挨着翅膀。

〔3〕倚玉偎香:依偎着佳人。玉、香,代指女子。

〔4〕惯:纵容。怜惜:同情爱护。

〔5〕饶:张相《诗词曲语辞汇释》:"饶,犹娇也,妖也。为佳美之义。饶心性犹云美性情。"镇:常。

〔6〕早是:已是。乍:突然。清减:清瘦。

〔7〕孜煎:煎熬,愁闷。剩:多。将息:休息将养。为唐宋方言。唐王建《留别张广文》诗:"千万求方好将息,杏花寒食约同行。"

〔8〕遇佳景二句:言遇着对风临月的良辰美景,你事事必须常想念我。事须,唐、宋人习惯用语,指理应如此。宋陆游《小雨》诗:"事须求暂假,宜睡称烧香。"自注:"事须二字,盖唐人公移中语也。"况周颐《蕙风词话续编》卷二:"'圣得'、'事须',这些皆唐宋人方言。"

西平乐〔1〕

尽日凭高目,脉脉春情绪〔2〕。嘉景清明渐近,时节轻寒乍暖,天气才晴又雨〔3〕。烟光淡荡,妆点平芜远树〔4〕。黯凝伫〔5〕。台榭好、莺燕语。　　正是和风丽日,几许繁红嫩绿,雅称嬉游去〔6〕。奈阻隔、寻芳伴侣。秦楼凤吹,楚馆云约,空怅望、在何处〔7〕。寂寞韶华暗度〔8〕。可堪向晚,村落声声杜宇〔9〕。

〔1〕此首写春思。上片描绘春日风光,下片感伤韶华暗度。全篇布局井然,针线绵密。一线贯穿,不断意脉。巧妙连缀,天衣无缝。实词虚词结合,属对工稳妥帖,鲜明地表现了时序的特点。《词谱》载"此

调……仄韵者,始自柳永"。

〔2〕尽日二句:言整日登高远望,内心连绵不断的是春情意绪。脉脉,连绵不断貌。

〔3〕嘉景三句:写清明时节气候多变的特点:忽儿变暖又有些轻寒,刚刚放晴转眼又下雨。乍暖,忽儿变暖。李清照《声声慢》词:"乍暖还寒时候,最难将息。"

〔4〕烟光二句:言春光清和舒缓,妆点着近处的草地与远处的高树。烟光,指春天的风光。唐黄滔《祭崔补阙》诗:"闽中二月,烟光秀绝。"平芜,平旷的草地。

〔5〕黯凝伫:内心感伤,神色黯然,长久站立不动。

〔6〕正是三句:言正是风和日丽、花繁叶绿的时候,很适宜出去游赏。雅称(chèn 衬),张相《诗词曲语辞汇释》:"雅,犹颇也;又为发语辞。……雅称,颇相称也。"

〔7〕奈阻隔四句:言怎奈寻芳的伴侣被阻隔,现在还不知她在何处。秦楼凤吹、楚馆云约,用弄玉与朝云典,喻所爱女子。参见《满朝欢·花隔铜壶》注〔6〕、〔7〕。怅望,惆怅地想望。

〔8〕寂寞句:在寂寞中美好的年华不知不觉地过去。后蜀毛熙震《何满子·寂寞芳菲暗度》词:"寂寞芳菲暗度,岁华如箭堪惊。"暗度,悄悄流逝。

〔9〕可堪二句:言怎堪傍晚时分,杜鹃声声啼叫,令人闻啼兴悲。可堪,哪堪,怎堪。杜宇,杜鹃鸟。战国时蜀帝名杜宇,号望帝。传说其死后魂魄化为杜鹃,啼声悲切。后人因称杜鹃为杜宇。《十三州志》载:"当七国称王,独杜宇称帝于蜀,……望帝使鳖冷凿巫山治水,有功,望帝自以德薄,乃委国于鳖冷,号曰开明,遂自亡去,化为子规。"子规,即杜鹃。

凤栖梧[1]

帘内清歌帘外宴。虽爱新声[2],不见如花面。牙板数敲珠一串[3],梁尘暗落琉璃盏[4]。　　桐树花深孤凤怨[5]。渐遏遥天,不放行云散[6]。坐中少年听不惯,玉山未倒肠先断[7]。

〔1〕此首描写一歌女的歌声。全词叙事完整,感情饱满,用夸张衬托手法,盛赞歌声之美妙动人。调寄《凤栖梧》,与词中"桐树花深孤凤怨"正相关合,词情声情和谐一致。

〔2〕新声:新作的乐曲。

〔3〕牙板句:言歌女敲击牙板,声如串串珍珠撒落玉盘。牙板,以象牙制成的拍板,为一种乐器,用坚木数片,以绳串联,演唱时用以拍节。有以竹木、檀木制的,也有以象牙制的。

〔4〕梁尘句:言歌声高亢嘹亮,能震得微尘暗落入杯盏中。陆机《拟东南一何高》:"一唱万夫叹,再唱梁尘飞。"梁尘,屋梁上的微尘。琉璃盏,琉璃制成的酒杯。

〔5〕桐树花深:桐树花开色彩浓艳。深,色彩浓。前蜀韦庄《河传》词:"花深柳暗,时节正是清明。"孤凤怨:梧桐乃凤凰所栖,凤凰乃相偕而飞,既言"孤凤怨",则是代女子抒发孤怨之情。

〔6〕渐遏二句:言歌声悲怨激越,能遏止天边的行云。此用成语"响遏行云"之意。《列子·汤问》:"(秦青)抚节悲歌,声振林木,响遏行云。"遏,阻止。

〔7〕坐中二句:言坐中少年听不惯这种悲怨的曲子,未等酒醉,先已悲痛欲绝。玉山倒,指酒醉倾颓像玉山将崩倒的样子。语出刘义庆《世说新语·容止》:"嵇康(叔夜)身长七尺八寸,风姿特秀。……山公曰:'嵇叔夜之为人也,岩岩若孤松之独立;其醉也,傀俄若玉山之将崩。'"肠断,形容极度悲痛。语出《世说新语·黜免》:"桓公入蜀,至三峡中,部伍中有得猿子者,其母缘岸哀号,行百馀里不去,遂跳上船,至便即绝。破视其腹中,肠皆寸寸断。"

凤栖梧〔1〕

独倚危楼风细细〔2〕。望极春愁,黯黯生天际〔3〕。草色烟光残照里。无言谁会凭阑意〔4〕。　　拟把疏狂图一醉〔5〕。对酒当歌,强乐还无味〔6〕。衣带渐宽终不悔〔7〕。为伊消得人憔悴〔8〕。

〔1〕此首写春愁与相思。上片言春愁无际,将抽象的情感化为视觉可感的形象,极富艺术想象力。下片写刻骨相思,点醒春愁之原因。清贺裳云:"小词以含蓄为佳,亦有作决绝语而妙者。如韦庄:'谁家年少足风流?妾拟将身嫁与一生休。纵被无情弃,不能羞'之类是也。……柳耆卿:'衣带渐宽终不悔,为伊消得人憔悴。'亦即韦意,而气加婉矣。"王国维论"古今之成大事业、大学问者,必经过三种境界",以"衣带渐宽终不悔,为伊消得人憔悴"为第二境。柳永正是以决绝语写出了那种铭心刻骨痴情不改的境界。

〔2〕独倚:独自长久地站立、倚靠。危楼:高楼。细细:微微。

〔3〕春愁:因春色而引起的愁绪。黯黯:沮丧忧愁貌。天际:天边。

〔4〕谁会凭阑意:谁能理解我凭栏的心情。辛弃疾《水龙吟》"无人会、登临意"句,亦即此意。阑,栏杆。

〔5〕拟把句:言打算放纵一下,图他个一醉方休。疏狂,狂放不羁,不受礼法拘束。

〔6〕对酒二句:言喝酒听歌,勉强寻欢作乐,还是了无滋味。当,也是"对"的意思。曹操《短歌行》:"对酒当歌,人生几何?"强(qiǎng抢)乐,勉强作乐。

〔7〕衣带渐宽:表示人逐渐消瘦,衣带也随着宽松。《古诗十九首》:"相去日已远,衣带日已缓。"

〔8〕伊:她。消得:值得。

法曲第二〔1〕

青翼传情〔2〕,香径偷期〔3〕,自觉当初草草〔4〕。未省同衾枕,便轻许相将,平生欢笑〔5〕。怎生向、人间好事到头少〔6〕。漫悔懊〔7〕。　　细追想,恨从前容易,致得恩爱成烦恼。心下事千种,尽凭音耗〔8〕。以此萦牵,等伊来、自家向道〔9〕。泪相见,喜欢存问,又还忘了〔10〕。

〔1〕此首写一女子回忆过去的一段约会,懊悔、烦恼,对情人既嗔怪又爱怜的复杂心理。上片写她的懊悔。悔不该当初草草偷情,轻将平生许人,如今好事难成,空留无限懊恼。下片写她的嗔怪。怪情人一去不返,千种心事无处诉说。打算等他回来,对他讲述、倾吐,又怕到时候

只顾温存把这事忘了。全词写人物心理极真实、细腻、宛曲、传神。怨和爱交织,懊悔与甜蜜并存,活画出爱的种种滋味。口语的妙用,更使人物声口毕肖,形神兼备。

〔2〕青翼:即青鸟,指信使。传说青鸟为西王母代为取食,又曾向汉武帝报信。《汉武故事》:"七月七日,上(武帝)于承华殿斋正中,忽有一寸青鸟从西方来,集殿前。上问东方朔,朔曰:'此西王母欲来也。'有顷,王母至。"后因称仙使或信使为"青鸟"。

〔3〕香径:长满花草的小路。偷期:偷偷约会。

〔4〕自觉:自以为。草草:匆忙草率。

〔5〕未省三句:言还未曾与他同衾共枕,便已轻许终身。未省,未曾。轻许,轻易许配。相将,相偕,相共。

〔6〕怎生向:犹怎向,怎奈。

〔7〕漫:空。

〔8〕心下二句:言心事千种,无处诉说,全靠等待他的消息。音耗,消息。

〔9〕以此二句:言我对他如此魂牵梦萦,等他回来,我要亲自对他讲述、倾吐。自家,自己。道,讲述。

〔10〕洎(jì计)相见三句:言等到见面了,恐怕我又是喜欢又是问寒问暖,倒把这事给忘了。洎,到,及。

秋蕊香引[1]

留不得。光阴催促,奈芳兰歇,好花谢,惟顷刻[2]。彩云易散琉璃脆,验前事端的[3]。　风月夜,几处前踪旧迹。忍思忆。这回望断,永作终天隔[4]。向仙岛,归冥路,两无消息[5]。

〔1〕此首为悼亡词。亡者是一个年轻的歌妓。上片写她的逝去。起首"留不得"三字,笼罩全篇,令人想见死者弥留之际哀痛欲绝而生者千呼万唤仍留她不住的悲怆情景。下片写对她的思忆。风月之夜旧迹依稀,而人却望之不见已成永别。全词情之真,语之悲,动人心弦,催人泪下。

〔2〕光阴二句:言歌女的生命短暂,有如好花顷刻即谢。奈,怎奈。歇,衰落。顷刻,极短的时间。

〔3〕彩云二句:言彩云易散琉璃易碎,美好的事物往往难以久持,看来果然如此。验,检验,查考。前事,指歌妓的死。端的,真的,果然。

〔4〕望断:向远处望直至看不见。终天:终身。一般用于死丧永别等不幸的时候。唐白居易《病中哭金銮子》诗:"莫言三里地,此别是终天。"

〔5〕向仙岛二句:言她的芳魂,在蓬莱仙岛和阴司冥路两处都找寻不见。此即白居易《长恨歌》"上穷碧落下黄泉,两处茫茫皆不见"之意。不过玉环在海上仙山犹可找到,而此女则蓬莱仙岛仍无消息,其悲哀伤痛尤甚。

一寸金[1]

井络天开[2],剑岭云横控西夏[3]。地胜异、锦里风流[4],蚕市繁华[5],簇簇歌台舞榭。雅俗多游赏,轻裘俊、靓妆艳冶[6]。当春昼,摸石江边[7],浣花溪畔景如画[8]。　　梦应三刀[9],桥名万里[10],中和政多暇[11]。仗汉节、揽辔澄清[12],高掩武侯勋业,文翁风化[13]。台鼎须贤久,方镇静、又思命驾[14]。空遗爱,两蜀三川,异日成嘉话[15]。

〔1〕此首为投赠词。从描写成都风物及运用蜀中之典看,赠主当是成都某守帅。词的上片描绘成都风物。地胜奇异,市井繁富,民风艳冶,风景优美。下片赞誉赠主功业。连用事典,多恭维溢美之辞。通观全篇,上片摹写风物景致,真切可感;下片用蜀中之典,妥帖圆熟。故有学者认为:"非亲见亲闻者难以悬拟,足证柳永此时在成都。"(薛瑞生《乐章集校注》)当然也不能完全排除在别处遇到赠主而作的可能。《词谱》载"此调始自此词"。

〔2〕井络天开:谓蜀地的天空云开日出。井络,井宿(二十八宿之一)分野,与岷山相对。《文选》左思《蜀都赋》:"岷山之精,上为井络。"晋刘渊林注:"《河图括地象》曰:'岷山之地,上为井络。'"后因以"井络"作为咏蜀地之典。

〔3〕剑岭句:谓剑岭云雾横空,与西夏相连。剑岭,指四川剑阁县北之大剑山与小剑山。控,连接、贯通。唐王勃《滕王阁序》:"襟三江而带五湖,控蛮荆而引瓯越。"唐卢照邻《长安古意》:"南陌北堂连北里,五剧三条控三市。"西夏,国名,本姓拓拔,唐赐姓李,世为夏州节度使。宋时元昊称帝,号大夏,史称西夏(1032—1227)。据有今宁夏、陕北、甘肃西北、青海东北及内蒙部分地区,为宋边患。后为蒙古成吉思汗所灭。

〔4〕地胜异句:言成都为名胜之地,风景优美奇异。锦里,地名,在四川成都南。《华阳国志·蜀志》:"锦工织锦,濯其中则鲜明,他江则不好,故命曰锦里也。"后人即以锦里代称成都。李商隐《筹笔驿》诗:"他年锦里经祠庙,《梁父吟》成恨有馀。"风流,指有风情。

〔5〕蚕市:买卖蚕具及花木、果品、药材等物的集市。宋黄休复《茅

67

亭客话·鸎龙骨》载:"蜀有蚕市,每年正月至三月,州城及属县循环一十五里处,皆为蚕市。"簇簇,聚集。

〔6〕雅俗二句:言雅士俗人皆来游赏。男子们身着轻裘,俊逸潇洒;女子们装扮俏美,艳丽非凡。轻裘,轻暖的皮衣。靓(jìng 静)妆,妆饰艳丽。

〔7〕摸石:民间习俗。《月令广义》:"成都三月有海云山摸石之游,求子,得石者生男,得瓦者则生女。"

〔8〕浣花溪:一名濯锦江,又名百花潭,在成都西,为锦江支流。蜀人习俗,每年四月十九日宴游于溪旁,称浣花日。

〔9〕梦应三刀:指官吏升迁的吉祥之兆。《晋书·王濬传》:"濬夜梦悬三刀于卧室梁上,须臾又益一刀,濬惊觉,意甚恶之。主簿李毅再拜贺曰:'三刀为州字,又益一者,明府其临益州乎?'及贼张弘杀益州刺史皇甫晏,果迁濬为益州刺史。"后以"三刀梦"指高升的吉兆。

〔10〕桥名万里:指万里桥。在成都南,跨锦江上。古代蜀人入吴,皆取道于此。三国蜀费祎奉使去吴,诸葛亮送之,祎曰:"万里之路,始于此桥。"因以为名。见《元和郡县图志》卷三一。

〔11〕中和句:言政通人和,诉讼事少,故多闲暇之时。

〔12〕仗汉节句:言赠主使蜀,能像范滂那样澄清政治,稳定乱局。汉节,本指汉天子所授予的符节,如汉苏武"杖汉节牧羊"。亦以指持节的使者。揽辔澄清,用东汉范滂事。《后汉书·范滂传》:"时冀州饥荒,盗贼群起,乃以滂为清诏使,按察之。滂登车揽辔,慨然有澄清天下之志。及至州境,守令自知臧污,望风解印绶去。"后以"揽辔澄清"指官吏初到职任即能澄清政治,稳定局面。《旧唐书·姚璹传》:"果能揽辔澄清,下车整肃。"

〔13〕高掩:足以超过。武侯勋业:指诸葛亮的功勋。《三国志·诸葛亮传》:"建兴元年,封亮武乡侯,开府治事。顷之,又领益州牧,政事

无巨细,咸决于亮。"文翁风化:指文翁的教化。《汉书·循吏传·文翁传》:"文翁,庐江舒人也,少好学,通《春秋》,以郡县吏察举。景帝末,为蜀郡守,仁爱好教化。""又修起学宫于成都市中,招下县子弟以为学宫弟子。……至武帝时,乃令天下郡国皆立学校官,自文翁为之始云。""至今巴蜀好文雅,文翁之化也。"风化,教化。《毛诗序》:"风,风也,教也;风以动之,教以化之。"文翁守蜀,办官学,宣教化,受到人们称赞,后因用以比喻倡导教育的贤者,也用以咏蜀地方官。

〔14〕台鼎二句:谓朝中要职久须贤才,您在蜀中方才稳定,又考虑动身赴命。台鼎,古代称三公或宰相为台鼎,言其职位显要,犹星有三台,鼎有三足。此处指朝中要职。镇静,安静,平静。命驾,命人驾车马,即动身之意。

〔15〕空遗爱三句:言您走了,只能把您的仁爱政绩留给蜀地的人民,成为他们日后传颂的佳话。遗爱,遗留仁爱给后人。《左传·昭公二十年》:"及子产卒,仲尼闻之,出涕曰:'古之遗爱也。'"两蜀,指东蜀、西蜀。三川,唐以剑南东、剑南西、山南西三道为三川。异日,犹来日,以后。

永遇乐[1]

天阁英游[2],内朝密侍[3],当世荣遇[4]。汉守分麾[5],尧庭请瑞[6],方面凭心膂[7]。风驰千骑,云拥双旌,向晓洞开严署[8]。拥朱幡、喜色欢声,处处竞歌来暮[9]。　　吴王旧国[10],今古江山秀异,人烟繁富。甘雨车行[11],仁风扇动[12],雅称安黎庶[13]。棠郊成政[14],槐府登贤[15],非久定须归去[16]。且乘闲、孙阁长开,融尊盛举[17]。

〔1〕此首为投赠词。赠主曾任职尚书台,后又任苏州守帅。词的上片述赠主的官职与战功。下片赞其在苏州的德政,并预祝高升。全词联翩用典,仅《后汉书》典就有四处之多。柳永雅词情景交融,俗词明白如话,而祝颂、投赠一类应制之词,则隶事隶典,运用娴熟,整饬工稳,典重博雅,显示了深厚的学问根底与驾驭语言的能力。

〔2〕天阁:官署名,即尚书台。东汉设置,南北朝时称尚书省。唐代曾改称文昌台、都台、中台,旋复旧称,亦称天阁。英游:英俊之辈,才智杰出的人物。宋范仲淹《杨文公写真赞》:"当时台阁英游,盖多出于师门矣。"

〔3〕内朝密侍:指内朝官。古时朝官有内朝外朝之分。大体属于丞相系统的正规官职称外朝官,君主的近臣称内朝官,也叫中朝官。宋蔡絛《铁围山丛谈》卷一:"故中外文武百官罔有不隶尚书省班属御史台者,独学士、侍制不隶外省班,自属阁门,号称内朝官,又曰西班官。则儒者清贵,其为世之荣如此。"以上二句谓赠主任职尚书台,又为内朝官,故下句有"当世荣遇"之谓。

〔4〕荣遇:谓荣获君主知遇而显身朝廷。唐白居易《答故人》诗:"见我昔荣遇,念我今蹉跎。"

〔5〕汉守分麾(huī挥):喻指赠主善于指挥用兵。汉守,指班超。分麾,指分部对付,专攻龟兹。《后汉书·班梁列传》载,班超率兵平定西域各国,在大败番辰后欲进攻龟兹国。因乌孙国兵力强大,想借助其力量,于是上书皇上,请求遣使招慰乌孙,并与之合力专攻龟兹。皇上采纳。建初八年,"拜超为将兵长史,假鼓吹幢麾,以徐幹为军司马,别遣卫侯李邑护送乌孙使者,赐大小昆弥以下锦帛。"麾,古代指挥军队的旗帜。

〔6〕尧庭请瑞:指赠主在朝廷请得发兵征讨的命令。尧庭,指朝廷。

瑞,古代用作符信的玉。《左传·哀公十四年》:"司马请瑞焉,以命其徒攻桓氏。"杜预注:"瑞,符节,以发兵。"

〔7〕方面句:为赠主受任要职,是朝廷亲信得力之人。方面,古代指一个地方的军政要职或其长官。《后汉书·冯异传》:"(异)受任方面,以立微功。"凭,依靠。心膂(lǚ吕),本指心与脊骨,喻指主要的辅佐人员。《尚书·周书·君牙》:"今命尔予翼,作股肱心膂。"《三国志·吴志·周瑜传》:"入作心膂,出为爪牙。"

〔8〕风驰三句:写出行的威风与官署的森严。风驰,像刮风那样,形容速度极快。千骑(jì计),数以千计的人马。骑,一人一马的合称。双旌,唐代节度领刺史者出行时赐双旌双节。《新唐书·车服志》:"旌以绛帛五丈,粉画虎,有铜龙一,首缠绯幡,紫縑为袋,油囊为表。节,悬画木盘三,相去数寸,隅垂赤麻,馀与旌同。"后泛指高官之仪仗。向晓,将晓之时。洞开,敞开。严署,森严的官署。

〔9〕拥朱轓(fān翻)二句:言百姓们簇拥着您的车子,喜色欢声,竞相歌唱《来暮歌》。朱轓,车乘两旁的红色障泥。借指显贵者之车乘。来暮,即《来暮歌》,亦称《来暮谣》。《后汉书·廉范传》:"廉范字叔度,京兆杜陵人,赵将廉颇之后也。……建初中,迁蜀郡太守。……成都民物丰盛,邑宇逼侧,旧制禁民夜作,以防火灾,而更相隐蔽,烧者日属。范乃毁削先令,但严使储水而已。百姓为便,乃歌之曰:'廉叔度,来何暮?不禁火,民安作。平生无襦今五绔。'"后借以称颂地方官吏。

〔10〕吴王旧国:指苏州。因春秋吴国建都于此,故称。

〔11〕甘雨车行:即甘雨随车,谓雨随车而下。《太平御览》卷十引三国吴人谢承《后汉书》:"百里嵩字景山,为徐州刺史。境旱。嵩出巡处,辄甘雨辄澍。东海、祝其、合乡等三县父老诉曰:'人等是公百姓,独不迁降?'弦赴,雨随车而下。"后用以称颂地方长官之德政。

〔12〕仁风扇动:形容恩泽如风之流布。语出《晋书·袁宏传》:"时

贤皆集,安(谢安)欲以卒迫试之。临别执其手,顾就左右取一扇而授之曰:'聊以赠行。'宏应声答曰:'辄当奉扬仁风,慰彼黎庶。'"后以"仁风扇动"颂扬帝王或地方长官之德政。

〔13〕雅称:素称。安黎庶:安抚黎民百姓。

〔14〕棠郊成政:犹言棠树政。棠树,棠梨树。《史记·燕召公世家》:"召公巡行乡邑,有棠树,决狱政事其下,自侯伯至庶人各得其所,无失职者。召公卒,而民人思召公之政,怀棠树不敢伐,歌咏之,作《甘棠》之诗。"后以"棠树"喻惠政。

〔15〕槐府:三公(太师、太傅、太保,一说司马、司徒、司空)的官署或宅第。槐,周代朝廷种三槐、九棘,公卿大夫分坐其下,以定三公九卿之位。后因以"槐棘"喻指三公九卿之位,以"槐府"喻三公的官署或宅第。此处指执政大臣。登贤:举用有道德才干的人。

〔16〕非久句:言不用多久定会入调回朝。

〔17〕孙阁长开:谓广泛结交贤士,延纳宾客。孙阁,用西汉公孙弘"开东阁以延贤人"之事。见《汉书·公孙弘传》。融尊:融,孔融。尊,酒器。《后汉书·孔融传》:"(融)性宽容少忌,好士,喜诱益后进。及退闲职,宾客日盈其门。常叹曰:'坐上客恒满,尊中酒不空,吾无忧矣。'"后亦以"融尊"泛指酒器。盛:多。

卜算子[1]

江枫渐老,汀蕙半凋,满目败红衰翠[2]。楚客登临[3],正是暮秋天气。引疏砧、断续残阳里[4]。对晚景、伤怀念远,新愁旧恨相继。　　脉脉人千里。念两处风情,万重烟水[5]。

雨歇天高,望断翠峰十二[6]。尽无言、谁会凭高意。纵写得、离肠万种,奈归云谁寄[7]。

〔1〕此首写登临悲秋、伤怀念远。上片写登临悲秋。写登临所见,以声音配合画面,绘出一幅萧瑟暮秋图。下片写伤怀念远。"雨歇"二句,既是实写,又暗寓所思之人渺茫难寻,尤觉层深而意婉。沈祖棻先生谓之"一种无可奈何之情,千回百转而出,有很强的感染力"。清代周济《宋四家词选》指出此词下片"一气转注,连翩而下",道出其艺术表现上的特点。

〔2〕败红衰翠:指深秋季节,花草树木都已衰败。此处"败红"承上句"渐老"的"江枫","衰翠"承"半凋"的"汀蕙"。

〔3〕楚客:本指屈原。楚人屈原忠而被谤,身遭放逐,流落他乡,故称"楚客"。亦泛指客居他乡之人。按:宋玉为楚国乡下人,其客居京邑,作《九辩》抒登山临水悲秋念远之情,故一说"楚客"指宋玉,词人有以宋玉自比之意。

〔4〕引疏砧句:言远处那悠长而又稀疏的捣衣声,在残阳里断断续续地飘送过来。引,延长。砧,捣衣石,亦指捣衣声。按:古代妇女,每逢秋季,就用砧杵捣练,制寒衣以寄在外的征人。客居他乡之人,每闻砧声,辄生旅思与乡愁。故下文曰"新愁旧恨相继"。

〔5〕脉脉三句:谓相爱之人,远隔千里;两处相思,烟水阻隔。脉脉,含情凝视貌。《古诗十九首》:"盈盈一水间,脉脉不得语。"

〔6〕望断:向远处望直至看不见。翠峰十二:即巫山十二峰。宋玉在《高唐赋》中写了巫山神女化为朝云暮雨与楚王相会的故事,此处暗用其意。意谓云收雨散,天高气清,化为朝云暮雨的"神女"自然渺茫难寻了。

〔7〕归云:犹行云,常用以托归心。潘岳《怀旧赋》:"仰睎归云,俯

镜泉流。"

浪淘沙[1]

梦觉、透窗风一线,寒灯吹息[2]。那堪酒醒,又闻空阶,夜雨频滴。嗟因循、久作天涯客[3]。负佳人、几许盟言,便忍把、从前欢会、陡顿翻成忧戚[4]。　　愁极。再三追思,洞房深处,几度饮散歌阑,香暖鸳鸯被。岂暂时疏散,费伊心力[5]。殢云尤雨[6],有万般千种,相怜相惜。　　恰到如今,天长漏永,无端自家疏隔[7]。知何时、却拥秦云态,愿低帏昵枕,轻轻说与,江乡夜夜,数寒更思忆[8]。

〔1〕此首是柳永创制慢词的一个范例。唐五代所传《浪淘沙》词,皆为小令(二十八字或五十四字)。柳永此词,则衍之为三片、一百三十五字的长调。词写作者久羁江乡,夜雨梦醒,思忆佳人。上片写夜半梦醒之情境,中片写追思往昔之情事,下片写期盼相见之情思。从时间线索看,上片说现在,中片说过去,下片回到现在,又设想将来如何回忆现在。全词将现在、过去、将来打成一片,以刻画人物心理状态与情感活动,极宛曲深细。

〔2〕梦觉二句:言夜半梦醒,一线冷风透窗而入吹灭残灯。

〔3〕嗟:叹息。因循:延宕、拖延、蹉跎岁月,引申为飘泊。故有"久作天涯客"之叹。

〔4〕负佳人三句:意谓辜负了自己与佳人的多少山盟海誓,怎忍把从前的欢爱突然间变成忧伤悲戚。便忍,怎忍。陡顿翻成,突然变成。

〔5〕洞房五句:言那时候多少回饮宴欢歌后,与佳人鸳鸯被暖,哪有暂时的分隔,劳她费心惦念。犹言时时在一起。阑,将近结束。岂,哪里。疏散,分散,离散。

〔6〕殢(tì替)云尤雨:喻男女之间的恋昵欢爱。殢、尤,张相《诗词曲语辞汇释》:"尤殢,恋辞。……相尤,犹云相娱或相恋也。……殢字为纠缠不清之义,与泥人之泥字义同。……二字联用,直为恋昵义。"

〔7〕无端句:言是自己无缘无故地造成了与佳人的分隔。自家,自己。疏隔,分隔。按:此句分明是一种引咎自责的口气,但又何尝不是一种无奈!

〔8〕知何时五句:言不知何时,再能拥着佳人,在枕边轻轻细说自己在他乡是如何在寒夜中数着更鼓声思念她的。却,再一次。秦云,秦女弄玉与楚观朝云的省称。这里代指佳人。低帏,放下帏帐。昵枕,在枕边亲近。江乡,多江河的地方,多指江南水乡。寒更,寒夜的更漏声或更鼓声。按:这里似借用李商隐《夜雨寄北》诗的意境:"君问归期未有期,巴山夜雨涨秋池。何当共剪西窗烛,却话巴山夜雨时。"表现的都是身在异乡的客子想象日后与亲人(妻子或情人)相聚时倾诉衷肠谈及现在的情景。表现手法都是"从现在设想将来谈到现在"。

夏云峰[1]

宴堂深。轩楹雨、轻压暑气低沉[2]。花洞彩舟泛斝,坐绕清浔[3]。楚台风快,湘簟冷、永日披襟[4]。坐久觉、疏弦脆管,时换新音[5]。　　越娥兰态蕙心[6]。逞妖艳、昵欢邀宠难禁[7]。筵上笑歌间发,舃履交侵[8]。醉乡深处,须尽兴、满酌高吟。向此免、名缰利锁,虚费光阴〔9〕。

〔1〕此首写雨后宴饮。时雨消散暑热,凉风吹来,令人舒畅心怀。疏弦脆管,不时换奏新曲;美女侍宴,间发欢歌笑语。如此好雨好风,美女美酒,娓娓道来,至结尾处方才转出别意。"向此免"二句,直抒对功名的厌弃,翻成本篇题旨;而前面种种娱情乐事,却成陪衬,此乃转出别意结尾法。

〔2〕轩楹(yíng 莹):即堂前雨。轩楹,堂前的廊柱,亦借指廊间,即正屋两旁屋檐下的过道。轻压暑气:压住了难耐的暑热。

〔3〕彩舟:彩饰的船。泛斝(fěng jiǎ 讽甲),把酒杯翻过来,即干杯。斝,古代酒器,青铜制,圆口,三足。此指酒杯。清浔(xún 寻):水边深处。

〔4〕楚台二句:谓快风吹来,尤觉清凉舒畅。楚台风快、披襟,语出宋玉《风赋》:"楚襄王游于兰台之宫,宋玉、景差侍。有风飒然而至,王乃披襟而当之曰:'快哉此风!寡人所与庶人共者邪?'宋玉对曰:'此独大王之风耳,庶人安得而共之?'……'此所谓大王之雄风也。'"后以"楚台风快"指雄风或清凉之风。永日,整日。披襟,敞开衣襟,多喻舒畅心怀。湘簟(diàn 店),用湘竹编成的席。

〔5〕坐久二句:指弦管不时地换奏新曲。

〔6〕越娥:即越女。古代越国多出美女,西施其尤著者,后因以指越地美女。《文选》枚乘《七发》:"越女侍前,齐姬奉后。"亦泛指美女。兰态蕙心:形容貌美又聪慧。

〔7〕逞:显示。昵欢:恋欢。邀宠:希求宠爱。禁:忍住。

〔8〕筵上二句:谓筵席上欢歌笑语迭起,鞋履交错。间,更迭,交替。舃(xì 戏)履,鞋子。舃,鞋。崔豹《古今注·舆服》:"舃,以木置履下,干腊不畏泥湿也。"泛指鞋子。《史记·滑稽列传·淳于髡传》:"履舃交

76

错。"交侵,交错。

〔9〕向此免二句:言面对这好景乐事,可以免受名利的拘系而虚费光阴。名缰利锁,意谓名如缰,利如锁,比喻人被名利拘系而不得自由。

浪淘沙令〔1〕

有个人人〔2〕,飞燕精神〔3〕。急锵环佩上华裀〔4〕。促拍尽随红袖举〔5〕,风柳腰身〔6〕。　簌簌轻裙〔7〕。妙尽尖新〔8〕。曲终独立敛香尘。应是西施娇困也,眉黛双颦〔9〕。

〔1〕此首赞美一舞女新颖美妙的舞姿。分舞前、舞时、舞毕三层写来。传神写照,语意佳妙。《词律》载此调"比前李词(南唐李后主,'帘外雨潺潺'五十四字)前后首句俱少一字、余皆同。以调名加'令'字,……非因另一体而加'令'字也"。

〔2〕人人:对所描写的舞女的昵称。

〔3〕飞燕精神:言她有舞者赵飞燕的技艺与风采。飞燕,汉成帝赵皇后,善舞,以体轻号曰飞燕,详见《斗百花·飒飒霜飘鸳瓦》注〔8〕。

〔4〕急锵句:言她的衣衫系满玉佩。急锵,指玉佩随着舞蹈动作发出叮叮咚咚的急促声响。华裀(yīn 因),华美的衣衫。裀,夹衣。单衣为衫,有里子为裀。此处泛指衣衫。

〔5〕促拍:此为倒装句。应是"红袖尽随促拍举"。意谓红袖随着急促的节奏飘举。促拍,唐宋曲子词中一种节奏急促的乐曲,也称急曲子。

〔6〕风柳腰身:言她的腰肢细柔如风中之柳。

〔7〕簌簌轻裙:言她的舞裙飞转发出簌簌的响声。

〔8〕妙尽尖新:言她的舞姿超妙极尽新奇。尖新,犹新奇、新颖。《敦煌曲子词·内家娇》:"善别宫商,能调丝竹,歌令尖新。"

〔9〕曲终三句:言乐曲结束,急收舞步,她的表情娇美困倦,恰似眉黛双颦的西施。眉黛双颦,西施为春秋时越国的美女,因心痛而皱眉,更增益其美。《庄子·天运》:"故西施病心而矉(同颦)其里。其里之丑人见而美之,归亦捧心而矉其里。"

荔枝香[1]

甚处寻芳赏翠[2],归去晚。缓步罗袜生尘,来绕琼筵看[3]。金缕霞衣轻褪[4],似觉春游倦。遥认,众里盈盈好身段[5]。

拟回首,又伫立、帘帏畔。素脸红眉[6],时揭盖头微见[7]。笑整金翘,一点芳心在娇眼[8]。王孙空恁肠断[9]。

〔1〕此首咏妓女之体态神情。上片偏重体态。言她游春归来,缓步绕筵,轻褪霞衣,显出极好的身段。下片偏重神情。言她倚帘窥客,微露素脸,美目流盼,透出少女的心思。前后两结句皆采用衬托手法,前以盈盈众女陪衬,后以王孙公子烘托。词虽咏妓女,然看得出词人是把她作为一个美丽天真的少女来写,故虽艳丽,终未落庸俗淫靡一路。《词谱》载"按(荔枝香)有两体。七十六字者、始自柳永。"

〔2〕甚处:何处。寻芳赏翠:赏玩春景。芳、翠,指花红柳绿的春景。

〔3〕罗袜生尘:形容女子步履轻盈。曹植《洛神赋》:"凌波微步,罗袜生尘。"罗袜,丝罗织的袜子。琼筵:珍美丰盛的筵席。

〔4〕金缕霞衣:用金线缝制的轻柔艳丽的衣服。褪:脱去衣服。

〔5〕遥认二句:谓宾客远远看去,不由惊羡她在众佳丽中拥有最好的身段。好身段,指苗条轻盈,婀娜多姿。

〔6〕素脸红眉:即红素,指女子白皙的脸上透现红晕。唐王琚《美女篇》:"浓纤得中非短长,红素天生谁饰妆。"

〔7〕盖头:周煇《清波杂志》卷二:"妇女步通衢,以方幅紫罗障蔽半身,俗谓之盖头。"

〔8〕笑整二句:谓她含笑整理头上的金翠翘,美目流盼,透露芳心。金翘,金制的一种妇女首饰,形如鸟尾上的长翅。

〔9〕肠断:此处形容满席的王孙公子因见佳人可远望而不可近得,只得空自伤悲。

倾杯[1]

离宴殷勤,兰舟凝滞,看看送行南浦[2]。情知道、世上难使,皓月长圆,彩云镇聚[3]。算人生、悲莫悲于轻别[4],最苦正欢娱,便分鸳侣。泪流琼脸,梨花一枝春带雨[5]。　　惨黛蛾、盈盈无绪[6]。共黯然消魂[7],重携纤手。话别临行,犹自再三、问道君须去[8]。频耳畔低语。知多少、他日深盟,平生丹素[9]。从今尽把凭鳞羽[10]。

〔1〕此首写离别。写佳人之惜别:泪流满面、双眉愁惨、执手话别、耳畔低语,以一系列表情动作,曲尽佳人依依缱绻之情。"话别临行,犹自再三、问道君须去"二句,真传神之笔,极深细婉转地刻画出佳人不忍离别、将信将疑、犹存侥幸、婉言相留的复杂微妙心理,体现了柳词"细密

妥溜"的特点。

〔2〕离宴:饯别之宴。殷勤:情意深厚。凝滞:停滞。此指兰舟停在岸边未发。看看:估量时间之词。有眼看着、转瞬间的意思。南浦:南面的水边。屈原《九歌·河伯》:"子交手兮东行,送美人兮南浦。"江淹《别赋》:"送君南浦,伤如之何?"后因以称送别之地。

〔3〕情:诚,真的。镇:常,久。

〔4〕悲莫悲句:谓人生悲伤莫过于别离。此化用屈原《九歌·少司命》句意:"悲莫悲兮生别离,乐莫乐兮新相知。"

〔5〕梨花句:以梨花带雨喻女子泪流满面。此套用白居易《长恨歌》成句:"玉容寂寞泪阑干,梨花一枝春带雨。"

〔6〕黛蛾:指女子之眉,也代称美人。黛,青黑色的颜料。古时女子用以画眉,称"黛眉"。蛾,即蚕蛾,因其触须弯曲而细长,如人之眉毛,故用以喻女子长而美的眉毛。

〔7〕黯然消魂:沮丧失神。江淹《别赋》:"黯然消魂者,唯别而已矣。"

〔8〕话别二句:言临行道别,还再三追问,君是不是真的一定要去。弦外之音在:是否真的要走,没有哄骗我?含两层意思,其一能否不走?其二可得出看似平淡之语,而一片痴情毕现。

〔9〕深盟:指男女双方向天发誓,永结同心的盟约。丹素:赤诚纯洁的心。李白《赠溧阳宋少府陟》诗:"人生感分义,贵欲呈丹素。"

〔10〕尽把:全将。凭:依凭,依靠。鳞羽:指鱼雁传书。《古乐府·饮马长城窟行》:"客从远方来,遗我双鲤鱼。呼儿烹鲤鱼,中有尺素书。"后因以"双鲤"、"鲤鱼"代指书信。鸿雁传书,典出《汉书·苏武传》,参见《雪梅香·景萧索》注〔9〕。

破阵乐[1]

露花倒影,烟芜蘸碧,灵沼波暖[2]。金柳摇风树树,系彩舫龙舟遥岸[3]。千步虹桥,参差雁齿,直趋水殿[4]。绕金堤、曼衍鱼龙戏,簇娇春罗绮,喧天丝管[5]。霁色荣光,望中似睹,蓬莱清浅[6]。　　时见。凤辇宸游,鸾觞禊饮,临翠水、开镐宴[7]。两两轻舠飞画楫,竞夺锦标霞烂[8]。罄欢娱,歌鱼藻,徘徊宛转[9]。别有盈盈游女,各委明珠,争收翠羽[10],相将归远。渐觉云海沉沉,洞天日晚[11]。

〔1〕此首写君臣士庶春日游赏汴京金明池之盛况。作于仁宗朝。孟元老《东京梦华录》载,金明池"在顺天门外街北,周围约九里三十步,……有面北临水殿,车驾临幸,观争标,锡宴于此。"此词即以铺陈渲染手法,极写金明池之美与游赏金明池之乐。上片泛写池上景象。先绘池上风光,后叙游乐盛况。下片描绘君臣之乐与士庶之乐。先写皇帝临幸,赐宴群臣;后写龙舟竞渡,游女拾翠。全词善于组织:层层铺叙,重笔渲染,连贯照应,脉络清晰。眼前之景与想象之境融合叠映,既真切可感,堪称艺术实录;又飘渺神奇,富有浪漫色彩。文辞整饬华美,琅琅上口;描摹刻画,生动传神。

〔2〕露花三句:言池边带露水的鲜花在水中现出清晰的倒影,烟雾中的草丛浅没在碧绿的池水里,水波在春日照耀下变得暖洋洋的。烟芜,烟雾中的草丛。蘸碧,指草丛垂散下去,浸在碧水之中。灵沼,周代皇家的池沼,此处泛指池沼。

〔3〕金柳二句:言岸边柳树上,系着许多龙舟彩船。彩舫,彩船。

〔4〕千步三句:言池上仙桥有千步之长,桥级排列整齐,一直通向水殿。虹桥,指金明池上的仙桥,因其为拱桥,形似彩虹,故云。雁齿,比喻物之排列整齐,如雁行之有序。常比喻桥的台阶。白居易《新春江次》诗:"鸭头新绿水,雁齿小红桥。"张先《破阵乐·钱塘》词:"雁齿桥红,裙腰草绿,云际寺、林下路。"水殿,临水的殿堂,此指金明池的临水殿。

〔5〕绕金堤三句:写池上游人盛况和游乐场面。曼衍鱼龙戏,古代百戏的一种。又称鱼龙曼延。由艺人执持制作的珍异动物模型表演,有幻化的情节。两汉、唐宋时在京城等地盛行。鱼龙即所谓猞猁之兽,曼延亦兽名。《后汉书·孝安帝纪》:"乙酉,罢鱼龙曼延百戏。"李贤注引《汉官典职》曰:"'舍利之兽从西方来,戏于庭,入前殿,激水化成比目鱼,漱水作雾,化成黄龙,长八丈,出水遨戏于庭,炫耀日光。'曼延者,兽名也。"娇春罗绮,代指身穿罗绮的丽人。喧天丝管,指乐声响彻云天。丝管,弦乐器与管乐器。代指音乐。

〔6〕雾色三句:言雨后新晴,天空出现五色祥云。远远望去,好似亲见蓬莱仙岛。荣光,五色云气,古人以为祥瑞之兆。《初学记》卷六引《尚书中侯》:"帝尧即政,荣光出河,休气四塞。"蓬莱清浅,晋葛洪《神仙传·麻姑》:"麻姑自说云:'接待以来,已见东海三为桑田。向到蓬莱,水又浅于往者会时略半也,岂将复还为陵陆乎?'"此处以"蓬莱清浅"喻指金明池。

〔7〕凤辇三句:写皇帝临幸,赐宴群臣。宸游,指帝王的巡游。鸾觞,刻有鸾鸟花纹的酒杯。一说,为刻成鸾鸟形状的酒杯。禊饮,修禊后的宴筵。参见《笛家弄·花发西园》注〔3〕。镐(hào耗)宴,原指周武王在镐京举行的饮宴。《诗经·小雅·鱼藻》:"鱼在在藻,有颁其首,王在在镐,岂(kǎi凯,欢乐)乐饮酒。"郑玄笺:"天下平安,万物得其性,武王

何所处乎？处于镐京,乐八音之乐,与群臣饮酒而已。"后以"镐饮"、"镐宴"谓天下太平,君臣同乐。

〔8〕两两二句:写龙舟竞渡夺标的情景:两行小舟,双桨飞举,鸣鼓并进,奋力夺标。舠(dāo刀),小船,形如刀。画楫(jí及),船桨。锦标,锦制的旗帜,用以奖给竞渡的领先者。唐宋时有竞渡夺标之俗。白居易《和春深》诗之十五:"齐桡争渡处,一匹锦标斜。"霞烂,像彩霞一样绚烂,明丽。唐皇甫松《大隐赋》:"金碧簇而霞烂。"

〔9〕罄(qìng庆)欢娱三句:写群臣尽情欢娱,吟唱赞美天子的诗篇。罄,本指器中空。引申为"尽"。鱼藻,指《诗经·小雅·鱼藻》,诗写周武王与群臣在镐京饮酒作乐。徘徊,犹回环。

〔10〕别有三句:写游女玩赏的情景:采积明珠,争拾翠羽。别有,另有。委(wěi卫),储积,聚集。《文选》扬雄《甘泉赋》:"瑞穰穰兮委如山。"李善注:"委,积也。"翠羽,翠鸟的羽毛,可作饰物。《文选》曹植《洛神赋》:"命俦啸侣,或戏清流,或翔神渚,或采明珠,或拾翠羽。"

〔11〕渐觉二句:言天色渐晚,金明池笼罩在一片云海之中,犹如神仙洞府一般。沉沉,形容程度深或分量重。洞天,道教称神仙的居处,意谓洞中别有天地。后常泛指风景胜地。此处称金明池胜境,与前结"蓬莱"遥相呼应。

双声子[1]

晚天萧索,断蓬踪迹,乘兴兰棹东游[2]。三吴风景,姑苏台榭,牢落暮霭初收[3]。夫差旧国,香径没、徒有荒丘。繁华处,悄无睹,惟闻麋鹿呦呦[4]。　　想当年、空运筹决战,图

83

王取霸无休[5]。江山如画,云涛烟浪,翻输范蠡扁舟[6]。验前经旧史,嗟漫载、当日风流。斜阳暮草茫茫,尽成万古遗愁[7]。

〔1〕此首写姑苏怀古,慨然兴叹。上片写吴国遗址荒凉冷清,下片叹昔日霸业烟消云散。通过历史与现实、繁华与荒凉、图王取霸与归隐江湖之间的错综对比,抒发了人生无常、功业难久的"万古遗愁"。以词抒写怀古之幽思,柳永此词具有发轫伊始的意义。

〔2〕晚天三句:言自己在萧索的秋日傍晚,于飘泊之际,乘兴驾船东游。断蓬踪迹,形容行踪不定。乘兴,趁一时之兴致。东游,去东南一带漫游。杜甫《解闷十二首》其二:"为问淮南米贵贱,老夫乘兴欲东游。"

〔3〕三吴三句:叙所游之地之时之景。三吴,地名,说法不一。《水经注》以吴兴(浙江吴兴)、吴郡(江苏苏州)、会稽(浙江绍兴)为三吴。宋税安礼《历代地理指掌图》以苏州、常州、湖州为三吴。姑苏台榭,指姑苏台。在苏州市郊灵岩山。相传为春秋时吴王夫差所筑。夫差与西施曾在此游宴作乐。牢落,稀疏零落貌。

〔4〕夫差五句:写姑苏旧迹冷清荒凉的景象:昔日花繁草盛的采香径已被埋没,空有荒山丘岭;那些繁华的地方也已悄然不见,唯闻一片哀哀鹿鸣。夫差,春秋吴王阖闾之子。阖闾为越王勾践所伤而死,夫差嗣立,誓报父仇,大败越于夫椒。勾践求和,既放还,卧薪尝胆,立志雪耻复国。周元王三年,越灭吴,夫差自杀。旧国,即苏州,吴王夫差曾建都于此。香径,指采香径,在灵岩山上,是当年吴国宫女采集花草所走之路。《太平寰宇记》:"香山,《吴地记》云:'吴王遣美人采香于此山,以为名,故有采香径。'"麋鹿呦(yōu 幽)呦,吴国大夫伍员(子胥)曾力劝夫差拒绝越国求和,夫差不听。伍员认为夫差一意孤行,必将亡国,吴王宫殿不

久也将变成废墟。故愤而言曰:"臣今见麋鹿游姑苏之台也。"见《史记·淮南衡山列传》。此处暗用其意。暗示眼前所见,正应了伍员昔日的预言。呦呦,鹿鸣之声。

〔5〕想当年二句:言想当年吴、越两国为争霸运筹决战,争斗不休,结果都落得一场空。运筹决战,策划军事行动,进行决战。刘邦曾说,"夫运筹于帷幄之中,决胜于千里之外,吾不如子房(张良)。"见《史记·高祖本纪》。

〔6〕江山三句:此三句与上相联对比,言吴越君主图王取霸,反不如范蠡泛扁舟于五湖的云涛烟浪里,优游在这如画的江山中。翻输,反不如。范蠡,春秋时楚人,事越王勾践,吴、越争霸时,曾送西施入吴。与勾践深谋二十馀年,越灭吴后,易名隐遁,乘扁舟泛游五湖。《史记·越王勾践世家》附《范蠡传》、《史记·货殖列传》亦有记载。

〔7〕验前经四句:谓由此验证经史中不过徒然记载了他们的风流业绩,如今只落得斜阳暮草茫茫一片,尽成了万古遗愁。验,检验,验证。前经旧史,指前人的重要著作和历史记载。嗟,嗟叹,感叹。漫,空,徒然。

阳台路〔1〕

楚天晚。坠冷枫败叶,疏红零乱〔2〕。冒征尘、匹马驱驱,愁见水遥山远〔3〕。追念少年时,正恁凤帏,倚香偎暖。嬉游惯〔4〕。又岂知、前欢云雨分散〔5〕。　　此际空劳回首,望帝里、难收泪眼。暮烟衰草,算暗锁、路歧无限〔6〕。今宵又、依前寄宿,甚处苇村山馆〔7〕。寒灯畔。夜厌厌、凭何

85

消遣[8]。

　　[1] 此首写羁旅行役。作于词人中年以后及第之前的南方漫游时期。写出了景色之衰飒与旅途之萧索,极表怀旧感伤之情。全词以羁旅行役慨叹身世,眼前、往昔、未来穿插交错,写实与暗示浑融一体,显示了柳词善于铺叙的特色。
　　[2] 楚天:泛指南方的天空。坠:落下。冷枫:深秋的枫树。疏红零乱:枫叶殷红,凋疏零乱,补写冷枫败叶。
　　[3] 冒征尘三句:写尽尘埃散漫,路途遥远,征客孤单,鞍马劳顿之苦辛。愁见,看见使人发愁。驱驱,辛苦奔波。
　　[4] 追念四句:言青春年少时,这时候正好与佳人在凤帐倚偎,在外面纵情游乐。嬉游,游玩,游乐。惯,纵容。
　　[5] 又岂知句:言怎知旧日的欢爱,已如云雨分散。云雨,语含双关,既指云、雨之易散,又暗用楚王梦神女之典,意谓往日的云雨之欢难再。
　　[6] 暮烟二句:言暮色中的烟霭和连天的衰草,暗锁着无数次的别离。算,推测之辞。暗锁,暗中笼罩,有"隐含"、"预示"之意。路歧,即歧路,指别离。
　　[7] 今宵二句:今夜依旧要寄宿,还不知宿在哪个荒僻的馆舍。依前,照旧,仍旧。甚处,何处。苇村山馆,指荒僻的山村馆舍。
　　[8] 夜厌(yān淹)厌:夜长而安静。《诗经·小雅·湛露》:"厌厌夜饮,不醉而归。"《传》:"厌厌,安也。"

内家娇[1]

煦景朝升[2],烟光昼敛[3],疏雨夜来新霁[4]。垂杨艳杏,丝软霞轻[5],绣出芳郊明媚。处处踏青斗草[6],人人眷红偎翠[7]。奈少年、自有新愁旧恨[8],消遣无计。　　帝里。风光当此际。正好恁携佳丽。阻归程迢递。奈好景难留,旧欢顿弃。早是伤春情绪[9],那堪困人天气。但赢得、独立高原,断魂一饷凝睇[10]。

〔1〕此首为春日感怀,作于柳永青年时期初离京城外出漫游之际。上片描绘春日景色而触景伤情,难遣愁绪。下片承上而感怀。先叙帝里当日之欢,次作归程阻隔之叹,后抒孤寂黯淡之情。全词因景及情,由今及昔,脉络清晰,层次分明。结拍二句,景阔而情伤,令人哀感无限。

〔2〕煦景:晴光。煦,温暖。

〔3〕烟光:在阳光照耀下缓慢升起的雾气。唐元稹《饮致用神麹酒三十韵》:"雪映烟光薄,霜含雾色冷。"敛:收起,消失。

〔4〕新霁:刚放晴。霁,雨后转晴。

〔5〕垂杨二句:谓垂杨之丝软,艳杏之霞轻。霞轻,形容杏花烂漫,如彩霞轻抹。

〔6〕踏青斗草:参见《斗百花·煦色韶光明媚》注〔6〕、〔7〕。

〔7〕眷红偎翠:眷、偎,眷恋、依偎。红、翠,语意双关,既指花草,亦指佳人。

〔8〕奈:犹怎奈。下文"奈好景难留"之"奈"亦同。少年:词人自指。因此时还年轻。

〔9〕早是:本是。

〔10〕赢得:落得,剩得。唐韩偓《五更》诗:"光景旋消惆怅在,一生赢得是凄凉。"独立:独自伫立。断魂:销魂神往。形容一往情深或哀伤。一饷(xiǎng响):同"一晌",一天中的一段时间。凝睇(dì第):长久凝神

注视。

二郎神[1]

炎光谢[2]。过暮雨、芳尘轻洒[3]。乍露冷风清庭户爽,天如水,玉钩遥挂[4]。应是星娥嗟久阻,叙旧约、飙轮欲驾。极目处、微云暗度,耿耿银河高泻[5]。　　闲雅。须知此景,古今无价[6]。运巧思、穿针楼上女,抬粉面、云鬟相亚[7]。钿合金钗私语处,算谁在、回廊影下[8]。愿天上人间、占得欢娱,年年今夜。

〔1〕此首咏七夕。上片先描绘七夕夜空,宛然一幅绝美的清秋夜空图。以想象之笔,写牛郎织女之久别重逢,抒发对牛郎织女爱情的由衷赞美。下片写人间。主要选取两项与牛郎织女故事相关的民俗,一是彩楼上的姑娘穿针乞巧,二是回廊下的男女悄悄约会,以表现此时此刻人间的欢乐情趣。"愿天上人间"三句,绾合上下两片,以朴素真诚之语,表达了对普天之下有情人的良好祝愿,既将情感推向高潮,又于篇尾醒明主题。全词写实与虚拟结合,笔触轻灵飞动,语含奇思俊想,一改以往文人咏七夕的感伤同情基调,而将平民对爱情的向往与憧憬融注神话传说之中,既神秘浪漫又温馨宜人。据说此词得到民间的普遍喜爱,直到南宋仍传唱不衰。

〔2〕炎光:暑气。谢:消退。此句表明时令已至初秋。

〔3〕芳尘轻洒:"轻洒芳尘"的倒文。

〔4〕玉钩:弯月。唐李贺《七夕》诗:"天上分金镜,人间望玉钩。"

〔5〕应是四句：言极目远望，那耿耿银河边上有朵朵微云悄然飘过，应是织女因嗟叹久别，急欲与爱人相聚，重叙旧约，故而飞驾飙轮而行。星娥，即织女星。《月令广义·七月令》引南朝梁殷芸《小说》："天河之东有织女，天帝之子也。年年机杼劳役，织成云锦天衣，容貌不暇整。帝怜其独处，许嫁河西牵牛郎，嫁后遂废织纴。天帝怒，责令归河东，但使一年一度相会。"飙轮，驭风而行的神车。耿耿，明亮貌。白居易《长恨歌》："耿耿星河欲曙天。"高泻，指银河高悬若泻。

〔6〕闲雅三句：赞叹牛郎织女爱情极为优雅珍贵。秦观《鹊桥仙》词："金风玉露一相逢，便胜却人间无数。"与此意同。

〔7〕运巧思句：谓楼上女子穿七孔针以乞巧。宗懔《荆楚岁时记》："七月七日为牵牛、织女聚会之夜。是夕，人家妇女结彩楼，穿七孔针，或以金银鍮（tōu 偷）石为针，陈瓜果于庭中以乞巧。"梁柳恽有《七夕穿针诗》。云鬟，妇女发鬟浓密卷曲如云。杜甫《月夜》诗："香雾云鬟湿，清辉玉臂寒。"亚，同"压"，低垂的样子。

〔8〕钿（diàn 电）合二句：化用唐明宗与杨贵妃爱情故事。钿合，即钿盒，镶金花的首饰盒子。钿合金钗，借用白居易《长恨歌》诗意："唯将旧物表深情，钿合金钗寄将去。钗留一股合一扇，钗擘黄金合分钿。但令心似金钿坚，天上人间会相见。……七月七日长生殿，夜半无人私语时：在天愿作比翼鸟，在地愿为连理枝。"钿合金钗本是唐明皇与杨玉环定情之物，此处借比青年男女互换信物，私定终身。回廊影下，关合"七月七日长生殿"句。

醉蓬莱〔1〕

渐亭皋叶下，陇首云飞〔2〕，素秋新霁〔3〕。华阙中天〔4〕，锁葱葱佳气[5]。嫩菊黄深,拒霜红浅[6],近宝阶香砌。玉宇无尘,金茎有露[7],碧天如水。　　正值升平,万几多暇[8],夜色澄鲜,漏声迢递[9]。南极星中,有老人呈瑞[10]。此际宸游[11],凤辇何处,度管弦清脆[12]。太液波翻[13],披香帘卷[14],月明风细[15]。

〔1〕此首颂美帝王,讴歌升平。上片描绘皇宫素秋风光,一派祥瑞典雅清澄静谧的景象。下片描叙皇帝夜游宫苑。"凤辇何处",妙在非实写,而是悬测,引人遐想。"月明风细"四字,以景作结,馀韵袅袅。此篇虽为颂词,易落俗套,然景物的铺陈描摹,语言的华赡工丽,用笔的以虚代实等皆有可取之处。宋人王辟之《渑水燕谈录》卷八记载了此词的写作背景:"皇祐中,(柳永)久困选调,入内都知史某爱其才而怜其潦倒。会教坊进新曲《醉蓬莱》,时司天台奏老人星现,史乘仁宗之悦,以耆卿应制。耆卿方冀进用,欣然走笔,甚自得意,调名《醉蓬莱慢》。比进呈,上见首有'渐'字,色若不悦。读至'宸游凤辇何处',乃与御制真宗挽词暗合,上惨然。又读至'太液波翻',曰:'何不云波澄?'乃掷之于地。永自此不复进用。"可知封建文人既要词章过人,又要投君所好,实为不易。

〔2〕渐亭皋二句:化用梁柳恽《捣衣诗》之二:"亭皋木叶下,陇首秋云飞。"渐,犹正也。亭皋,水边的平地。陇首,高丘上面。

〔3〕素秋:秋季。古代五行说,以金配秋,其色白,故称素秋。梁元帝《纂要》:"秋曰白藏,亦曰素秋。"

〔4〕华阙中天:谓华丽的皇宫高耸云天。《文选》班固《西都赋》:"树中天之华阙,丰冠山之朱堂。"阙,宫前门楼,此处泛指宫殿。中天,天空之中。

〔5〕葱葱佳气:指祥瑞之气郁郁葱葱。葱葱,茂盛貌,常以形容草木

茂密青翠或气象旺盛。佳气,美好的云气。古代以为是吉祥、兴隆的象征。汉王充《论衡·吉验》:"王莽时,谒者苏伯阿能望气。使过春陵,城郭郁郁葱葱。及光武到河北,与伯阿见,问曰:'卿前过春陵,何用知其气佳也?'伯阿对曰:'见其郁郁葱葱耳。'"

〔6〕拒霜:木芙蓉花的异名。又名木莲、华木。冬凋夏茂,仲秋开花,耐寒不落,故名。苏轼《和陈述古拒霜花》:"千株扫作一番黄,只有芙蓉独自芳。唤作拒霜知未称,细思却是最宜霜。"

〔7〕金茎:用以擎承露盘的铜柱。汉武帝迷信神仙,于神明台上作承露盘,立铜仙人舒掌以接甘露,和玉屑饮之,以为可以延年。详见《满朝欢·花隔铜壶》注〔2〕。后多用作宫殿标志。

〔8〕万几:也作"万机"。《尚书·虞书·皋陶谟》:"兢兢业业,一日二日万几。"原为皋陶戒舜之词,后用为典实,指帝王日常的纷繁政务。多暇,多闲暇,意谓政局安定,政务事少。

〔9〕澄鲜:清新。迢递:连绵不绝貌。

〔10〕南极星:又称南极老人,老人星。古人迷信,认为南极星出现,天下就会太平。《史记·天官书》:"狼比地有大星曰南极老人。老人见,治安;不见,兵起。"

〔11〕宸游:帝王的巡游。宸,北极星所居,即紫微垣,借指帝王之所居。引申为帝王的代称。

〔12〕凤辇:皇帝所乘之车。度:度曲,按曲谱歌唱。此处指吹奏管弦。

〔13〕太液:宫苑池名,汉、唐皆有。白居易《长恨歌》:"归来池苑皆依旧,太液芙蓉未央柳。"这里代指宋汴京禁苑池沼。

〔14〕披香:即披香殿,宫殿名。汉代、六朝皆有。《三辅黄图》:"武帝时后宫八区,有披香殿。"庾信《春赋》:"宜春苑中春已归,披香殿里作春衣。"

〔15〕风细:风微。

锦堂春[1]

坠髻慵梳,愁蛾懒画,心绪是事阑珊[2]。觉新来憔悴,金缕衣宽[3]。认得这疏狂意下,向人消譬如闲[4]。把芳容整顿,恁地轻孤,争忍心安[5]。　　依前过了旧约,甚当初赚我,偷剪云鬟[6]。几时得归来,香阁深关。待伊要、尤云殢雨,缠绣衾、不与同欢[7]。尽更深、款款问伊,今后敢更无端[8]。

〔1〕此首抒写闺怨。词中塑造了一位大胆泼辣、敢想敢做的市井女子形象,与元代闺情散曲中的女子堪称姊妹。此词因是代言,又用口语,女主人公的心理活动、语言动作,皆真切生动,惟妙惟肖。

〔2〕坠髻三句:言垂下的发髻懒得去梳,含愁的双眉懒得去画,做什么事情都没有心绪。慵,懒。是事,事事。阑珊,本指事物将尽或衰落,此处指情绪低落、倦怠。

〔3〕金缕衣:用金线装饰的衣服。

〔4〕认得二句:谓我知道这疏狂之人的心理,他在外边全然若无其事,早已把我抛在脑后。向人,对人。消(qiào 俏)譬如闲,张相《诗词曲语辞汇释》:"消譬如闲,犹云全然若无其事,亦平常不打紧义。"消,简直,完全。闲,平常,没关系。

〔5〕把芳容三句:谓我应当把自己梳理整顿一番,若这般轻易辜负了自己的青春,怎忍心安。此三句为宽解振作之语。恁地,这么。这般。

孤,辜负。

〔6〕依前三句:谓他依旧违背盟约,久去不归。想当初,是他哄骗我,害得我还偷偷剪掉一绺头发。甚,张相《诗词曲语辞汇释》:"甚,犹是也;正也;真也。词中每用以领句,与甚么之甚作怎字、何字义者异。"赚(zhuàn 转去声),哄骗。偷剪云鬟,古代情人相别,女子常剪头发为信物相赠。

〔7〕待伊要二句:等他要亲昵时,我便把绣被裹缠身上,不与他同欢。尤云殢雨,比喻男女合欢。

〔8〕款款:徐缓貌。无端:没来由。此处指无缘无故违约。

定风波[1]

自春来、惨绿愁红,芳心是事可可[2]。日上花梢,莺穿柳带[3],犹压香衾卧。暖酥消,腻云亸[4]。终日厌厌倦梳裹。无那[5]。恨薄情一去,音书无个。　　早知恁么。悔当初、不把雕鞍锁[6]。向鸡窗、只与蛮笺象管[7],拘束教吟课[8]。镇相随,莫抛躲。针线闲拈伴伊坐[9]。和我。免使年少,光阴虚过。

〔1〕此首为柳永俗词之代表作。其抒写相思闺怨,责怪薄情男子一去不归,与前首写法大致相同,但侧重不一。前首女主人公设想等他回来将他教训,此首则悔恨当初不该放他远走,而应约束他吟咏诵读,两人相伴相随,免使青春虚过。两相比较,一个怪他,一个悔己,前者泼辣、率直,后者多情、温柔,都表现了下层女子对爱情的渴求和对遭际的哀

怨。据说柳永为改官去谒见宰相晏殊。晏问柳:"贤俊作曲子(词)么?"柳答:"只如相公亦作曲子。"晏道:"殊虽作曲子,不曾道'彩线慵拈伴伊坐'。"柳只得告退。(见宋人张舜民《画墁录》)元代戏曲家关汉卿以柳永与歌妓的恋情为题材作杂剧《谢天香》,将这首词写进了剧中。

〔2〕惨绿愁红:谓看见红花绿叶内心就愁惨。此为移情手法。是事:事事。可可:不关紧要,不在意。《花间集》薛昭蕴《浣溪沙》:"瞥地见时犹可可,却来闲处暗思量。"

〔3〕莺穿柳带:黄莺从柳树中穿过。柳带,柳条。

〔4〕暖酥二句:谓身体消瘦了,头发散乱了。暖酥,温润酥软,形容身体。腻云,滑腻乌亮的头发。鬌(duǒ朵),下垂,指披散的头发。

〔5〕无那(nuò诺):无奈。

〔6〕早知二句:言早知道这么难熬,后悔当初没有把他的马鞍锁住。意即不放他远走。

〔7〕向:对。鸡窗:书房。南朝宋刘义庆《幽明录》载,晋兖州刺史宋处宗买得一长鸣鸡,时常置于窗下,"鸡遂作人语,与处宗谈论,极有言智,终日不辍。处宗因此言巧大进"。后以"鸡窗"代指书斋。只与:只给。蛮笺:即蜀笺,唐时指四川地区所造彩色花纸,此处泛指纸。象管:象牙制的笔杆。此处泛指笔。唐罗隐《清溪江令公宅》诗:"蛮笺象管夜深时,曾赋陈宫第一诗。"

〔8〕拘束:约束。吟课:吟咏诵读。

〔9〕针线句:谓他读书我在一旁闲做针线陪他。这是女主人公理想中的一个生活场景。针线,一作彩线。闲拈,一作慵拈。

诉衷情近[1]

雨晴气爽,伫立江楼望处。澄明远水生光,重叠暮山耸翠[2]。遥认断桥幽径[3],隐隐渔村,向晚孤烟起。　　残阳里。脉脉朱阑静倚[4]。黯然情绪,未饮先如醉[5]。愁无际。暮云过了,秋光老尽[6],故人千里。竟日空凝睇[7]。

〔1〕此首写登高念远。当为柳永漫游江南时期所作。上片写江楼远望,下片写倚阑静思。"澄明"五句,构成了秋江日暮平远开阔的画面,寥廓而疏淡,表达了词人的迟暮之感、念旧之思与乡关之愁。此词随物赋情,残阳暮云之意象,悲秋念远之情思,浑融一体,意境谐婉。虽为中调,在语辞、意象之间却能相互照应,显示了词人驾驭语言结构篇章的艺术功力。

〔2〕澄明二句:谓澄澈明净的江水在落日的映照下生出粼粼波光,重重叠叠的远山在暮色中呈现一片苍翠。耸翠,形容山峦、树木等高耸苍翠。北魏袁翻《思归赋》:"叠千重以耸翠,横万里而扬波。"

〔3〕遥认:远远望去,依稀可辨。断桥:桥名,在杭州孤山边西湖上。以孤山之路,至此而断,故自唐以来皆呼为"断桥"。此处疑为虚指。幽径:曲折幽静的小路。

〔4〕脉脉:犹默默。唐孟郊《乙酉岁舍弟扶侍归兴义庄》诗:"僮仆强与言,相惧终脉脉。"阑:同"栏"。

〔5〕黯然二句:谓情绪暗淡、沮丧,还未饮酒,却已如酒醉之颓然欲倒。

〔6〕秋光:秋日的风光景色。老:衰残、老去,多用以指自然景物。尽:将尽。

〔7〕竟日:终日。

诉衷情近[1]

景阑昼永,渐入清和气序[2]。榆钱飘满闲阶[3],莲叶嫩生翠沼^[4]。遥望水边幽径,山崦孤村^[5],是处园林好。闲情悄。绮陌游人渐少^[6]。少年风韵^[7],自觉随春老。追前好。帝城信阻,天涯目断^[8],暮云芳草。伫立空残照。

〔1〕此首伤春惜人。上片写春末佳景,下片叹人随春老。写春末之景,翠稠红稀之景象宛然在目。叹人随春老,而思人念远、自伤自悼之情,已是不待言表。此词语辞清丽,情思柔婉,信笔写来,淡而有味。

〔2〕景阑二句:谓春将尽,白日转长,渐渐已至春夏之交。景,风景,景致。此指春景。清和气序,指夏初。清和,农历四月的俗称。

〔3〕榆钱:榆荚。榆树未生叶时,枝条间先生榆荚,形状似钱而小,色白成串,俗称榆钱。

〔4〕翠沼:碧绿的池塘。

〔5〕山崦(yān 淹):山坳,山曲。

〔6〕绮陌:风景美丽的郊野道路。

〔7〕少年:此为词人自指。

〔8〕目断:犹望断,一直望到看不见。宋晏殊《诉衷情近》:"凭高目断,鸿雁来时,无限思量。"

留客住^[1]

偶登眺^[2]。凭小阑、艳阳佳节^[3],乍晴天气,是处闲花芳草。遥山万叠云散,涨海千里,潮平波浩渺^[4]。烟村院落,是谁家绿树,数声啼鸟。　　旅情悄^[5]。远信沉沉,离魂杳杳^[6]。对景伤怀,度日无言谁表^[7]。惆怅旧欢何处,后约难凭,看看春又老。盈盈泪眼,望仙乡,隐隐断霞残照〔8〕。

〔1〕此首写春日登眺,对景怀人。上片描绘春景,远近搭配,动静变化,色彩明丽,生意盎然。下片对景怀人,惜春伤人,为一篇主旨。结拍三句,回应起首。仔细品味,前后两结韵味颇浓。"谁家绿树,数声啼鸟",似声声催人归去,读来可亲;而"望仙乡,隐隐断霞残照",似暗示前景微茫,令人堪嗟。

〔2〕登眺:登高远望。

〔3〕艳阳佳节:春天风和日暖,是百花的佳节。南朝鲍照《学刘公干体》诗:"艳阳桃李节,皎洁不成妍。"

〔4〕涨海二句:写海水涨潮的情景。浩渺,形容水面辽阔。

〔5〕旅情:羁旅情绪。悄:忧愁貌。《诗经·陈风·月出》:"劳心悄兮。"白居易《长恨歌》:"夕殿萤飞思悄然。"

〔6〕离魂:指游子的思绪。杳杳:幽远貌。

〔7〕谁表:向谁表示。

〔8〕仙乡:指所思之人居住之地。隐隐:隐约。断霞:片段的云霞。

凤归云〔1〕

恋帝里、金谷园林〔2〕,平康巷陌〔3〕,触处繁华,连日疏狂,未尝轻负、寸心双眼。况佳人、尽天外行云,掌上飞燕〔4〕。向玳筵、一一皆妙选〔5〕。长是因酒沉迷,被花萦绊〔6〕。
更可惜、淑景亭台,暑天枕簟。霜月夜凉,雪霰朝飞,一岁风光,尽堪随分、俊游清宴〔7〕。算浮生事、瞬息光阴,锱铢名宦[8]。正欢笑、试恁暂时分散[9]。却是恨雨愁云[10],地遥天远。

〔1〕此首忆昔非今,作于柳永初入仕后。柳词中多有追思昔游怀恋佳人之作,结构顺序大半采用"现在、过去、现在(将来)"的模式。此词则不同。开篇即追恋帝京疏狂浪漫的生活,先写环境,次写自己,再写佳人,一一写足。接着连翩而下,不受上下片限制,写尽一年四季游赏宴饮之快意。至"浮生"句方收束逆转,以人生虚浮,光阴迅速,否定现时的入仕为宦。其实他在入仕前未必有如此快意,词人显然是借夸张、反衬手法用以"非今"。结拍二句直抒怅惋、憾恨之意。此首在柳词中算不得佳制,但却是典型地反映了词人入仕后的思想感情。

〔2〕金谷:晋石崇别墅名园,在河南洛阳西北金谷涧。石崇豪富奢靡,金谷为其宴饮玩乐之处。郦道元《水经注·谷水》:"石季伦(石崇)《金谷诗集序》:'余以元康七年,从太仆出为征虏将军,有清别庐在河南界金谷涧中,有清泉茂树、众果竹柏、药草蔽翳。'"后多用以泛指贵族园林。

〔3〕平康:唐长安丹凤街有平康坊,为妓女聚居之地。也作平康里。因地近北门,又称北里。

〔4〕况佳人二句:言佳人个个能歌善舞。天外行云,形容佳人歌声嘹亮,能使天外行云驻留。此用"响遏行云"之成语。参见《昼夜乐·秀香家住桃花径》注〔4〕。掌上飞燕,指佳人像赵飞燕一样体轻善舞。世传赵飞燕能于掌上舞。

〔5〕向玳筵句:谓参加盛宴的佳人一个个都是被精选出来的佼佼者。玳筵,以玳瑁装饰坐具的宴席,指盛宴。妙选,精选。

〔6〕花:代指佳人。萦绊:牵系。

〔7〕更可惜六句:言最可珍惜的是,春光里亭台游赏,暑天里枕簟

高卧,秋月夜凉风习习,冬晨里雪霰飘飞。一年四季的好风光,尽可以随意游赏,尽情饮宴。淑景,春景。枕簟(diàn店),供坐卧用的竹席。霜月,秋月。雪霰(xiàn线),小雪珠。随分,随意,随便。俊游,快意的游赏。

〔8〕算浮生二句:言算来人的一生,光阴迅速,而为官作宦图名取利实在微不足道。浮生,语本《庄子·刻意》:"其生若浮,其死若休。"认为人生在世,虚浮不定,后因称人生为"浮生"。李白《春夜宴从弟桃李园序》:"夫天地者万物之逆旅,光阴者百代之过客也,而浮生若梦,为欢几何?"锱铢(zī zhū资朱),古代重量单位。六铢为一锱,二十四铢为一两。比喻极小。名宦,名声与官职。

〔9〕试:姑且。

〔10〕恨雨愁云:因情人分别而引起的愁思憾恨。

抛毬乐[1]

晓来天气浓淡,微雨轻洒。近清明,风絮巷陌,烟草池塘,尽堪图画。艳杏暖、妆脸匀开,弱柳困、宫腰低亚[2]。是处丽质盈盈,巧笑嬉嬉,手簇秋千架。戏彩毬罗绶[3],金鸡芥羽[4],少年驰骋,芳郊绿野。占断五陵游[5],奏脆管、繁弦声和雅。　向名园深处,争桤画轮,竞羁宝马[6]。取次罗列杯盘,就芳树、绿阴红影下[7]。舞婆娑,歌宛转,仿佛莺娇燕姹[8]。寸珠片玉,争似此、浓欢无价。任他美酒,十千一斗,饮竭仍解金貂贳[9]。恣幕天席地,陶陶尽醉太平,且乐唐虞景化[10]。须信艳阳天,看未足、已觉莺花谢[11]。对绿

99

蚁翠蛾,怎忍轻舍〔12〕。

〔1〕此首以铺陈手法、长篇巨制,描绘清明时节少男靓女游玩之乐,作于柳永青年时期。全词浓墨重彩,酣畅淋漓,宛如一幅清明游乐的风俗画卷。《词谱》载《抛毬乐》为"唐教坊曲名。……至宋柳永,则借旧曲名别倚新声,始有两段一百八十七字……与唐词小令体制迥然各别"。

〔2〕艳杏二句:言杏花盛开色彩暄暖,有如女子妆扮过的脸庞,柳条柔弱姿态娇困,好似宫女细腰低垂。妆脸,指用脂粉化妆过的脸。匀开,遍开。匀,遍,普遍。李清照《小重山》词:"江梅些子破,未开匀。"宫腰,即楚宫腰。春秋时,楚灵王好细腰,臣民竞为细腰投其所好。后用以称美人腰身纤细。低亚,低垂貌。亚,通"压"。

〔3〕彩毬:古代蹴毬游戏所用的彩球。宋徐铉《抛毬乐》词:"不知红烛下,照见彩毬飞。"罗绶:彩毬上系的丝条。

〔4〕金鸡芥羽:斗鸡者用芥子播鸡羽上,用以迷乱对方鸡的眼目。指斗鸡双方各使招数,互不相让。《史记·鲁周公世家》:"季氏与郈(hòu后)氏斗鸡,季氏芥鸡羽,郈氏金距。"《集解》:"服虔曰:'捣芥子播其鸡羽,可以坌(bèn笨,细末飞撒在物体上)郈氏鸡目。'"

〔5〕占断:全部占有,占尽。五陵:汉朝皇帝每立一陵墓,都把四方富家豪族和外戚迁至陵墓附近居住,令供奉园陵,最著名的为五陵,即长陵、安陵、阳陵、茂陵、平陵。均在渭水北岸今陕西咸阳市附近。后世诗文中常以"五陵"为豪门贵族聚居之地。杜甫《秋兴》之二:"同学少年多不贱,五陵裘马自轻肥。"

〔6〕争栎(ní泥)画轮:争着停下画轮车。栎,塞于车轮下的制动木块,这里指停车。画轮车是一种牛驾的彩车。《晋书·舆服志》:"画轮车,驾牛,以彩漆画轮毂,故名画轮车。"古时显贵者不乘牛车,自汉末至南朝宋、齐、梁间,为天子至士人所常用。此处代指车辆。竞羁宝马:竞

相拴束自己的骏马。

〔7〕取次二句:言人们在花树绿阴下随便摆开杯盘,任意饮用。

〔8〕舞婆娑三句:言歌儿舞女翩翩起舞,宛转歌唱,仿佛娇啼的黄莺和美丽的燕子。姹,美丽。

〔9〕任他三句:谓任凭美酒如何价贵,饮完了,仍解金貂换酒。金貂贳(shì 市),用晋代阮孚金貂换酒事。《晋书·阮孚传》载,阮孚"迁为黄门侍郎、散骑常侍,尝以金貂换酒,复为所司弹劾。帝宥之。"后用以比喻文人狂放不羁。唐卢照邻《行路难》:"金貂有时换美酒,玉麈(zhǔ 主,拂尘)但摇莫计钱。"十千一斗,极言酒贵。

〔10〕恣幕天三句:言以天为幕,以地为席,尽醉太平,其乐陶陶。形容恣意饮乐。幕天席地,语出晋代刘伶《酒德颂》:"有大人先生者,……行无辙迹,居无室庐,幕天席地,纵意所如。"极言人物的胸襟高阔,豪纵洒脱。陶陶,和乐貌。《诗经·王风·君子阳阳》:"君子陶陶,……其乐只且。"刘伶《酒德颂》:"无思无虑,其乐陶陶。"唐虞景化,指尧舜时代的景象风化。唐,唐尧。虞,虞舜。

〔11〕须信二句:言要知道大好春光,还未等人看足,便已春归花谢。比喻青春短暂,应及时行乐。须信,须知。莺花,莺啼花开之意,泛指春时景物。亦喻指青春年华。唐卢仝《楼上女儿曲》:"莺花烂漫君不来,及至君来花已老。"

〔12〕绿蚁翠蛾:指美酒与佳人。绿蚁,酒上泛起的绿色泡沫,也作酒的代称。谢朓《在郡卧病呈沈尚书》诗:"嘉鲂聊可荐,绿蚁方独持。"翠蛾,美人之眉。眉修长如蛾,以翠黛点色,故称。代指美女。

集贤宾[1]

小楼深巷狂游遍,罗绮成丛[2]。就中堪人属意,最是虫虫[3]。有画难描雅态[4],无花可比芳容。几回饮散良宵永,鸳衾暖、凤枕香浓。算得人间天上,惟有两心同。

近来云雨忽西东。诮恼损情惊[5]。纵然偷期暗会,长是匆匆。争似和鸣偕老,免教敛翠啼红[6]。眼前时、暂疏欢宴,盟言在、更莫忡忡[7]。待作个宅院,方信有初终[8]。

〔1〕此首是词人对虫娘的真心表白,可谓以词代书。柳永结识众多歌妓,其中最属意者要算虫娘。此词上片写对虫娘的深怜密意,夸赞虫娘既美且雅,这在风尘女子中尤为难得,大概也正是词人爱她之处。点明两人相爱不只因郎才女貌,更在情投意合,两心相印。这就使其情爱超越一般而得以升华。但现实中总有许多不如意。下片即是对虫娘的宽解劝慰。真诚表白,软语抚慰,尤见相爱之真,体贴之深。全词娓娓道来,声吻毕现。《词谱》载"此调……一百十七字者始于柳永"。

〔2〕小楼深巷:指妓女聚居的平康坊曲。罗绮成丛:指美女众多。罗绮,绫罗绸缎,此指身着华美衣服的歌妓。

〔3〕就中:其中。堪:值得。属(zhǔ主)意:犹言注意、中意。虫虫:虫娘的昵称。

〔4〕雅态:指温雅的举止,高雅的情趣。柳永《少年游》:"心性温柔,品流详雅,不称在风尘。"与此意同。

〔5〕近来二句:言近来忽然分隔两处,忧愁烦恼破坏了彼此的欢乐情绪。诮(qiào俏)恼,忧愁烦恼。"诮"通"悄",忧愁貌。损,张相《诗词曲语辞汇释》:"损,犹坏也;煞也。"情惊(cóng丛),情怀,情绪。又特指欢乐情绪。谢朓《游东田》诗:"戚戚苦无惊,携手共行乐。"

〔6〕纵然四句:言纵然偷偷约会,却总是匆匆来去,怎如我俩鸾凤和鸣,白头偕老,免得教你翠眉不展,暗啼红泪。和鸣,鸣声相应,多用以

比喻夫妻和谐。偕老,一同到老。敛翠,犹言皱眉。啼红,泣啼落泪。红,即红泪。王嘉《拾遗记》卷七载,三国魏文帝时,薛灵芸被选入宫,泣别父母,以玉唾壶承泪,壶为红色,后遂称女子的眼泪为红泪。

〔7〕眼前二句:言眼下我们暂时少欢聚,有我的盟言在,你不必担心。欢宴,欢聚。梁沈约《怀旧诗》:"欢宴未终毕,零落委山丘。"忡(chōng冲)忡,忧愁的样子。《诗经·小雅·出车》:"未见君子,忧心忡忡。"

〔8〕待作个二句:言待我娶你回家,你才会相信我是个有始有终的人。宅院,代指姬妾家眷,意同"宅眷",与"行院"(代指妓女)相对。有初终,即有始有终。《诗经·大雅·荡》:"靡不有初,鲜克有终。"意谓做事无不有个好的开端,但很少有坚持到底的。这里反其意而用之。

殢人娇[1]

当日相逢,便有怜才深意[2]。歌筵罢、偶同鸳被。别来光景,看看经岁[3]。昨夜里、方把旧欢重继。　晓月将沉,征骖已备[4]。愁肠乱、又还分袂[5]。良辰好景,恨浮名牵系[6]。无分得、与你恣情浓睡[7]。

〔1〕此首写与旧日相知的歌妓才相聚又分离的感伤与无奈。从当日相逢,到昨夜重欢,再到拂晓分别,依时间顺序写来,纯是"实说"。"恨浮名牵系",直抒对功名束缚的不满,当作于柳永入仕前后。

〔2〕怜才:爱才。

〔3〕看看句:眼看就到一年。看看,有即将之意。经岁,即经年。一

年或一年以上。

〔4〕征骖已备:上路的车马已预备好。

〔5〕分袂:离别,分手。袂,袖子。南朝谢惠连《西陵遇风献康乐》诗:"饮饯野亭馆,分袂澄湖阴。"

〔6〕浮名:犹虚名。谢灵运《初去郡》诗:"伊余秉微尚,拙讷谢浮名。"

〔7〕无分:无缘。恣情:纵情。

思归乐[1]

天幕清和堪宴聚[2]。相得尽、高阳俦侣[3]。皓齿善歌长袖舞[4]。渐引入、醉乡深处。　　晚岁光阴能几许。这巧宦、不须多取[5]。共君把酒听杜宇。解再三、劝人归去[6]。

〔1〕此首叙宴饮之乐,寄仕宦之叹。作于柳永晚年。柳永及第已老。此后仕途不达,沉居下僚,落寞困顿,备尝苦辛。词中"这巧宦、不须多取",是对投机钻营之官吏与污浊黑暗之官场看透与厌倦的悲慨之语。故词人宴饮取乐,歌舞娱情,消烦释闷,聊遣晚岁。结句以杜宇劝人归去,流露归隐之心。此词调寄《思归乐》,表面看去悠闲平和,实则乐里含悲。愈言其乐而愈显其悲,此"含泪之微笑"耳。

〔2〕天幕清和:即天气清和。

〔3〕相得句:谓相投的尽是豪饮的朋友。相得,互相投合。高阳俦侣,即高阳酒徒。汉郦食其为陈留高阳人,好读书,家贫落魄,无以为业。刘邦引兵过陈留,郦食其谒见。刘邦初以"未暇见儒人"为由拒之。郦生瞋目按剑,喝叱使者道:"走!复入言沛公,吾高阳酒徒,非儒人也!"

刘邦于是请其入内。事见《史记·郦生陆贾列传》。后用以指嗜酒而放荡不羁的人。

〔4〕皓齿：洁白的牙齿。代指歌女。

〔5〕巧宦：指事功不足而长于钻营谄媚的官吏。潘岳《闲居赋序》："岳尝读《汲黯传》，至司马安四至九卿，而良史书之，题以巧宦之目，未尝不慨然废书而叹！"

〔6〕杜宇：即杜鹃，又名子规。因杜鹃叫声犹曰"不如归去"，故诗文中多用作"思归"或"催归"。范仲淹《越上闻子规》诗："春山无限好，犹道不如归。"解，理解，明白。

应天长[1]

残蝉渐绝[2]。傍碧砌修梧，败叶微脱[3]。风露凄清，正是登高时节[4]。东篱霜乍结。绽金蕊、嫩香堪折[5]。聚宴处，落帽风流，未饶前哲[6]。　　把酒与君说[7]。恁好景佳辰，怎忍虚设。休效牛山，空对江天凝咽[8]。尘劳无暂歇。遇良会、剩偷欢悦[9]。歌声阕[10]。杯兴方浓，莫便中辍[11]。

〔1〕此首咏重阳宴饮。上片摹景叙事，描述重阳时节风露凄清、菊花绽开之景色与宾客宴饮之风流豪兴。下片引发议论，慨叹尘劳无歇，应及时行乐。"把酒与君说"云云，恳切郑重，犹过来人说切身体验，亦自解亦劝人。上片之"落帽风流"与下片之"休效牛山"，正反用典，两相映衬，为醒明题旨铺垫基石。《词谱》载"此调……慢词始于柳永"。

〔2〕残蝉:秋天的蝉。渐绝:渐渐绝迹。

〔3〕傍:依傍,靠近。碧甃:碧瓦堆砌的华屋。修梧:高大的梧桐树。微脱:微微脱落。

〔4〕登高时节:指重阳节(农历九月九日)。登高,南朝梁吴均《续齐谐记》载,汝南人桓景从费长房游学多年。长房对他说,九月九日你家有灾难降临,最好全家离开,让家人各作一绛囊,内装茱萸系于臂上,登高饮菊花酒,此祸可避除。桓景依言行事,全家登山。傍晚归来,见鸡犬牛羊一时暴死。后遂有重九登高饮酒带茱萸之习俗。亦以"登高"代"重九"。

〔5〕东篱三句:言东篱刚刚结霜,菊花绽开,花嫩味香正可折来就酌。金蕊,菊的异名。南朝梁萧统《七契》:"玉树始落,金蕊初荣。"宋欧阳修《希真堂东手种菊花十月始开》诗:"君看金蕊正芳敷,晓日浮霜相照耀。"东篱,陶潜《饮酒》诗其五:"采菊东篱下,悠然见南山。"后世用以代指种菊之处,菊圃。陶潜又有"九九把菊"之事。南朝宋檀道鸾《续晋阳秋》:"陶潜九月九日无酒,(出)宅边菊丛中,摘菊盈把,坐其侧久,望见白衣至,乃王弘送酒也。即便就酌,醉而后归。"(据《艺文类聚》卷四引)事亦见《宋书·陶潜传》。故东篱菊又用以咏重阳节。

〔6〕聚宴处三句:言聚宴之处,文士酒侣们的豪兴与风流不输前哲。落帽风流,用孟嘉事。《晋书·孟嘉传》载,九月九日孟嘉出席桓温在龙山举行的宴会,时僚佐毕集,皆着戎服,有风至,吹落孟嘉的帽子,他因兴致极高而全然未觉。桓温欲观察他的举止,命孙盛作文取笑他。孟嘉毫无愠色,以美文答之,四坐皆嗟叹。后因以"落帽"咏九月九日宴饮之乐与雅士的风流倜傥。唐孟浩然《卢明府岘山宴……崔员外》诗:"共美重阳节,俱怀落帽欢。"未饶,未让。前哲,指品格高尚智慧超群的前辈。

〔7〕把:持,握。

〔8〕休效二句：谓不要仿效齐景公登牛山，空对江天哽咽伤悲。牛山，在山东临淄县南。《晏子春秋·内篇谏》："（齐）景公游于牛山，北临其国城而流涕曰：'若何滂滂去此而死乎？'艾孔、梁丘据皆从而泣。晏子独笑于旁。"齐景公登牛山，因感叹年命短促，不能享荣华富贵于永世而伤悲。杜牧《九日齐山登高》诗："古往今来只如此，牛山何必独沾衣。"柳永承杜牧诗意，以为面对江天空悲，不如及时行乐。故下文有"遇良会、剩偷欢悦"之句。凝咽，犹哽咽。哭时不能痛快出声。

〔9〕尘劳二句：谓尘世劳顿，连暂时的休歇也没有；遇到好的机会，尽可以求取欢愉。剩，尽也。偷，取也。

〔10〕阕（què 却）：乐终。五代刘兼《莲塘霁望》诗："采莲女散吴歌阕，拾翠人归楚雨晴。"

〔11〕杯兴二句：谓酒兴正浓，莫要随意中断。犹言饮酒就要尽兴，活着就要取乐。便，这就，马上。中辍，中途停止。

少年游〔1〕

长安古道马迟迟〔2〕。高柳乱蝉嘶〔3〕。夕阳岛外，秋风原上〔4〕，目断四天垂〔5〕。　　归云一去无踪迹，何处是前期〔6〕。狎兴生疏，酒徒萧索，不似去年时〔7〕。

〔1〕此首为羁旅感怀。词中实写"长安古道"、"秋风原上"，可知柳永行迹到过长安。上片描写景物，一派萧瑟悲凉之气。下片抒发感慨，感叹身体之衰损与心境之落寞。全词笼罩着浓厚的感伤色彩。

〔2〕长安古道：汉、唐旧都长安的古老道路。迟迟：缓慢、徐行貌。《诗经·邶风·谷风》："行道迟迟，中心有违。"

107

〔3〕高柳:指北方高大的旱柳,枝上挺,与垂柳不同。乱蝉嘶:指寒蝉栖无定所,鸣叫的声音杂乱。

〔4〕夕阳二句:这里的"岛"疑为虚拟,以与"原"对举。"原",当指白鹿原,又称霸陵原,在陕西长安东,为开阔平坦之地。

〔5〕目断二句:谓极目四望,直至天色向晚,天幕低垂。清王士祯《花草蒙拾》谓:"柳员外'目断四天垂',本韩侍郎'泪眼倚楼四天垂'。"

〔6〕归云:犹行云,此指离去的美人。前期:对未来的预期、打算。

〔7〕狎兴三句:言自己此时聚徒狎游的兴致已淡漠生疏,酒朋狎侣也冷落稀少,身体、心境已不能与去年相比。此处"去年",可实指"上一年",亦可虚指"过去"。

少年游〔1〕

参差烟树灞陵桥。风物尽前朝〔2〕。衰杨古柳,几经攀折,憔悴楚宫腰〔3〕。　夕阳闲淡秋光老,离思满蘅皋〔4〕。一曲《阳关》,断肠声尽,独自凭兰桡〔5〕。

〔1〕此首写离别。地点为长安灞桥。上片写灞桥风物,以寓人间之别离。托物喻人,伤物亦伤人。下片专叙词人与友人之离别。结句"独自凭兰桡",将离别之愁,飘零之感,一并打住,极具吞吐凝咽之致。此词虽篇幅不长,却能将历史与现实、风物与人事、羁愁与感昔,有机交融,浑化一体,意蕴深厚,耐人寻绎。清人先著、程洪《词洁辑评》卷一称"屯田此调居然胜场,不独'晓风杨柳'之工也",评价甚高。

〔2〕参差二句:谓灞陵桥上杨柳含烟,风光景物尽如前朝。参差,长短、高低不齐,这里形容杨柳树高低错落。灞陵桥,即灞桥,在今西安东

郊。《三辅黄图》:"灞桥在长安东,跨水作桥。汉人送客至此桥,折柳赠别。"李白《忆秦娥》词:"年年柳色,灞陵伤别。"前朝,指汉、唐。

〔3〕衰杨三句:谓古老而又衰飒的杨柳经人多次攀折,已憔悴瘦损如同宫女的细腰。憔悴,形容人瘦弱,面色不好看,此处用以摹写杨柳,乃拟人手法。

〔4〕夕阳二句:写于夕阳西下之时,与友人离别。闲淡,幽雅清淡。离思,离别之情思。蘅皋,遍生杜蘅的岸边。此处指离别之地,当为乘舟而行,下文有"凭兰桡"之语。

〔5〕一曲三句:谓饯别之时一曲令人伤感的《阳关》曲此时已听不到了,只剩下自己独个乘船。阳关,曲名,又名《渭城曲》,根据王维《送元二使安西》诗"渭城朝雨浥轻尘,客舍青青柳色新。劝君更进一杯酒,西出阳关无故人"谱写而成。为送别之曲,至阳关句反复歌之,又称"阳关三叠"。凭,靠着。兰桡(ráo 饶),同"兰舟"。桡,小船。

少年游〔1〕

世间尤物意中人〔2〕。轻细好腰身。香帏睡起,发妆酒酽,红脸杏花春〔3〕。　　娇多爱把齐纨扇〔4〕,和笑掩朱唇。心性温柔,品流闲雅〔5〕,不称在风尘〔6〕。

〔1〕此首描写了一位不同流俗的风尘女子。上片写她腰身轻细,脸庞娇美;下片写她心性温柔,品流闲雅。全然不像风尘中人,故词人以"不称在风尘"予以赞美。

〔2〕尤物:特别突出的人物。多指美貌的女子。《左传·昭公二十八年》:"夫有尤物,足以移人。"

〔3〕香帏三句：言她睡起之后，梳洗化妆，其脸色红润，恰似春天艳丽的杏花。香帏，指女子的内室。发妆，化妆。酽（yàn验），酒的浓度高，引申以指颜色的加浓。戴叔伦《赠慧上人》诗："云霞色酽禅房衲，星月光涵古殿灯。"此处指妆化得浓，如酒后的容颜。柳永《少年游》其三："酒容红嫩，歌喉清丽，百媚坐中生。"故以"酒酽"应下句"红脸"。

〔4〕把：把玩。齐纨扇：齐国所产细绢制成的团扇。纨，细绢。《汉乐府·怨歌行》："新裂齐纨素，鲜洁如霜雪。裁为合欢扇，团团似明月。"

〔5〕心性：性格。温柔：温和柔顺。品流：品类，流别。闲雅：娴静文雅。

〔6〕不称（chèn 趁）句：意谓这位女子品性高雅，本不当在风尘之中。称，适合，相副。风尘，指娼妓生活。

少年游〔1〕

一生赢得是凄凉〔2〕。追前事、暗心伤。好天良夜，深屏香被，争忍便相忘〔3〕。　　王孙动是经年去，贪迷恋、有何长〔4〕。万种千般，把伊情分，颠倒尽猜量〔5〕。

〔1〕此首写一位被人遗弃的歌妓的伤悲。歌妓原是供人玩乐，人去茶凉，本无所谓遗弃。但她们却不甘心长期过屈辱生活，总是渴望遇到如意郎君托付终身。然而她们的意愿往往落空，她们的命运注定悲凉。此首即写其中一例。此词重在心理描写，宛曲细腻，跌宕转折。女主人公于伤悲之中回味甜蜜，无望之时犹存幻想，这种情感矛盾的错综交织，既深化了主题，又丰富其内在意蕴，令人玩索不尽。

〔2〕一生句:唐韩偓《五更》诗:"光景旋消惆怅在,一生赢得是凄凉。"此处套用韩诗成句,总写歌妓一生的凄凉命运。

〔3〕追前事四句:言追想往事,暗自伤心。当日良辰美景,两情欢娱,我怎能忍心把它忘掉?此一层意。他怎忍忘掉?此又一层意。屏,指屏帷。

〔4〕王孙三句:言那些王孙们动辄整年的外出,又贪恋酒色,有什么长处?这是自解自慰之辞。王孙,指贵族子弟。

〔5〕万种三句:可是却忍不住千般思虑万种设想,把他对自己的情分,颠来倒去再三猜量。猜量,猜测,掂量。

长 相 思[1]

画鼓喧街,兰灯满市,皎月初照严城[2]。清都绛阙夜景,风传银箭,露瀁金茎[3]。巷陌纵横。过平康款辔[4],缓听歌声。凤烛荧荧。那人家、未掩香屏[5]。　　向罗绮丛中,认得依稀旧日,雅态轻盈[6]。娇波艳冶,巧笑依然,有意相迎[7]。墙头马上,漫迟留、难写深诚[8]。又岂知、名宦拘检,年来减尽风情[9]。

〔1〕此首写京都之夜与旧知的妓女再会的情景,作于柳永入仕之后。上片渲染京都夜景。下片叙写情侣重逢。通观全篇,其一,叙事性强。起伏跌宕,有完整的故事情节;其二,画面感强。从街市到皇宫,从巷陌到平康,从"那人家"到"罗绮丛",从旧日情侣到今日词人,宛如电影镜头,推拉摇移,画面鲜明。其三,两用反衬,深化主题。一是以街市

111

热闹之夜景反衬词人萧疏落寞之心境;二是以情侣之热情有意反衬词人之风情衰减。这两组一热一冷之对比映衬,益显出词人命运的悲剧性。

〔2〕画鼓:饰以龙凤等图案的鼓。兰灯:一种华贵的灯,亦名"兰釭",用泽兰炼成的油脂来燃灯,有香气,故名。严城:设有警戒、实行宵禁的重要城池。南朝梁何逊《临行公车》诗:"禁门俨犹闭,严城放警夜。"

〔3〕清都绛阙:传说中天帝所居的宫阙。《列子·周穆王》:"王实以为清都紫微,钧天广乐,帝之所居。"绛,深红色。阙,皇宫前面两边的楼台。绛阙,泛指宫阙。银箭,漏刻之箭,参见《倾杯乐·禁漏花深》注[2]。此指滴漏声。露叆(ài 爱),犹言露满。叆,形容云气浓盛。

〔4〕款辔:即缓辔,放松嚼子和缰绳,让马放慢速度。

〔5〕凤烛:蜡烛的美称。荧荧:形容闪烁的星光或烛光。此指烛光。那人家:指词人过去常去的一家妓院。香屏:指屏门,即遮隔内外院的门。

〔6〕向罗绮三句:言在众佳丽中,我还记得那位旧日相知的女子,她有轻盈的身材和闲雅的容态。认得,记得。依稀,隐约。

〔7〕娇波三句:言她美目流盼,风韵不减,热情相迎。娇波,妩媚可爱的目光。唐玄宗《题梅妃画真》诗:"霜绡虽似当时态,争奈娇波不顾人。"艳冶,艳丽妖冶。多形容女子容态。巧笑,女子轻盈美好的笑貌。《诗经·卫风·硕人》:"巧笑倩兮,美目盼兮。"依然,依旧。有意,指不忘旧情。

〔8〕墙头二句:白居易《井底引银瓶》诗:"妾弄青梅凭短墙,君骑白马傍垂杨。墙头马上遥相顾,一见知君即断肠。"此处化用其意,犹言我与她好比一个在墙头,一个在马上,纵使迟留,亦难表深诚。漫,有任由、徒然之意。深诚,指真诚而深厚的情意。

〔9〕名宦:名声与官职。拘检:检束,拘束。年来:近年以来或一年

以上。风情,指男女相悦之情。此句与前《少年游》中"狎兴生疏,酒徒萧索,不似去年时"意思相近。

尾犯[1]

晴烟幂幂[2]。渐东郊芳草,染成轻碧[3]。野塘风暖,游鱼动触,冰澌微坼[4]。几行断雁,旋次第、归霜碛[5]。咏新诗,手撚江梅,故人赠我春色[6]。　　似此光阴催逼。念浮生,不满百[7]。虽照人轩冕,润屋珠金,于身何益。一种劳心力[8]。图利禄、殆非良策[9]。除是恁、点检笙歌,访寻罗绮消得[10]。

〔1〕此首感慨光阴迅速,厌倦功名利禄,作于柳永后期。上片描绘早春佳景。选择典型物象如碧草、游鱼、流冰、归雁,以表现早春的特点,准确而生动。"江梅"二句,实景虚写,寄托乡情,摇人心旌。下片议论。以浮生短暂,光阴催逼,否定功名利禄之徒劳心力,于身无益。表现出强烈的批判意识。

〔2〕晴烟幂幂:晴天的早晨郊野雾气笼罩。幂(mì密),覆盖,笼罩。

〔3〕东郊:古代以东郊为迎春之地。《礼记·月令》:"立春之日,天子亲帅三公、九卿、诸侯、大夫,以迎春于东郊。"轻碧:浅绿色。此指草嫩。

〔4〕冰澌微坼(chè彻):冰块微微裂开。澌,通"凘",解冻时的流冰。《楚辞·九歌·河伯》:"流澌纷兮将来下。"坼,裂开。《淮南子·本经训》:"大旱地坼。"

〔5〕几行三句：言几行大雁，又依次飞回北方。断雁，失群的雁。旋，还，又。次第，依次。唐刘禹锡《秋江晚泊》诗："暮霞千万状，宾鸿次第飞。"霜碛(qì气)，北方碛卤之地。借指北方。碛，沙漠。唐刘沧《八月十五日夜玩月》诗："此夜空亭闻木落，兼葭霜碛雁初过。"

〔6〕咏新诗三句：言吟咏新诗，手撚梅花，仿佛是故人赠予我春色。此处用陆凯赠梅事。《荆州记》："(南朝)宋陆凯与范晔相善，自江南寄梅花一枝诣长安，与晔，并赠诗曰：'折花逢驿使，寄与陇头人。江南无所有，聊赠一枝春。'"撚(niǎn碾)，用手指搓转。

〔7〕浮生：指人生虚浮不定。不满百：语本《古诗十九首》："生年不满百，常怀千岁忧。"

〔8〕虽照人四句：言虽然官爵显赫，家室富有，于身又有何益，不过徒劳心力。照人轩冕，光彩照人的轩车和冕服，指官位爵禄。《晋书·应贞传》："轩冕相袭，为郡盛族。"润屋珠金，珠玉金银使屋室华丽生辉。《礼记·大学》："富润屋，德润身。"此指钱财富有。

〔9〕殆：恐怕，大概。良策：高明的计策或办法。

〔10〕除是恁二句：言除非是这样填词作曲、访寻佳丽倒还值得。点检，检查，查验。明胡震亨《唐音癸签》："古人诗有误用重韵重字者，皆是失点检处。"此处指对词曲创作的精心斟酌。

木兰花[1]

心娘自小能歌舞。举意动容皆济楚[2]。解教天上念奴羞，不怕掌中飞燕妒[3]。　　玲珑绣扇花藏语[4]。宛转香茵云衬步[5]。王孙若拟赠千金，只在画楼东畔住[6]。

〔1〕以下《木兰花》四首分别写四位歌妓的色艺品格,这里一并选入。此首写心娘。上片以念奴、飞燕作比,写她能歌善舞。下片先以花扇、香茵映衬,写她的声音和步态。后以王孙反衬,写出她的心性高傲,不慕金钱,令人肃然起敬。

〔2〕举意:举止,动念。此指表情达意。动容:行动,容貌。济(jǐ挤)楚:美好。宋周邦彦《红窗迥》词:"有个人人,生得济楚。"

〔3〕解教二句:谓心娘善歌能使歌飞九天的念奴含羞,善舞不怕掌上起舞的飞燕嫉妒。念奴,唐天宝时著名女艺人,善歌。唐元稹《连昌宫词》写其善歌,有"飞上九天歌一声,二十五郎吹管逐"之句。掌中飞燕,参见《凤归云·恋帝里》注〔4〕。

〔4〕玲珑句:写她声音好听,从如花般绣扇后传出。玲珑,玉声,清越的声音。唐贾岛《就峰公宿》诗:"残月华晻暧,远水响玲珑。"

〔5〕宛转句:写她步态优美,在华美的毯子上起舞,如云衬般轻妙。宛转,指身体转动。香茵,指华美的毯子。

〔6〕王孙二句:写她心性高傲,不慕金钱,并不去讨好王孙公子。

木兰花[1]

佳娘捧板花钿簇[2]。唱出新声群艳伏[3]。金鹅扇掩调累累[4],文杏梁高尘簌簌[5]。　　鸾吟凤啸清相续,管烈弦焦争可逐[6]。何当夜召入连昌,飞上九天歌一曲[7]。

〔1〕此首写佳娘善歌。不惜借比喻夸张、使事用典以及侧面描写等多种手法写其歌声美妙。

〔2〕板:拍板。乐器,歌女演唱时用以拍节。参见《凤栖梧·帘内清歌帘外宴》注〔3〕。花钿:用金翠珠宝制成的花形首饰。簇:丛聚,指佩戴许多首饰。

〔3〕新声:新谱写的乐曲。群艳伏:谓众歌女都很佩服。伏,通"服",服气,佩服。

〔4〕金鹅句:写佳娘以扇遮面而歌的情景。调累累:形容曲调不断。累累,连接成串。

〔5〕文杏句:谓佳娘的歌声清越嘹亮,能使梁上的微尘簌簌落下。文杏梁,以文杏木做的房梁。文杏,即银杏,俗称白果树。其木质纹理坚密,是建筑用的高级木材。司马相如《长门赋》:"刻木兰以为榱(cuī崔,椽子),饰文杏以为梁。"簌簌,形容微尘纷纷落下的样子。

〔6〕鸾吟二句:言她的歌声清美像鸾凤之声相接续,那些管弦之声怎能赶得上。鸾吟凤啸,指鸾凤清脆悦耳的鸣叫声。管烈弦焦,形容管弦乐器演奏出的美妙之声。烈,美好,美妙。《文选》嵇康《琴赋》:"洋洋习习,声烈遐布。"李周翰注:"烈,美也。"弦焦,疑用"焦尾琴"之典。《后汉书·蔡邕传》:"吴人有烧桐以爨(cuàn窜)者,邕闻火烈之声,知其良木,因请而裁为琴,果有美音,而其尾犹焦,故时人名曰'焦尾琴'焉。"争可,怎可。逐,追逐,追赶。

〔7〕何当二句:言她也应当如念奴一样被夜召入宫,高歌一曲飞上九天。何当,即合当,该当。连昌,即连昌宫。在河南宜阳西,唐高宗置。元稹《连昌宫词》记宫中夜召念奴唱歌之事,有句云:"飞上九天歌一声,二十五郎吹管逐。"

木兰花〔1〕

虫娘举措皆温润〔2〕。每到婆娑偏恃俊〔3〕。香檀敲缓玉纤迟[4],画鼓声催莲步紧[5]。　　贪为顾盼夸风韵。往往曲终情未尽[6]。坐中少年暗消魂,争问青鸾家远近[7]。

〔1〕此首写虫娘。上片及过片二句,正面描写,言她举止温润,擅长舞蹈,善凭借俊美顾盼传情。末尾二句,侧面描写,通过坐中少年失魂落魄,争相盘问,衬托出她的夺人魅力。

〔2〕虫娘句:谓虫娘平时举止温柔。举措,举止,举动。温润,温和柔润。本指玉色,后用以形容人或事物的品性。唐潘炎《清如玉壶冰》诗:"温润资天质,清贞禀自然。"

〔3〕每到句:言她凭借自己的美貌来故意卖弄自己的舞技。婆娑,轻妙的舞蹈。偏,偏爱。恃,依赖,凭借。俊,漂亮,美丽。

〔4〕香檀句:言她的玉指缓缓敲击檀板。香檀,檀木作的拍板。玉纤,美人纤细的手。迟,缓慢。

〔5〕画鼓句:言她的舞步随急促的鼓声而加快节奏。莲步,美人步。参见《柳腰轻·英英妙舞腰肢软》注〔7〕。

〔6〕贪为二句:因她贪求在歌舞时以相貌姣好示风韵,所以往往曲已结束而情还未尽。贪,求,欲。顾盼,指相貌。

〔7〕坐中二句:谓坐中少年被她的相貌与舞蹈消魂夺魄,争相打听她的家在何处。消魂,魂渐离散。此处形容动人之极。青鸾,本是传说中凤凰一类的神鸟,赤色者多为凤,青色者多为鸾。后以"青鸾"指女子。唐王昌龄《萧驸马宅花烛》诗:"青鸾飞去合欢宫,紫凤衔花出禁中。"此指虫娘。

木兰花[1]

酥娘一搦腰肢褭[2]。回雪萦尘皆尽妙[3]。几多狎客看无厌[4],一辈舞童功不到[5]。　　星眸顾指精神峭[6]。罗袖迎风身段小。而今长大懒婆娑,只要千金酬一笑[7]。

〔1〕此首写舞女酥娘。起二句,写她腰肢细柔,舞姿轻盈。"几多"二句,以狎客、舞童陪衬,写其舞功过人。"星眸"二句,写其神采风情。结拍二句,言她长大懒于舞蹈,连笑也难得。此明抑暗扬,透露出她不愿做舞女的消息。

〔2〕一搦(nuò诺):两手一把可以握持。形容腰细。唐李百药《少年行》:"千金笑里面,一搦掌中腰。"袅:纤长柔美。左思《吴都赋》:"袅袅素女。"

〔3〕回雪:形容舞女体态婀娜,有如风卷雪花回旋飞舞。曹植《洛神赋》:"仿佛兮若轻云之蔽月,飘飘兮若流风之回雪。"萦尘:形容舞蹈者体轻与尘雾相旋绕。《拾遗记》:"燕昭王时,广延国献舞女二人,一名旋娟,一名提嫫,……其舞曲一曰萦尘,言体轻与尘雾相乱也。"

〔4〕几多:几许,多少。狎客:指游乐的人和嫖客。无厌:没有满足。

〔5〕一辈句:言与她同一辈舞童的功夫都达不到她的水平。

〔6〕星眸:形容眸子清莹明亮,闪闪如星。顾指:以目示意而指使之。即俗谓用眼睛说话。精神峭:指风姿优美。峭,即逋峭,优美。

〔7〕千金酬笑:指难得一笑。参见《迷仙引·才过笄年》注〔5〕。

驻马听[1]

凤枕鸾帷[2]。二三载,如鱼似水相知。良天好景,深怜多爱,无非尽意依随[3]。奈何伊。恣性灵、忒煞些儿[4]。无事孜煎,万回千度,怎忍分离[5]。　而今渐行渐远,渐觉虽悔难追。漫寄消寄息,终久奚为[6]。也拟重论缱绻,争奈翻覆思维[7]。纵再会,只恐恩情,难似当时。

　　〔1〕此首写与佳人分手之后追悔矛盾的心情。写法上采用舍景言情的手法,即舍去一切景物环境,直抒人物内心情愫。这是俗词的一个重要特征。但由于舍去环境背景,此首抒情主人公是男是女,说法不一。从下片"也拟"二句来看,追悔分离,打算重聚的主动权在抒情主人公这一方。以当时情况而论,女子恐怕难握此权。再者,"奚为"、"忒煞些儿"等词语,不似妇人声口。故我们以为抒情主人公当为男性。上片写他思忆当日的欢爱与后来的分离;下片写他追悔的心情与矛盾的心理。结拍三句最富深意。联系上文,一则两人性格差异,产生裂痕(一方"尽意依随";一方"恣性灵、忒煞些儿");二则分离日久,感情渐疏。因此即使重续旧欢,亦恐难似当时。词人准确细致地传达人物心理,让感情与理智在矛盾中充分展示与撞击,这正是舍景言情词的优势。
　　〔2〕凤枕鸾帷:绣有凤和鸾的枕头与床帷,此指男女相好同居。
　　〔3〕良天三句:写男子对女子的百般怜爱,百依百顺。
　　〔4〕奈何伊二句:描述女子的性格脾气。言怎奈她放纵自己的性情,太过分了一点儿。这里指青年女子好使小性子,耍小脾气。性灵,性情。忒(tuī推)煞,太甚。些儿,一点儿。
　　〔5〕无事三句:言无聊之时,想起两人终因产生裂痕而分手,真令人煎熬、烦闷,内心千回百转,怎忍分离。孜煎,煎熬。
　　〔6〕漫寄二句:言徒凭书信寄送消息,长期下去有什么用。漫,有"空"、"徒"、"枉"的意思。奚为,有什么用。
　　〔7〕拟:打算。缱绻:缠绵,特指男女恋情。翻覆:翻来覆去。思维:犹思考。

戚氏[1]

晚秋天。一霎微雨洒庭轩[2]。槛菊萧疏,井梧零乱惹残烟[3]。凄然。望江关。飞云黯淡夕阳间。当时宋玉悲感[4],向此临水与登山。远道迢递,行人凄楚,倦听陇水潺湲[5]。正蝉吟败叶,蛩响衰草,相应喧喧[6]。　　孤馆度日如年。风露渐变,悄悄至更阑。长天净,绛河清浅,皓月婵娟[7]。思绵绵。夜永对景,那堪屈指,暗想从前。未名未禄,绮陌红楼,往往经岁迁延[8]。　　帝里风光好,当年少日,暮宴朝欢。况有狂朋怪侣,遇当歌、对酒竞留连。别来迅景如梭[9],旧游似梦,烟水程何限。念利名、憔悴长萦绊[10]。追往事、空惨愁颜。漏箭移、稍觉轻寒[11]。渐呜咽、画角数声残[12]。对闲窗畔,停灯向晓,抱影无眠[13]。

[1] 此首抒写孤馆独宿的穷愁旅思,作于柳永后期,是其名作之一。全词三片。上片写暮秋傍晚触景生悲。以凄切之秋声配萧肃之秋景,有声有色,写足悲秋愁旅之境。中片写孤馆夜阑对景伤怀。夜阑人静,皓月当空,词人独坐孤馆,不由情思绵绵,追忆从前。下片写忆昔伤今抱影无眠。"帝里"二句,承接中片,描述年少欢娱,狂放不羁。"念利名"二句,点睛之笔,绾结全篇,盖今日愁惨,全因利名萦绊。结拍二句,写尽伶仃独处之况味,馀韵不尽。综观全篇,悲秋愁旅忆昔伤今,是柳永这类词反复吟咏的主题,似无太多新意。但其体制宏大,建构精密,笔墨浓酣,意境浑厚。全词由两条时间线索贯穿:一条为傍晚——深夜——

破晓;一条为现在——过去——现在。两条线索明暗交织,层次井然;又起伏跌宕,开阖有致。词以赋笔铺叙,纯是"实说",却善于描摹景物,镕情入景,极富表现力。故堪称柳永羁旅行役词的压卷之作。南宋王灼《碧鸡漫志》引前辈之语"离骚寂寞千年后,戚氏凄凉一曲终"加以反驳,力图贬低柳永,却恰恰反映出北宋词坛俊贤将《戚氏》看作《离骚》之后继。此论虽不免拔高,却也道出了两者之间有相通之处。

〔2〕一霎:一阵儿。庭轩:庭院里的长廊。

〔3〕槛(jiàn 剑)菊萧疏:言花池里的菊花稀稀落落。槛,花池的围栏。宋晏殊《蝶恋花》词:"槛菊愁烟兰泣露。"井梧零乱:言井边梧桐枝叶散乱。

〔4〕宋玉悲感:指宋玉悲秋之感。参见《雪梅香·景萧索》注〔3〕。

〔5〕倦听句:陇水,陇头流水。乐府《陇头辞》:"陇头流水,流离山下。念吾一身,飘然旷野。"(其一)"陇头流水,鸣声呜咽。遥望秦川,心肝断绝!"(其三)此处暗用其意。言自己羁旅行役,飘然在外,不知多少次登山临水,伤怀念远,已经听倦了陇头流水潺湲。潺湲,水流貌。

〔6〕正蝉吟三句:言寒蝉与秋蛩正在败叶衰草中凄切地鸣叫,合成一片混杂的声音。蛩(qióng穷),蟋蟀。喧喧,形容声音混杂。

〔7〕绛河清浅:指银河星光明亮。绛河,银河,亦称天河、天汉。明人王逵《蠡海集·天文类》:"河汉曰银河可也,而曰绛河,盖观天者以北极为标准,所仰视而见者,皆在于北极之南,故称之曰丹,曰绛,借南之色以为喻也。"皓月婵娟:形容月光美好。孟郊《婵娟篇》:"月婵娟,真可怜(可爱)。"

〔8〕绮陌红楼:指花街柳巷歌楼妓馆。经岁:年复一年。迁延:拖延,留连。

〔9〕迅景如梭:光阴迅速,如穿梭一般。迅景,指光阴。时光易逝,故称。宋吴潜《青玉案》词:"迅景流光容易度,鹭洲鸥渚,苇汀芦岸,总

是消魂处。"

〔10〕萦绊:牵缠,约束。

〔11〕漏箭句:言时至夜半,渐觉微微的寒意。漏箭移,指漏壶中浮标的刻度移动,表示时间推移。参见《倾杯乐·禁漏花深》注〔2〕。

〔12〕渐呜咽句:指号角的声音低沉而又断断续续。

〔13〕抱影:守着影子。形容孤单。晋左思《咏史》之八:"落落穷巷士,抱影守空庐。"

轮台子〔1〕

一枕清宵好梦,可惜被、邻鸡唤觉。匆匆策马登途,满目淡烟衰草。前驱风触鸣珂〔2〕,过霜林、渐觉惊栖鸟〔3〕。冒征尘远况〔4〕,自古凄凉长安道。行行又历孤村,楚天阔,望中未晓〔5〕。　　念劳生,惜芳年壮岁,离多欢少。叹断梗难停,暮云渐杳。但黯黯魂消,寸肠凭谁表。恁驱驱、何时是了〔6〕。又争似,却返瑶京,重买千金笑〔7〕。

〔1〕此首写旅途劳顿,抒发人生感慨。上片写早行。登途之匆忙与旅途之所见,营造出苦寒气氛。"自古凄凉长安道"句,笔墨宕开,以古况今,与"多情自古伤离别"同一机杼。下片感叹劳生。直抒人生感慨,申说黯然伤神,无人可诉之哀。"恁驱驱"以下,质疑加慨叹,抒发对羁旅行役的厌倦情绪。全词由真实体验引发议论,怊怅切情,读之如亲见亲历。

〔2〕前驱:驱马前行。鸣珂:贵者之马以玉为饰物,行则作响,谓之

鸣珂。南朝徐陵《洛阳道》诗:"华轩翼葆吹,飞盖响鸣珂。"

〔3〕霜林:秋天的树林。

〔4〕征尘:路上的尘土。远况:远行的境况和滋味。

〔5〕望中:视野之中。

〔6〕驱驱:奔走辛劳。柳永《定风波》词:"念荡子、终日驱驱,争觉乡关转迢递。"

〔7〕争似:怎如,怎比。却返:仍回。瑶京:京都。买千金笑:以千金换取佳人的欢笑。

引驾行[1]

虹收残雨[2]。蝉嘶败柳长堤暮。背都门、动消黯,西风片帆轻举[3]。愁睹。泛画鹢翩翩,灵鼍隐隐下前浦[4]。忍回首、佳人渐远,想高城、隔烟树[5]。　　几许。秦楼永昼,谢阁连宵奇遇[6]。算赠笑千金,酬歌百琲,尽成轻负[7]。南顾。念吴邦越国,风烟萧索在何处[8]。独自个、千山万水,指天涯去。

〔1〕此首写离别京都,乘船南行。作于柳永漫游江南之时。上片写离别京都之情景。孤舟独行,佳人送别,不忍回顾。下片写抚今追昔之感。忆昔日之欢娱,思前程之渺茫。风烟萧索,谁悲失意之人。今昔对照,愈加深孤独之感与悲凉之情。

〔2〕虹收残雨句:言彩虹现出,残雨收尽。

〔3〕背都门二句:言词人满怀别愁,离开京城,在秋风中登船远行。

消黯,黯然消魂,此指离愁别绪。江淹《别赋》:"黯然消魂者,惟别而已矣。"片帆,孤舟。举,出发。

〔4〕愁睹三句:言船只轻快而行,鼍鼓之声隐隐可闻,不免使人看见发愁。意即不忍别。画鹢(yì益):船头画鹢鸟图案的船只。鹢,古籍中的鸟名,指一种像鹭鸶的水鸟,能高飞。翩翩:轻快而行。灵鼍(tuó驼):亦称"扬子鳄",穴居池沼底部。因古人将池沼谓灵沼,故称灵鼍。其皮可蒙鼓。此处指鼓声。古时行船用鼓声以助力。浦:水边、河岸。

〔5〕忍回首二句:写佳人送别,不忍回顾,船行渐远,高城不见。

〔6〕几许三句:言多少时日,自己整日整夜与歌妓相处,有过不少奇遇。秦楼、谢阁,指妓女住所。谢阁,本指谢安的馆阁。《晋书·谢安传》言其放情丘壑,"于土山营墅,楼馆林竹甚盛""然每游赏,必以妓女从"。因以谢馆、谢阁代指妓女居所。永昼,整日。连宵,通宵。

〔7〕算赠笑三句:言想自己为那些佳人,郑重用心,不惜千金换得一笑,百琲酬谢一歌,不想如今却轻易辜负。百琲(bèi倍),极言珍珠之多。《文选》左思《吴都赋》:"金镒磊砢,珠琲阑干。"刘逵注:"琲,贯也,珠十贯为一琲。"《说文新附》:"琲,珠五百枚也。"

〔8〕吴邦越国:吴、越旧国,指江苏、浙江一带。萧索:萧条冷落,凄凉。

望远行[1]

绣帏睡起。残妆浅,无绪匀红补翠[2]。藻井凝尘,金梯铺藓,寂寞凤楼十二[3]。风絮纷纷,烟芜苒苒[4]。永日画阑,沉吟独倚。望远行,南陌春残悄归骑[5]。　　凝睇。消遣离愁无计,但暗掷、金钗买醉[6]。对好景、空饮香醪[7],争奈转添珠泪。待伊游冶归来,故故解放翠羽,轻裙重系。见纤腰,图信人憔悴[8]。

〔1〕此首写思妇盼归。上片写她的慵懒和寂寞,下片写她的离愁与怪怨。全词结构匀整,层次分明。上片写人写景井然有序。先写人物,次写人物生活之环境,再写自然景物之环境,使人与景、景与情和谐相依。下片抒写愁怨,先是借酒浇愁,后则突发奇想,"故故"四句,把一个少妇因相思而怪怨,想谴责而又无奈,只得以自己的憔悴令对方自责的那种心理,刻画得活灵活现,惟妙惟肖。《词谱》载《望远行》为"唐教坊曲名。……慢词始自柳永'绣帏睡起'词"。

〔2〕残妆句:言妆虽残而无心修饰。匀红补翠,指在脸上施脂粉和在鬓发上插头饰。

〔3〕藻井凝尘:屋顶聚满了灰尘。藻井,绘有文采、状如井干形的天花板,有荷菱等图案形。金梯铺藓:楼梯上长满了苔藓。金梯,楼梯的美称。凤楼十二:本指宫中楼阁重重,此指妇女居住的闺阁绣楼。十二,形容闺门重重,曲折幽深。

〔4〕风絮:随风飘飞的絮花,多指柳絮。烟芜:烟雾笼罩的草地。苒苒:草盛貌。

〔5〕悄归骑:即悄无归骑。言大路上静悄悄的,无有归来的人马。

〔6〕金钗买醉:语本唐元稹《遣悲怀》之一:"顾我无衣搜荩箧,泥他沽酒拔金钗。"此指用金钗换酒,以醉消愁。宋晏几道《清平乐》词"归来紫陌东头,金钗换酒消愁"与此同意。

〔7〕香醪(láo 劳):醇酒。

〔8〕待伊五句:意谓等他游冶回来,我就故意解下首饰,散乱头发,把薄裙穿上,让他看见我的细腰,好让他知道,就是因为他,才害得我身

体消瘦,脸色也憔悴了。游冶,出游寻乐。李白《采莲曲》:"岸上谁家游冶郎,三三五五映垂杨。"亦特指狎妓。欧阳修《蝶恋花》词:"玉勒雕鞍游冶处,楼高不见章台路。"故故,故意,偏偏。翠羽,女子的首饰,形状像翠鸟尾上的长翅。重(chóng 虫),重新。系(jì 记),指扎好裙带。

彩云归[1]

蘅皋向晚舣轻航[2]。卸云帆、水驿鱼乡[3]。当暮天、霁色如晴昼,江练静、皎月飞光[4]。那堪听、远村羌管,引离人断肠[5]。此际浪萍风梗,度岁茫茫[6]。　　堪伤。朝欢暮散,被多情、赋与凄凉[7]。别来最苦,襟袖依约,尚有馀香[8]。算得伊、鸳衾凤枕,夜永争不思量[9]。牵情处,惟有临歧[10],一句难忘。

[1] 此首写夜泊水驿的凄凉。上片写停船夜泊。傍晚时分,船行靠岸,月光皎洁,江水如练,远村传来幽怨笛声,牵动离人愁肠欲断,不由得慨叹飘零,暗自伤悲。下片思念佳人。先伤朝欢暮散,尚留馀香;转而设想,漫漫长夜,佳人思我;进而思量,最牵情处,是临别话语。此词的特点是抒写人物情感与心理活动妥溜细密,层层推进。盖因夜泊而遥闻笛声,因闻笛而牵动离愁,因动离愁而慨叹飘零,因叹飘零而思念佳人,又因思念佳人而设想佳人思我。可谓丝丝入扣,针线绵密。

[2] 蘅皋:长满杜蘅的岸边。向晚:傍晚。舣(yǐ 蚁):船靠岸。左思《蜀都赋》:"试水客,舣轻舟。"轻航:指轻快的小船。

[3] 卸云帆:航船下帆停泊。云帆,白色的船帆。水驿:水路驿站。

鱼乡:即渔村。

〔4〕当暮天二句:言此时虽当日暮,但雨过云开,天色如同白昼。江水在月光下静静流淌,宛如一条白练。霁色,晴朗的天色。江练,本自谢朓《晚登三山还望京邑》诗:"馀霞散成绮,澄江静如练。"练,白绸。

〔5〕那堪听二句:言独行在外,怎堪听羌笛那令人愁肠寸断的幽怨之声。羌管,羌笛。此处指羌笛吹奏的幽怨曲子。范仲淹《渔家傲》词:"羌管悠悠霜满地,人不寐,将军白发征夫泪。"引,引动,引逗。离人,离别之人。

〔6〕浪萍风梗:浪中飘萍,风中断梗,形容飘泊无定。茫茫:渺茫,无所知的样子。

〔7〕被多情句:言正是由于彼此的多情,才带给人无限凄凉。赋与,给与。

〔8〕依约:隐约。尚有馀香:还留有佳人的香气。

〔9〕算得伊三句:言料想她依然用着我俩共同用过的被和枕,夜长孤眠,怎能不思念我。

〔10〕牵情:触动感情。临歧:分别。

离别难[1]

花谢水流倏忽,嗟年少光阴[2]。有天然、蕙质兰心。美韶容、何啻千金[3]。便因甚、翠弱红衰,缠绵香体,都不胜任[4]。算神仙、五色灵丹无验,中路委瓶簪[5]。　人悄悄,夜沉沉。闭香闺、永弃鸳衾[6]。想娇魂媚魄非远,纵洪都方士也难寻[7]。最苦是、好景良天,尊前歌笑,空想遗音[8]。望断处,杳杳巫峰十二,千古暮云深[9]。

〔1〕此首为悼亡词。与前《秋蕊香引·留不得》一样,也是悼念一位芳年早逝的歌妓。上片写她善良美貌却因体弱多病不幸逝去。"花谢水流",是比喻,亦是写照,引人遐思,令人叹惜。下片写词人对她的不尽哀思。人天永隔对景思人,以乐衬哀;融情入景,哀婉之至。总括此词,情感深挚,如泣如诉,用笔则虚实结合,流转自如。说死者,从生前到死后,娓娓叙来,平实自然;抒哀思,则借用浪漫情事,渲染映衬,凄楚动人。

〔2〕花谢水流二句:言这位女子在转眼之间如同花谢水流般永远地去了,而她的逝去正值青春年少,多么令人嗟叹惋惜!倏(shū 书)忽,转眼之间。

〔3〕天然:天生,自然。蕙质兰心:比喻女子心地纯美,品性高洁。"兰"、"蕙"皆为香草。韶容:美丽的容貌。何啻(chì 赤)千金:何止值千金。

〔4〕便因甚三句:言因为什么,她的身体那样柔弱多病,连翠袖红妆都遮掩不住她的病容。

〔5〕算神仙二句:言料想神仙的五色灵丹也应无效,终于瓶沉簪折,中道而去。灵丹,古代道士炼的一种丹药。据说能使人消除百病,长生不老。验,效验,效果。中路委瓶簪,语出白居易《新乐府·井底引银瓶》:"井底引银瓶,银瓶欲上丝绳绝。石上磨玉簪,玉簪欲成中央折。瓶沉簪折知奈何,似妾今朝与君别。"白诗的原意,是比喻男女私下结合,以致恩爱不终中道分离。柳永则借"瓶沉簪折"比喻半路死别。

〔6〕人悄悄三句:写人去室空的情景。鸳衾,绣有鸳鸯的被子,指男女合欢被。

〔7〕想娇魂二句:谓想来她的芳魂未远,然纵是洪都方士也难寻觅。洪都方士,白居易《长恨歌》中有"临邛道士鸿都客,能以精诚致魂

128

魄"之句。这位方士曾升天入地遍觅杨玉环的魂魄,终于在蓬莱仙山觅得。洪都方士,即指临邛道士。洪都为"鸿都"之误,指仙府。

〔8〕最苦三句:最让人悲苦的是,每当好景良辰,歌筵欢笑,便使人想起她的音容笑貌。

〔9〕望断处三句:言望尽巫山十二峰,惟见暮云深锁,空留千古遗恨。杳杳,幽远貌。巫峰十二,即巫山十二峰。此处化用宋玉"巫山神女"的故事,将那位芳年早逝的女子比作"旦为朝云,暮为行雨"的神女。暮云深,即是不见神女之意。

击梧桐[1]

香靥深深,姿姿媚媚,雅格奇容天与[2]。自识伊来,便好看承,会得妖娆心素[3]。临歧再约同欢,定是都把、平生相许。又恐恩情,易破难成,未免千般思虑。　　近日书来,寒暄而已,苦没忉忉言语[4]。便认得、听人教当,拟把前言轻负[5]。见说兰台宋玉,多才多艺善词赋[6]。试与问、朝朝暮暮,行云何处去[7]。

〔1〕此首写歌妓对情郎的思念及担忧。上片回忆过去。起笔自述美貌,次写相知相爱,再写临歧盟约,最后道出"千般思虑",此为一篇紧要之语。下片承此展开,是词之重心。先写得郎书信,心未满足;次写猜疑情郎,听人教唆;再以宋玉作比,夸郎才艺;最后巧为试探,暗露担忧。全词以女子口吻,家常俗语,真实刻画歌妓渴望人爱、恐遭人弃的心理,细致入微,宛曲生动。宋杨湜《古今词话》载:"柳耆卿尝在江淮眷一官

妓,临别,以杜门为期。既来京师,日久未还,妓有异图,耆卿闻之怏怏。会朱儒林往江淮,柳因作《击梧桐》以寄之曰:'香靥深深(略)。'妓得此词……泛舟来辇下,遂终身从耆卿焉。"此言未必可信,但词人能准确地把握女子心理,代她们倾诉衷肠,却是难能可贵。

〔2〕香靥(yè夜):面颊上的酒窝。姿姿媚媚:姿态美丽动人。雅格奇容:闲雅的标格和出众的容貌。天与:上天赐予,天生。此三句为女子自夸美貌之辞。

〔3〕看承:看待,对待。会得:懂得,理解。妖娆:指娇媚的女子。此处为歌妓自指。心素:亦作"心愫",心意,心愿。

〔4〕近日三句:言近日他来信,只是一般寒暄而已,苦无那些忧念相思之类的话语。忉(dāo刀)忉,忧念貌。《诗经·齐风·甫田》:"无思远人,劳心忉忉。"

〔5〕认得:认识,看得出。教当:教唆。前言:指以前的盟约。

〔6〕见说二句:此处以宋玉代指情郎,赞许他才艺出众。见说,犹听说。兰台,战国时楚国的台名,传说故址在今湖北钟祥东。宋玉《风赋序》:"楚襄王游于兰台之宫,宋玉、景差侍。"故后世称之为"兰台宋玉"。

〔7〕试与问二句:化用宋玉所述巫山神女故事。因巫山神女自称"旦为朝云,暮为行雨,朝朝暮暮,阳台之下",故问情郎他的行云(即他的神女)朝朝暮暮是在何处?此以试探口吻,表示她对他不知又与什么女子在一起存有深深的忧虑。

夜半乐[1]

冻云黯淡天气[2],扁舟一叶,乘兴离江渚[3]。渡万壑千岩,越溪深处[4]。怒涛渐息,樵风乍起,更闻商旅相呼,片帆高举〔5〕。泛画鹢、翩翩过南浦〔6〕。　　望中酒旆闪闪,一簇烟村,数行霜树〔7〕。残日下,渔人鸣榔归去〔8〕。败荷零落,衰杨掩映,岸边两两三三,浣纱游女。避行客、含羞笑相语。

到此因念,绣阁轻抛,浪萍难驻〔9〕。叹后约丁宁竟何据〔10〕。惨离怀、空恨岁晚归期阻。凝泪眼、杳杳神京路〔11〕。断鸿声远长天暮〔12〕。

〔1〕此首写会稽(今浙江绍兴)舟行的见闻感受。作于柳永漫游江南之时,与《双声子·晚天萧索》大约同一时期。词分三片。上片叙舟行经历。中片记舟中所见。词人善将景物(烟村、霜树、败荷、衰杨)与人物(渔人、游女)交错叠映,动静相衬,构成了一幅有声有色充满生趣的秋日江干画面。下片写触景生情,因情成感。其所感者,一是绣阁轻抛,浪萍难驻;二是神京杳杳,前途渺茫。正所谓"日暮乡关何处是"、"长安不见使人愁"。故清许昂霄《词综偶评》谓"第三叠乃言去国离乡之感"(古人称京为国),实一语中的。此词写景由"江渚"到"越溪深处"再到"南浦"、"烟村",言情由"乘兴"到"惨离怀"再到"凝泪眼",变化曲折、大开大阖。又善于用典,其典皆关合会稽。蔡嵩云《柯亭词论》谓:"柳词胜处,在骨气,不在字面。其写景处,远胜其抒情处。而章法大开大阖,为后起清真(周邦彦)、梦窗(吴文英)诸家所取法,信为创调名家。如……《夜半乐》'冻云黯淡天气'……诸阕,写羁旅行役中秋景,均穷极工巧。"《词谱》载此调为"唐教坊曲名。……盖借旧曲名另倚新声。"

〔2〕冻云:冷天积聚的阴云。唐方干《冬日》诗:"冻云愁暮色,寒日淡斜晖。"

〔3〕乘兴:趁一时高兴。南朝宋刘义庆《世说新语·任诞》载:晋人

王徽之(子猷)居山阴(今浙江绍兴),雪夜乘小船到剡县访戴安道。到了门外却又不进去看他,说是"吾本乘兴而来,兴尽而归,何必见戴"。江渚:江边。

〔4〕渡万壑二句:写船渡过越溪深处的万壑千岩,其惊心动魄不难想见。万壑千岩,《世说新语·言语》篇中记顾恺之赞美会稽山川之美时说:"千岩竞秀,万壑争流,草木蒙笼其上,若云兴霞蔚。"越溪,越地之溪。此处指春秋时越国美女西施浣纱的若耶溪,在会稽县南若耶山下。

〔5〕怒涛四句:写经历万壑的急流险滩后,江面渐阔,怒涛渐息,船顺风而行,挂起布帆,可以听到商旅之间的相互呼应。樵风,顺风,好风。《后汉书·郑弘传》李贤注引《会稽记》说,郑弘(会稽山阴人)曾上山砍柴,得一遗箭,顷刻有人来觅,弘还之。其人问弘有何求。弘识其神也,曰:"常患若耶溪载薪为难,愿旦南风,暮北风。"后果然如愿。郑弘后为汉太尉。后世遂称若耶溪风为郑公风、樵风,并用以咏乘风泛舟。唐宋之问《游禹穴回出若耶》诗:"归舟何虑晚,日暮使樵风。"

〔6〕翩翩:行动轻疾貌。曹植《芙蓉池》诗:"逍遥芙蓉池,翩翩戏轻舟。"南浦:南面的水边。此泛指水边,岸边。

〔7〕望中:视野之中。此交代视点,以下景物人物皆望中所见。酒斾(pèi 沛):酒店门前挑挂的布旗,用以招徕顾客。闪闪:形容在风中飘动。烟村:炊烟缭绕的村落。

〔8〕渔人句:言渔人敲击船舷,唱着渔歌归去。鸣榔,渔人以木棒敲击船舷使作声,或以惊鱼入网,或为歌声之节。此处既言"归去",当为后者。唐李白《送殷淑》诗之一:"惜别耐取醉,鸣榔且长谣。"

〔9〕绣阁二句:上句言轻易抛下闺中妻子。下句言自己如浪中浮萍,踪迹不定。

〔10〕叹后约句:言行前妻子再三叮咛,约定归期,如今竟难以兑现,令人伤叹。丁宁,同"叮咛"。何据,有什么定准。

〔11〕杳杳:渺茫遥远。神京:指京都汴梁(今河南开封)。
〔12〕断鸿:离群孤飞的大雁。

祭天神[1]

叹笑筵歌席轻抛亸[2]。背孤城、几舍烟村停画舸[3]。更深钓叟归来,数点残灯火。被连绵宿酒醺醺[4]。愁无那[5]。寂寞拥、重衾卧[6]。　　又闻得、行客扁舟过。篷窗近,兰棹急[7],好梦还惊破。念平生、单栖踪迹[8],多感情怀,到此厌厌,向晓披衣坐。

〔1〕此首写泊舟渔村夜半惊醒的愁绪。以叙事为主,穿插抒情。上片写睡前愁怀。起首便是一声长叹,几多辛酸,几多惆怅。接着写环境与心境。停舟烟村,已见黯淡;而连绵宿酒,愈见愁怀难遣。下片写梦中惊醒。不由感念半生飘泊,倍觉凄凉。此词所述,不过舟中一夜,而"单栖踪迹"、"多感情怀",却也正是词人后期景况的真实写照。

〔2〕抛亸(duǒ朵):抛却,抛开。

〔3〕背孤城句:谓背离孤城,多次停舟宿于烟雾笼罩的村落。舍,住宿。画舸(gě哿):船的美称。

〔4〕连绵宿酒:指连续多日饮酒一直未清醒。宿酒,犹宿醉,指经宿尚未全醒的馀醉。白居易《早春即事》诗:"眼重朝眠足,头轻宿酒醒。"醺醺:酒醉貌。

〔5〕愁无那:言愁思深重。无那,无奈。

〔6〕重(chóng虫)衾:两层被子。《文选》张华《杂诗》:"重衾无暖

气,挟纩如怀冰。"

〔7〕篷窗:船窗。兰棹:船桨。

〔8〕单栖:独宿。

过涧歇近[1]

淮楚[2]。旷望极,千里火云烧空,尽日西郊无雨[3]。厌行旅。数幅轻帆旋落,舣棹兼葭浦[4]。避畏景[5],两两舟人夜深语。　　此际争可,便恁奔名竞利去[6]。九衢尘里,衣冠冒炎暑[7]。回首江乡,月观风亭,水边石上,幸有散发披襟处[8]。

〔1〕此首写淮楚酷热、厌倦行旅,却别出心裁,将"避畏景"之"舟人"与"冒炎暑"之"衣冠"对比反衬,讥讽后者之奔名竞利、趋炎附势。结处妙在以"散发披襟"表明自己看淡名利向往归隐的心志。清黄氏《蓼园词评》点评此词力透纸背,入木三分。抄录如下:"柳耆卿《淮楚旷望极》。趋炎附热、势利薰灼、狗苟蝇营之辈,可以'九衢尘里,衣冠冒炎暑'二语尽之。……此词实令触热者读之,如冷水浇背矣。意不过为'衣冠冒炎暑'五字下针砭,而凌空结撰,成一篇奇文。先从舟行苦热,深夜舟人之语,布一奇景,忽用'此际'二字,直接点入衣冠炎暑,令人不测。以后又用'江乡'倒缴,只一'幸'字缩住。语气含蓄,笔势奇矫绝伦。"

〔2〕淮楚:指今江浙皖一带。

〔3〕旷望三句:写久旱无雨。旷望,极目远眺,远望。火云,夏季炽

热的赤云。唐岑参《送祁乐归河东》诗:"五月火云屯,气烧天地红。"杜甫《送梓州李使君之任》诗:"火云挥汗日,山驿醒心泉。"烧空,映红天空。尽日,整日。

〔4〕数幅二句:言船帆纷纷落下,船停靠在长满芦苇的岸边。旋,很快,随即。舣棹,指行船靠岸。参见《彩云归·蘅皋向晚舣轻航》注〔2〕。蒹葭浦,长有芦苇的水边。

〔5〕畏景:夏天的日光。《左传·文公七年》:"赵衰,冬日之日也,赵盾,夏日之日也。"杜预注:"冬日可爱,夏日可畏。"后因称夏天的太阳为"畏日",意为炎热可畏。景,日光。

〔6〕此际二句:言在这酷热之际,怎可去奔名竞利。争可,怎可。便恁,就这样。

〔7〕九衢二句:言那些衣冠之辈,却不惜冒着炎热酷暑,在落满尘土的道路上奔走。九衢,四通八达的道路。衣冠,古代士以上戴冠,衣冠连称,指士以上人的服装,后引申指世族、士绅。

〔8〕回首四句:言回首家乡,风月楼台,水边石上,自有舒心纳凉之处。此处透露出归隐之意。江乡,地近江湖之乡,此指词人家乡。月观,犹月榭,赏月的楼台。风亭,亭子。幸有,自有。散发,散开头发。古代贵族束发戴冠,散发,即表示不受约束,逍遥自在。喻归隐。李白《宣州谢朓楼饯别校书叔云》:"人生在世不称意,明朝散发弄扁舟。"披襟,敞开衣襟。语出宋玉《风赋》:"有风飒然而至,王乃披襟而当之曰:'快哉此风!'"后多喻舒畅心怀。韦应物《雨夜宿清都观》诗:"旷岁恨殊迹,兹夕一披襟。"

安公子[1]

长川波潋滟[2]。楚乡淮岸迢递,一霎烟汀雨过,芳草青如染[3]。驱驱携书剑[4]。当此好天好景,自觉多愁多病,行役心情厌[5]。　　望处旷野沉沉,暮云黯黯。行侵夜色[6],又是急桨投村店。认去程将近,舟子相呼[7],遥指渔灯一点。

〔1〕此首写乘舟南行所见所感,因自己多愁多病而抒发对羁旅行役的厌倦。作于柳永漫游江淮时期。上片写途中景色,下片写日暮投宿。词中写景抒情,极富抑扬变化。先描绘"好天好景",转而写"行役心情厌","又是"二字,暗示此种景况,非止一日,遂使行役之"厌"有了情感依据。词末"舟子相呼"、"渔灯一点",于暮色沉沉之中,增添声音、亮色,又使低落的情绪为之一振。

〔2〕长川:长河,此指淮河。潋滟(liàn yàn 练艳):水波荡漾貌。苏轼《饮湖上初晴后雨》诗:"水光潋滟晴方好,山色空濛雨亦奇。"

〔3〕楚乡三句:描绘楚乡雨过,淮河两岸春草青青的图景。楚乡,指长江中下游一带。迢递,遥远貌。一霎,一阵儿。烟汀,轻烟笼罩的水边平地。青如染,形容芳草青翠,如同颜色染出一般。

〔4〕驱驱:奔走辛劳貌。书剑:书和剑。唐宋时期,读书人尚文亦尚武,故常携带书剑出游。唐许浑《别刘秀才诗》:"三献无功玉有瑕,更携书剑客天涯。"

〔5〕多愁多病:多形容才子佳人文弱或娇弱的状态。行役:因服役或公务而跋涉在外。《诗经·魏风·陟岵》:"嗟!予子行役,夙夜无已。"后亦谓行旅之事。陶潜《庚子岁五月中从都还阻风于规林》诗:"自古叹行役,我今始知之。"厌,厌倦。

〔6〕行侵夜色:谓船行渐入夜色。侵,渐进。

〔7〕去程:去路,指投宿地。舟子:船夫。

菊花新[1]

欲掩香帏论缱绻[2]。先敛双蛾愁夜短[3]。催促少年郎,先去睡、鸳衾图暖[4]。　　须臾放了残针线。脱罗裳、恣情无限[5]。留取帐前灯,时时待、看伊娇面[6]。

[1] 此首写与佳人合欢。特点是真切直露。按儒家传统文艺思想,表现男女之情闺阁之事,应雅正和婉,"乐而不淫",即符合伦理道德规范,有一定的分寸感,不可太露太直。而入仕之前的柳永,在写作这类词时,偏以其俗艳和直露,迎合了当时市民阶层的审美心理。因此这类词受到倡导雅词的评论家的尖锐批评。清李调元《雨村词话》卷一谓:"柳永淫词莫逾于《菊花新》一阕。"

[2] 掩:关闭,合上。香帏:帷帐。此指闺房。缱绻:本意为牢结不离散,引申用以形容情意缠绵。

[3] 敛双蛾:皱眉。愁夜短:即"欢娱嫌夜短"之意。

[4] 催促二句:写女子催男子先睡。图暖,取暖。

[5] 须臾二句:写女子不等剩余针线活计做完,便立刻放下,脱衣同欢。须臾,极短的时间,片刻。恣情,纵情。

[6] 留取二句:写男子对女子的昵恋。伊,她。娇面,娇媚的脸庞。

过涧歇近[1]

酒醒。梦才觉,小阁香炭成煤[2],洞户银蟾移影[3]。人寂静。夜永清寒,翠瓦霜凝。疏帘风动,漏声隐隐,飘来转愁听[4]。　　怎向心绪[5],近日厌厌长似病。凤楼咫尺,佳期杳无定。展转无眠,粲枕冰冷[6]。香虬烟断,是谁与把重衾整[7]。

〔1〕此首写静夜相思。上片叙酒醒梦觉后的情景,下片写相思成病的苦恼。全词层层推进,首尾相衔:盖因酒醒而梦觉,因梦觉而知夜长,因夜长而愁听漏声;愁听是因厌厌似病,其病是因佳期无定,而此又恰是借酒浇愁之原因。可知柳词善于布置,自然平易,不露人工痕迹。

〔2〕小阁:小楼房。香炭成煤:熏炉中的香炭已烧成烟尘。香炭,炭的美称。煤,炭燃烧时所产生的烟尘。苏轼《夜烧松明火》诗:"珠煤缀屋角,香脂流铜盘。"

〔3〕洞户句:指月光照入室内,影随月移。洞户,门户,亦借指幽深的内室。宋贺铸《减字木兰花》词:"笑捻粉香归洞户,更垂帘幕护窗纱。"银蟾,指月。古代神话称月中有蟾,后因称月为银蟾。白居易《中秋月》诗:"照他几许人断肠,玉兔银蟾远不知。"

〔4〕转:反而,却。愁听:听而生愁。

〔5〕怎向:犹怎奈,奈何。

〔6〕展转:同"辗转",形容心有所思,翻来覆去,难以入眠。《诗经·周南·关雎》:"求之不得,……辗转反侧。"粲(càn灿)枕:鲜艳灿烂的枕头。《诗经·唐风·葛生》:"角枕粲兮,锦衾烂兮。"

〔7〕烟断二句:叹无人添香,无人整衾。香虬(qiú求):虬形的熏炉。虬,古代传说中的一种有角的龙。重衾:两层被子。

轮台子[1]

雾敛澄江,烟消蓝光碧[2]。彤霞衬遥天[3],掩映断续,半空残月。孤村望处人寂寞,闻钓叟、甚处一声羌笛[4]。九疑山畔才雨过[5],斑竹作、血痕添色[6]。感行客。翻思故国,恨因循阻隔[7]。路久沉消息。　　正老松枯柏情如织。闻野猿啼,愁听得[8]。见钓舟初出,芙蓉渡头,鸳鸯滩侧。干名利禄终无益[9]。念岁岁间阻,迢迢紫陌[10]。翠蛾娇艳,从别后经今,花开柳拆伤魂魄[11]。利名牵役。又争忍、把光景抛掷[12]。

〔1〕此首伤叹羁旅行役。作于湖南。上片描绘拂晓之时九疑山畔之景色。江水澄澈,红霞满天,孤村寂静,斑竹添色,所绘景物,清新幽静,尤具地方特色。歇拍几句,触景生情,引出离愁。下片抒发利名牵役之感慨。情如老松枯柏,愁听野猿哀啼,移情于景,借景抒情。"干名"一句,斩截之语,为一篇之骨。"念岁岁"以下,以佳人伤别反衬利名牵役之苦痛,实切身体验,非少年说愁。

〔2〕雾敛二句:互文。雾敛、烟消,指云雾水气收敛、消散。澄江,清澈的江水。蓝光碧,天空如碧玉般蔚蓝。蓝光,指天光。

〔3〕彤霞:红霞。

〔4〕甚处:何处。羌笛:古代的管乐器。因出自羌(古代少数民族)地,故名。

〔5〕九疑山:即九嶷山,在湖南宁远南六十里。

139

〔6〕斑竹句：谓雨后斑竹，血痕加深。言外之意，令人不由伤感。斑竹，一种茎上有紫褐色斑点的竹子，也叫湘妃竹。相传舜帝南巡死于苍梧之野，葬于江南九疑。舜的两个妃子娥皇、女英思帝不已，在湘水边"以涕挥竹，竹尽斑"。见晋张华《博物志》与南朝梁任昉《述异记》。唐刘禹锡《潇湘神》词："斑竹枝，斑竹枝，泪痕点点寄相思。"此处柳永将"泪痕"作"血痕"，含有泪尽泣血之意，更为凄艳动人。

〔7〕因循：流连，徘徊不去，引申为飘泊。柳永《浪淘沙慢》词："嗟因循久作天涯客，负佳人几许盟言。"

〔8〕正老松二句：内心情感纷乱复杂，似老松枯柏纵横交错。心中愁苦，怕听野猿哀啼。织，交织，交错。愁听，听而生愁，怕听。得，语助词。

〔9〕干名利禄：追求功名、俸禄。干，追求。王维《赠从弟司库员外郎絿》："少年识事浅，强学干名利。"利，此处用作动词，为贪求之意。

〔10〕迢迢句：谓京城遥远。紫陌，帝都的道路。

〔11〕翠蛾三句：言自从别后至今，佳人每看到花开柳发定会感伤不已。翠蛾，代指佳人。拆，裂开，此处指柳芽绽出。

〔12〕光景：光阴。曹植《箜篌引》："惊风飘白日，光景驰西流。"

望汉月〔1〕

明月明月明月。争奈乍圆还缺。恰如年少洞房人，暂欢会、依前离别〔2〕。　　小楼凭槛处〔3〕，正是去年时节。千里清光又依旧〔4〕，奈夜永、厌厌人绝〔5〕。

〔1〕此首以月之圆缺喻人之离合。起首三呼"明月"，可见感喟良

深。清万树《词律》谓:"起六字,乃巧句,非有此定格。"以下"争奈"三句,将月之乍圆还缺,比作人之暂会即离,看似叹月,实则伤人。下片写人。去年小楼,清光依旧,而今人已不见,厌厌无绪。此种情怀,令人想起欧阳修的《生查子》词:"去年元夜时,花市灯如昼,月上柳梢头,人约黄昏后。　今年元夜时,月与灯依旧。不见去年人,泪湿青衫袖。"从写法看,欧似仿柳;然欧词上下两片匀齐,节奏鲜明,饶有民歌风味,可谓得夺胎换骨之妙。

〔2〕依前:依旧。

〔3〕槛(jiàn 鉴):窗户下或长廊旁的栏杆。

〔4〕清光:形容月光。李白《拟古》:"明月看欲望,当窗悬清光。"

〔5〕奈:无奈,怎奈。唐韩愈《醉后》诗:"煌煌东方星,奈此众客醉。"厌厌:懒倦,无聊。绝:辽远,远隔。

燕归梁[1]

织锦裁编写意深[2]。字值千金[3]。一回披玩一愁吟[4]。肠成结、泪盈襟。　幽欢已散前期远[5],无憀赖、是而今[6]。密凭归雁寄芳音[7]。恐冷落、旧时心。

〔1〕柳永词多写离别,别后尤盼鸿雁传书。此首即写佳人书来,且喜且悲的心情。词人悲喜之情、关爱之意,流溢笔端。全词明白如话,字字真切,句句含情。

〔2〕织锦:用苏蕙织回文锦寄夫事。参见《曲玉管·陇首云飞》注〔5〕。裁编:裁剪编织。比喻撰写词章。此处代指相好女子的书信。

〔3〕字值千金:即一字千金。秦相吕不韦使门客著《吕氏春秋》,书

成,公布于咸阳城门。声言有能增删一字者,赏予千金。见《史记·吕不韦列传》。此处指书信极为珍贵。

〔4〕披玩:翻阅玩味。披,劈开,披露。引申为翻开,翻阅。

〔5〕前期:对未来的预期、打算。

〔6〕憀(liáo 辽)赖:即聊赖,指精神上的寄托。

〔7〕密:多。凭:依凭,依靠。

八六子[1]

如花貌。当来便约,永结同心偕老[2]。为妙年、俊格聪明,凌厉多方怜爱,何期养成心性近,元来都不相表[3]。渐作分飞计料[4]。　　稍觉因情难供,恁殢恼[5]。争克罢同欢笑[6]。已是断弦尤续,覆水难收[7],常向人前诵谈,空遭时传音耗[8]。漫悔懊[9]。此事何时坏了。

〔1〕此首写男女间的感情破裂。从"断弦尤续","覆水难收"二句可知,叙述者为男子。全词从当初盟约到发生分歧,从劳燕分飞到空自懊悔,细致地叙写了男女间感情由热恋到破裂再到懊悔的全过程。写法上采用舍景言情、直抒胸臆的方式。但因是以男子口吻叙述,显然不像女子口吻那样柔婉。

〔2〕当来:原来,起初。同心:齐心。《易经·系辞上》:"二人同心,其利断金。同心之言,其臭如兰。"偕老:共同生活到老。

〔3〕为妙年四句:言因她正当妙龄,又俊俏聪明,我便很快对她多方怜爱关照。岂料她已养成心性浅陋的毛病,起初互相都不甚了解。俊

格,俊俏。凌厉,奋起直追的样子,此处为明捷利索之意。何期,岂料,表示没有想到。近,浅陋平庸。陆游《上辛给事书》:"某束发好文,才短识近。"元来,开始,起端。表,鉴察的意思,此处引申为"了解"。

〔4〕渐作句:言我渐渐做好与她分手的打算。渐,逐渐。分飞,即劳燕分飞,比喻分离。古乐府《东飞伯劳歌》:"东飞伯劳(鸟名)西飞燕。"计料,计算,预料。

〔5〕恁,那样,对所述事实起强调作用。殢(jí急)恼,犹言恼煞人。

〔6〕争克句:言怎能一下子就断绝关系。争克,怎能。克,能。《诗经·大雅·荡》:"靡不有初,鲜克有终。"郑玄笺:"克,能也。"

〔7〕已是二句:言现在我与她的情分已断。断弦,古人以琴瑟和谐喻夫妻和睦,故称丧妻为断弦。此处指关系破裂。尤,同"犹"。覆水难收,用汉代朱买臣事。相传朱买臣妻因丈夫贫穷而求离去,后买臣为会稽太守,妻又求合,买臣取盆水泼地,令妻收取,表示泼水难收,夫妻不能再合。见《汉书·朱买臣传》。李白《妾薄命》诗:"雨落不上天,水覆难再收。"

〔8〕空遣句:谓女方时常差人传递消息,但已不起什么作用。音耗,音信,消息。

〔9〕漫悔懊:言我也空自懊悔。漫,徒然,空自。

长寿乐[1]

尤红殢翠[2]。近日来、陡把狂心牵系[3]。罗绮丛中,笙歌筵上,有个人人可意[4]。解严妆巧笑,取次言谈成娇媚[5]。知几度、密约秦楼尽醉。仍携手,眷恋香衾绣被。　　情渐美。算好把、夕雨朝云相继。便是仙禁春深,御炉香裊,临轩亲试。对天颜咫尺,定然魁甲登高第[6]。待恁时、等着回来贺喜。好生地[7]。剩与我儿利市[8]。

　　[1] 此首为词人自鸣得意之写照。当作于柳永青年时期。上片自诩情场得意,下片预言科场得意。其自命不凡、少年疏狂之气充溢笔端。然而他未曾料到,正是由于他的这份狂放,才使他日后饱经坎坷,终生潦倒。
　　[2] 尤红殢(tì 替)翠:指迷恋女色。尤、殢,都是恋昵不离的意思。红、翠,即红衣翠袖,代指女子。柳词中常有以"尤、殢"组成类似这样的词组,如"尤云殢雨"、"尤花殢雪"、"殢烟尤雨"等。
　　[3] 陡:突然。狂心:狂妄或放荡的心思。
　　[4] 可意:合意,中意。
　　[5] 解:懂得,明白。严妆:打扮得整整齐齐。古乐府《孔雀东南飞》:"鸡鸣外欲曙,新妇起严妆。"巧笑:笑得美丽可爱。取次:任意,随便。
　　[6] 便是五句:言便是由皇帝亲自主持殿试,我也定能夺魁登第。仙禁,指皇宫。因禁卫森严,臣下不得任意出入,故称。临轩,皇帝不御正座而御平台接见臣属曰临轩。轩,殿堂前檐下的平台。天颜咫尺,言皇帝威颜近在咫尺。《左传·僖公九年》:"天威不违颜咫尺。"魁甲,居第一位的。宋太宗太平兴国八年(983)开始,把进士分为五甲,魁甲即榜首。
　　[7] 好生地:犹言好好地。
　　[8] 剩与句:言多给我的可心人儿一些赏钱。剩,张相《诗词曲语辞汇释》:"剩,多也。"我儿,我的可心人儿的省称。利市,旧指喜庆、节日所赏的喜钱。宋孟元老《东京梦华录·娶妇》:"女家亲人有茶酒利市之类。"

望海潮[1]

东南形胜[2],三吴都会[3],钱塘自古繁华[4]。烟柳画桥,风帘翠幕,参差十万人家[5]。云树绕堤沙[6]。怒涛卷霜雪,天堑无涯[7]。市列珠玑,户盈罗绮竞豪奢[8]。　重湖叠巘清嘉[9]。有三秋桂子,十里荷花[10]。羌管弄晴,菱歌泛夜,嬉嬉钓叟莲娃[11]。千骑拥高牙[12]。乘醉听箫鼓,吟赏烟霞[13]。异日图将好景,归去凤池夸[14]。

〔1〕此首描绘杭州的繁华景象与西湖的秀丽景色,为柳永投赠杭州地方官所作。是其代表作之一。上片泛写杭州地理之"形胜"、历史之悠久、都市之"繁华"。下片专咏西湖。选取西湖夏秋之典型景物,写尽其秀色诱人、香气袭人之美景。结拍赞美西湖,祝颂赠主,一矢双穿,可谓善用笔者。总括全词,长于铺叙,由总写到分叙再到专咏最后合说,层层叙写,章法精严;不用比兴,而取景目前,尤以白描见长;景物与人物,两相映照,生趣盎然。整首词,宛然一幅既壮观又秀丽的风景画卷。此词流传甚广。传说金主亮读后,有慕西湖美景,"遂起投鞭渡江之志"(见宋人罗大经《鹤林玉露》卷一三)。

〔2〕形胜:地理形势优越的地方。《荀子·强国》:"其固塞险,形势便,山林川谷美,天材之利多,是形胜也。"按:北宋时全国分十五路,杭州为两浙路治所,辖府二、州十二,当东南要冲,故称"东南形胜"。

〔3〕三吴:参见《双声子·晚天萧索》注〔3〕。都会:人口集中的城市。

〔4〕钱塘:即今杭州市。秦置钱唐县,属会稽郡。后汉属吴郡,为吴郡都尉治所。三国时吴郡曹华覈于此筑塘以御海潮,故改称"钱塘"。五代时,吴越王又建都于此,故云"自古繁华"。

〔5〕烟柳:雾气笼罩着的柳树。画桥:有画饰的桥。风帘:挡风的帘子。翠幕:翠绿色的帷幕。参差:形容楼阁房屋高低不齐。

〔6〕云树:高入云端的树木。

〔7〕怒涛二句:谓钱塘江大潮来时,怒涛翻滚,卷起雪白的浪花;整个江面雄伟、开阔,如同天堑,隔断两岸。周密《武林旧事》载:"浙江之潮,天下之伟观也。自既望以至十八日最为盛。方其远出海门,仅如银线,既而渐近,则玉城雪岭,际天而来,大声如雷霆,震撼激射,吞天沃日,势极雄豪。杨诚斋诗云'海涌银为郭,江横玉系腰'者是也。"天堑:天然形成的隔断交通的大沟。形容地形险要,不易越过。《南史·孔范传》:"范奏曰:'长江天堑,古来限隔,虏军岂能飞渡?'"

〔8〕市列珠玑:谓市场上陈列着种种珍贵的珠宝。户盈罗绮:谓家家户户堆满绫罗绸缎。豪奢:极端奢侈。

〔9〕重(chóng虫)湖:西湖以白堤为界,分外湖、里湖,故称重湖。叠巘(yǎn眼):重叠的山峦。清嘉:指风景清秀佳丽。

〔10〕三秋桂子:三秋时节有桂子坠落。三秋,指秋季。桂子,唐宋时传说,杭州灵隐寺多丹桂,为月中佳种移植人间。每至中秋夜,往往有桂子坠落。唐宋之问《灵隐寺》诗:"桂子月中落,天香云外飘。"白居易《忆江南》词:"山寺月中寻桂子,郡亭枕上看潮头。"十里荷花:西湖上遍植荷花,故云。白居易《馀杭形胜》诗:"绕郭荷花三十里,拂城松树一千株。"

〔11〕羌管弄晴:谓笛声在晴空里飞扬。羌管,即羌笛。此指笛声。弄,撩拨,逗引。菱歌泛夜:谓菱歌随夜风飘荡。菱歌,采菱人唱的歌。泛,飘浮弥漫。嬉嬉:戏耍笑乐的样子。莲娃:采莲姑娘。

〔12〕千骑(jì计)句:写州郡长官游湖,随从众多。骑,一人一马的合称。高牙,言牙旗之高。牙旗,原指将帅大旗或军前大旗,此处指大官出行时的仪仗旗帜。

〔13〕箫鼓:箫与鼓。周密《武林旧事》记游湖盛况:"歌吹箫鼓之声,振动远近。"吟赏:吟玩欣赏。烟霞:烟雾云霞,喻指山水景色。

〔14〕异日二句:谓他日若入朝拜相,可将这美景绘成图画,带回朝中,向同僚夸示。图将,画出来。将,语助词。凤池,即凤凰池。本为禁苑中的池沼。魏、晋、南北朝时,将掌管机要的中书省设于禁苑,遂称中书省为"凤凰池"。至唐宋,称宰相为"同中书门下平章事",因以"凤池"指中书省并用以咏宰相。

如鱼水[1]

轻霭浮空,乱峰倒影,潋滟十里银塘[2]。绕岸垂杨。红楼朱阁相望。芰荷香[3]。双双戏、鸂鶒鸳鸯[4]。乍雨过、兰芷汀洲,望中依约似潇湘[5]。　　风淡淡,水茫茫。动一片晴光。画舫相将[6]。盈盈红粉清商[7]。紫薇郎[8]。修禊饮、且乐仙乡[9]。更归去、遍历銮坡凤沼[10],此景也难忘。

〔1〕此首描绘"十里银塘"之美景,为投赠之词。上片写景,下片写人。写景紧扣水塘:先写塘中,次写塘边,再写水中之物,最后写塘外风光。这是柳永常用的铺陈手法,其物象鲜明,层次井然。写人先写游乐之人,后写投赠之主。"更归去"二句,赞人赞景,一石二鸟,与《望海潮》结拍同一机杼。

〔2〕银塘:池塘的美称。古人爱以金银名物。称池塘有曰金塘、银塘。柳词中多称银塘。

〔3〕芰(jì计)荷:菱角与荷花。四角者为芰,两角者为菱。

〔4〕鸂鶒(xī chì 西赤):水鸟名。形似鸳鸯而稍大,羽毛五彩而多紫,水上偶游,又称"紫鸳鸯"。

〔5〕兰芷(zhǐ止)汀洲:长满芳草的水中小洲。兰和芷,都是香草。依约:隐约。潇湘:潇水与湘水。在湖南南部的零陵合流后始称潇湘。

〔6〕画舫:装饰华美的游船。相将:相随。

〔7〕盈盈红粉:指仪态娇美的歌妓。清商:即清商乐,指我国古代起源于民间的歌曲。包括《清商三调》等。北魏孝文帝、宣武帝收集中原旧曲及南朝时江南吴歌、荆楚西声,总称"清商乐",以别于雅乐和胡乐。此处当泛指歌女唱的民间曲子。

〔8〕紫薇郎:本作紫微郎,即中书郎,全称中书侍郎,为中书省副长官。唐开元年改中书省为紫微省,中书郎为紫微侍郎,五年复旧。宋时为正三品,掌辅佐中书令,参议大政,宣奉诏旨等。由此句推知,本词赠主当为中书省长官。

〔9〕修禊:古代的一种风俗。人们欢聚水滨洗濯,以消除不祥。详见《笛家弄·花发西园》注〔3〕。

〔10〕銮坡凤沼:指翰林院与中书省。銮坡,即金銮坡。唐大明宫内有金銮殿,殿旁坡曰金銮坡。殿与翰林院相接,皇帝召见学士常在此殿,故以銮坡指翰林院。凤沼,即凤池。代指中书省。见前《望海潮·东南形胜》注〔14〕。

如鱼水〔1〕

帝里疏散〔2〕,数载酒萦花系,九陌狂游。良景对珍筵恼〔3〕,

佳人自有风流。劝琼瓯[4]。绛唇启、歌发清幽。被举措、艺足才高[5]。在处别得艳姬留。　　浮名利,拟拚休[6]。是非莫挂心头。富贵岂由人,时会高志须酬[7]。莫闲愁。共绿蚁、红粉相尤[8]。向绣幄,醉倚芳姿睡,算除此外何求。

〔1〕柳永青年时期热中功名,自恃才高,满以为能一举夺魁(参见《长寿乐·尤红殢翠》),不料屡遭打击,遂流连娼馆酒楼,无复检约。此首便描写他这一时期的生活和心态。上片写他的疏狂生活。良景珍筵,美酒清歌,艺足才高,艳姬留连,这便是柳永此时期生活的真实写照。下片是他的自我解嘲。初落第时的愤激情绪已不复再见,"浮名利"三句,看似放达,实言不由衷。"时会高志须酬",才是他的肺腑之音。他期待时来运转,一酬壮志。可见,柳永对功名的态度,在经历了热中、受挫之后,还有一个放浪调侃与期待的时期。

〔2〕疏散(sǎn 伞):疏放、散淡。此处指任意、不受拘束。谢灵运《过白岸亭》:"未若长疏散,万事恒抱朴。"

〔3〕恼:引逗,撩拨,含有戏谑义。

〔4〕琼瓯:玉杯。

〔5〕举措:举出。

〔6〕拚(fèn 奋)休:扫除和罢休。拚,扫除。《礼记·少仪》:"扫席前曰拚。"孔颖达疏:"拚是除秽,扫是涤荡。"

〔7〕富贵二句:用鲍照《拟行路难》(十八)"诸君莫叹贫,富贵不由人"、"莫言草木委冬雪,会应苏息遇阳春"句意。言富贵由不得人,等到时来运转,定会一酬壮志。时会,时运。班彪《北征赋》:"故时会之变化兮,非天命之靡常。"

〔8〕绿蚁:美酒。参见《抛球乐·晓来天气浓淡》注〔12〕。红粉:指美女。相尤:相缠绵、爱昵。

玉蝴蝶[1]

望处雨收云断,凭栏悄悄[2],目送秋光。晚景萧疏,堪动宋玉悲凉[3]。水风轻、蘋花渐老,月露冷、梧叶飘黄[4]。遣情伤。故人何在,烟水茫茫。　　难忘。文期酒会[5],几孤风月,屡变星霜[6]。海阔山遥,未知何处是潇湘[7]。念双燕、难凭远信[8],指暮天、空识归航[9]。黯相望。断鸿声里,立尽斜阳[10]。

〔1〕此首写悲秋念远。上片写凭栏悲秋。词人由一叶飘黄而感知秋之到来,光阴荏苒之叹,伤怀念远之情,油然而生。"故人"二句,承上启下,统摄全篇,其景象阔大而又迷蒙。下片写怀念故人。分两层:一层怀念诗朋酒侣,一层怀念闺中妻子。结拍二句,以景结情,将人之黯然孤独与断鸿之长空哀鸣,浑化一体,可谓妙合无垠。许昂霄《词综偶评》说它"与《雪梅香》、《八声甘州》等数首,蹊径仿佛"。此词虽与《八声甘州》等蹊径相仿,但写景抒情仍独具特色,不失为名篇。《词谱》载《玉蝴蝶》"小令始于温庭筠,长调始于柳永"。

〔2〕悄悄:忧愁的样子。《诗经·邶风·柏舟》:"忧心悄悄。"

〔3〕晚景二句:言面对萧疏的晚景,足以引出像宋玉那样的悲凉情绪。宋玉《九辩》:"悲哉!秋之为气也。萧瑟兮,草木摇落而变衰","坎廪兮,贫士失职而志不平,廓落兮,羁旅而无友生。"

〔4〕水风轻句:描绘初秋景色。对仗工整,"轻、老、冷、黄"四个形容词用得极为妥帖。蘋,植物名,生浅水中,叶有长柄,柄端四片小叶成

田字形,也叫田字草。

〔5〕文期酒会:文人相约在一定的日期饮酒作文赋诗。

〔6〕几孤:多少次辜负。孤,孤负,同"辜负"。风月:清风朗月,代指良辰美景。屡变:一次次变换。星霜:星辰运转,一年周转一次,霜则每年至秋始降,因以星霜代指岁月流转。温庭筠《寄崔先生》诗:"星霜荏苒无音信,烟火微茫变姓名。"

〔7〕潇湘:湖南的潇水与湘水,代指重逢之地。梁柳恽《江南曲》:"洞庭有归客,潇湘逢故人。"柳宗元《得卢衡州诗因以诗寄》:"非是白蘋州畔客,还将远意问潇湘。"此句言山遥水阔,不知何处是与友人的重逢之地。

〔8〕念双燕句:写思念闺中妻子。言她纵然请来双燕,也难寄远信。双燕,事见《开元天宝遗事》。说的是巨商任宗为贾于湘中,数年不归,音信不达。妻绍兰在家思念丈夫,语于梁间双燕。燕飞于其膝上,兰遂吟诗一首:"我婿去重湖,临窗泣血书。殷勤凭燕翼,寄与薄情夫。"兰小书其字系于燕足,燕飞鸣而去。任宗时在荆州,见一燕飞鸣头上,泊于肩上,遂解燕足所系小书,乃妻所寄之书。宗感而泣下,燕复飞鸣而去。

〔9〕空:徒然地,白白地。识归航:辨认归来的航船。南朝谢朓《之宣城郡出新林浦向板桥》诗:"天际识归舟,云中辨江树。"温庭筠《望江南》词:"梳洗罢,独倚望江楼。过尽千帆皆不是,斜晖脉脉水悠悠。肠断白蘋洲。"此用其意。

〔10〕立尽斜阳:久久伫立直至斜阳落尽。

玉蝴蝶[1]

渐觉芳郊明媚,夜来膏雨[2],一洒尘埃。满目浅桃深杏,露染风裁[3]。银塘静,鱼鳞簟展[4],烟岫翠、龟甲屏开[5]。殷晴雷[6]。云中鼓吹,游遍蓬莱[7]。　　徘徊。隼旟前后[8],三千珠履[9],十二金钗[10]。雅俗熙熙,下车成宴尽春台[11]。好雍容、东山妓女[12],堪笑傲、北海尊罍[13]。且追陪。凤池归去,那更重来[14]。

[1] 此首与前《如鱼水·轻霭浮空》内容相近,都是描写郊野风光,投赠达官贵人。不同的是,前首写夏景,此首写春景。上片写景,三用比喻。一喻夜来雨过,浅桃深杏,如同露染风裁;二喻银塘波静,犹如鱼鳞簟席;三喻远山含烟,仿佛龟甲画屏。如此联翩取譬,在柳词中还较为少见。下片写赠主,极尽夸张。"三千珠履"、"十二金钗",极言宾客众多、美女如云;"雅俗熙熙"、"下车成宴",极言其宴饮游赏,其乐融融。"好雍容"二句,言其携妓而游可追陪谢安,饮酒海量可笑傲孔融。综观全词,写景文辞优美,极富想象;写人则虚夸、谀美,落入俗套。

[2] 膏雨:指滋润农作物的及时雨。膏,油脂。此处名词用作形容词,为滋润、润泽之意。《左传·襄公十九年》:"小国之仰大国也,如百谷之仰膏雨焉。"

[3] 满目二句:言满眼都是浅红的桃花和艳丽的杏花,如同春风裁出,雨露染成。

[4] 银塘句:言池塘的波纹涟漪,如鱼鳞闪耀,簟席铺展。鱼鳞簟(diàn电),编织成鱼鳞花纹的竹席。

[5] 烟岫(xiù秀):烟雾笼罩的山峰。龟甲屏:用杂色玉拼成花纹的屏风。其花纹像龟背的纹理,故称。《洞冥记》:"上(汉武帝)起神明台,上有杂玉为龟甲屏风。"

[6] 殷(yǐn隐)晴雷:晴天响雷。殷雷,大雷声。《诗经·召南·殷

其雷》:"殷其雷,在南山之阳。"杜牧《怀钟陵旧游》诗其二:"滕阁中春绮席开,柘枝蛮鼓殷晴雷。"

〔7〕鼓吹:即鼓吹乐,古代的一种器乐合奏曲,用鼓、钲、箫、笳等乐器合奏。此处喻指雷声。蓬莱:神话传说中的东海仙山。

〔8〕隼旟(sǔn yú 损鱼):画有隼鸟的旗帜。古代为州郡长官所建。语本《周礼·春官·司常》:"鸟隼为旟,龟蛇为旐,……州里建旟,县鄙建旐。"唐刘禹锡《泰娘歌》:"风流太守韦尚书,路傍忽见停隼旟。"隼,鹰类最小者,飞速善袭,是凶猛的鸟。

〔9〕三千珠履:战国时春申君三千门客所穿之鞋皆缀有明珠,以显其门客众多而豪奢。参见《玉楼春·皇都今夕知何夕》注〔6〕。后多以喻宾客或门客。

〔10〕十二金钗:《玉台新咏》卷九《歌词二首》其二:"河中之水向东流,洛阳女儿名莫愁。……头上金钗十二行,足下丝履五文章。""金钗十二行"本用以形容女子头上金钗之多,后也以"金钗十二"或"十二金钗"比喻美女众多。唐长孙佐辅《古宫怨》诗:"三千玉貌休自夸,十二金钗独相向。"

〔11〕雅俗二句:谓初到任即宴请宾客,其乐融融,如登春台。雅俗,指雅士俗子。熙熙,和乐貌。春台,登眺游玩的胜处。《老子》:"众人熙熙,如享太牢,如登春台。"下车,语出《礼记·乐记》:"武王克殷反商,未及下车而封黄帝之后于蓟。……下车而封夏后氏之后于杞。"后世因称初即位或初到任为下车。

〔12〕雍容:形容仪态温文闲雅。东山妓女:东山,在今浙江上虞西南,谢安曾居于此。东晋谢安(字安石)在应桓温之请出任司马前,曾隐居于此,优游自乐,蓄妓相随。《世说新语·识鉴》:"谢公在东山畜妓,简文曰:'安石必出,既与人同乐,亦不得不与人同忧。'"后因以咏携妓而游。李白《宣城送刘副使入秦》:"君携东山妓,我咏北门诗。"

〔13〕笑傲:指戏谑不敬。北海尊罍(léi雷):北海,东汉末文学家孔融曾任北海相,有"孔北海"之称。他曾反对曹操禁酒,而颂酒之德,常叹曰:"坐上客恒满,尊中酒不空,吾无忧矣。"见《后汉书·孔融传》。尊罍,酒杯。罍,尊之大者也。以其上常饰画云雷之形,故名。后世诗人每以"东山妓"与"北海尊"对举。唐萧颖士《山庄月夜作》诗:"未奏东山妓,先倾北海尊。"李群玉《哭郴州王使君》诗:"东山妓逐飞花散,北海尊随逝水空。"

〔14〕凤池二句:祝人高升。凤池,参见《望海潮·东南形胜》注〔14〕。

玉蝴蝶[1]

是处小街斜巷,烂游花馆,连醉瑶卮[2]。选得芳容端丽,冠绝吴姬[3]。绛唇轻、笑歌尽雅,莲步稳、举措皆奇[4]。出屏帏。倚风情态,约素腰肢[5]。　　当时。绮罗丛里,知名虽久,识面何迟。见了千花万柳,比并不如伊[6]。未同欢、寸心暗许,欲话别、纤手重携。结前期。美人才子,合是相知[7]。

〔1〕此首写美人才子的恋爱,此词当作于柳永青年时期。上片写美人之容貌风情。其笑歌优雅,体态婀娜,不同流俗,亦见出词人之审美标准。下片回忆初识之时。"知名"以下数句,大有一见钟情、相识恨晚之感。"美人"二句,道出词人之爱情观念,而"相知"二字为其核心。

〔2〕烂游二句:写词人酒紫花系的疏狂生活。烂游,犹漫游。花馆,

烟花馆,即妓院。瑶卮(zhī 支),玉饰的酒器。

〔3〕冠(guàn 贯)绝:远远超过。吴姬:吴地的美女。宋潘阆《酒泉子》词:"吴姬个个是神仙。"

〔4〕举措:举止。

〔5〕倚风二句:极言女子腰细体轻,姿态婀娜。倚风,随风倾倒摇摆。李商隐《蜂》诗:"宓妃腰细才胜露,赵后身轻欲倚风。"约素,形容女子腰细而圆,宛如紧束的白绢。曹植《洛神赋》:"肩若削成,腰如束素。"李善注:"《登徒子好色赋》曰:'腰如束素'。束素、约素,谓圆也。"

〔6〕千花万柳:代指娇美的女子。比并:比较、相比。王安石《山樱》诗:"山樱抱石荫松枝,比并余花最发迟。"

〔7〕合:当。

玉蝴蝶[1]

误入平康小巷[2],画檐深处,珠箔微褰[3]。罗绮丛中,偶认旧识婵娟[4]。翠眉开、娇横远岫,绿鬓軃、浓染春烟[5]。忆情牵。粉墙曾恁,窥宋三年[6]。　　迁延[7]。珊瑚筵上,亲持犀管,旋叠香笺。要索新词,媵人含笑立尊前[8]。按新声、珠喉渐稳[9],想旧意、波脸增妍[10]。苦留连[11]。凤衾鸳枕,忍负良天[12]。

〔1〕此首写偶遇旧时相识的歌妓。上片叙邂逅之事。起笔"误入",表明非有意寻访,而是于漫游之际邂逅相遇。下片写缠绵之情。佳人热情接客,演唱新词,再三挽留。此词偏于叙事,有完整的故事情节,

155

有细致的人物描写,读来有声有色,别具情趣。

〔2〕平康:见《凤归云·恋帝里》注〔3〕。此处代指妓院。

〔3〕画檐:有画饰的屋檐。珠箔(bó泊):珠帘。白居易《长恨歌》:"珠箔银屏迤逦开。"褰(qiān牵):揭起。

〔4〕婵娟:美女。此指旧时相识的歌妓。

〔5〕翠眉二句:言她翠眉舒展,似远山横卧;绿鬟低垂,如春烟浓染。远岫(xiù袖),远山。古人常以远山形容妇女的眉毛。语本《西京杂记》:"文君姣好,眉色如望远山。"绿鬟,乌亮的鬟发。李白《怨歌行》:"沉忧能伤人,绿鬟成霜鬓。"軃(duǒ朵),下垂。

〔6〕窥宋三年:用东家美女窥看宋玉的故事。宋玉《登徒子好色赋》:"臣里之美者,莫若臣东家之子。东家之子,增之一分则太长,减之一分则太短;著粉则太白,施朱则太赤;眉如翠羽,肌如白雪,腰如束素,齿如含贝……然此女登墙窥臣三年,至今未许也。"后喻女子有意于男子而窥看他。

〔7〕迁延:自由自在,毫无拘束的样子。南朝齐谢朓《三日侍华光殿曲水宴》:"弱腕纤腰,迁延妙舞。"

〔8〕珊瑚筵五句:写这位歌妓在盛美的筵席上持笔叠纸要索新词。珊瑚筵,以珊瑚作装饰的筵席。形容华贵盛美。犀管,毛笔。旋,顷刻。㩟人,纠缠人,引逗人。宋吕滨老《思佳客》词:"秋意早,暑衣轻,㩟人索酒复同倾。"

〔9〕按新声句:谓击节歌唱新曲,声音渐稳贴圆润。按,弹奏。珠喉,形容人的歌喉如珠玉般清脆圆润。白居易《寄明州于驸马使君三绝句》诗:"何郎小妓歌喉好,严老呼为一串珠。"

〔10〕波脸增妍:俊美的脸蛋又增加几分妍丽。波,波峭,也作波俏,俊美有风致。周密《齐东野语》卷八"庸峭":"今京师指人之有风指(致)者,亦谓之波俏。"

〔11〕苦:极力地。留连:留恋不已,舍不得离去。

〔12〕忍负良天:言怎么忍心辜负美好的时光。

玉蝴蝶[1]

淡荡素商行暮[2],远空雨歇,平野烟收。满目江山,堪助楚客冥搜[3]。素光动、云涛涨晚,紫翠冷、霜巘横秋[4]。景清幽。渚兰香谢,汀树红愁[5]。　　良俦[6]。西风吹帽,东篱携酒[7],共结欢游。浅酌低吟,坐中俱是饮家流[8]。对残晖、登临休叹,赏令节、酩酊方酬[9]。且相留。眼前尤物,盏里忘忧[10]。

〔1〕此首写重阳宴饮欢游。上片描写雨后秋色。写景阔大,动静搭配,色彩鲜明,遣辞精妙。又上下远近相映成趣,极具浑成之美。下片写宴饮登临。用孟嘉、陶潜事,抒写风流洒脱之情怀,借以排遣客居他乡之凄楚与时光易逝之悲哀。词中多处用骈偶句式,属对工稳,足见深受辞赋之影响。

〔2〕淡荡句:言秋光和舒,日色将晚。淡荡,和舒貌,多形容春天的景象,也用以形容农历十月的"小阳春"。素商,秋季。商,五音之一。古以商音配秋,又五行以金配秋,其色尚白,故称秋为素商。《初学记》三梁元帝《纂要》:"(秋)亦曰三秋、九秋、素秋、素商、高商。"行暮,日行已暮,犹言天色将晚。

〔3〕堪助:可以触动、助长。楚客:本指屈原,亦泛指客居他乡之人。参见《卜算子·江枫渐老》注〔3〕。冥搜:深思遥想。孙绰《游天台山

赋》:"非夫远寄冥搜,笃信通神者,何肯遥想而存之?"

〔4〕素光:洁白明亮的光辉。多指月、水、霜、雪之光。此处指水光。云涛:像白云一样翻卷的波涛。紫翠:指山色。霜巘(yǎn 眼):落霜的山峰。横秋:充塞秋空。孔稚珪《北山移文》:"风情张日,霜气横秋。"

〔5〕渚兰二句:谓水边的兰花已凋谢,树叶也将飘落。渚、汀,都是水边平地。红愁,指树叶经霜而变红,叶红则将落,故云"愁"。

〔6〕良俦:指与友人重阳宴饮。俦,伴侣。

〔7〕西风吹帽:用孟嘉事。见《应天长·残蝉渐绝》注〔6〕。东篱携酒:用陶潜事。南朝宋檀道鸾《续晋阳秋》:"陶潜尝九月九日无酒,(出)宅边菊丛中,摘菊盈把,坐其侧久,望见白衣至,乃王弘送酒也。即便就酌,醉而后归。"事亦见《宋书·陶潜传》。

〔8〕饮家流:指酒客之辈。

〔9〕对残晖二句:意谓休要叹惜时光易逝,应及时行乐。残晖,落日的馀辉。赏,玩赏。令节,时令,节令。此指重阳节。

〔10〕眼前二句:谓眼前有美人,杯里有美酒,可以使人忘掉一切忧愁。尤物,指美人。忘忧,双关语,其一即忘忧物,代指酒。陶潜《饮酒》诗之七:"泛此忘忧物,远我遗世情。"其二指忘却忧愁。

满江红〔1〕

暮雨初收,长川静、征帆夜落。临岛屿、蓼烟疏淡,苇风萧索〔2〕。几许渔人飞短艇〔3〕,尽载灯火归村落。遣行客、当此念回程,伤漂泊。　　桐江好〔4〕,烟漠漠〔5〕。波似染,山如削〔6〕。绕严陵滩畔,鹭飞鱼跃〔7〕。游宦区区成底事,平生况有云泉约〔8〕。归去来、一曲仲宣吟,从军乐〔9〕。

〔1〕此首写夜泊与早行,抒发飘泊之感与思归之情,作于柳永任睦州推官之时。上片写夜泊。下片写早行,抒发词人对游宦的厌倦和对归隐的向往。至此,上片夜泊之凄凉,渔人之晚归,下片桐江之美景,皆是巧为铺垫,意在为此议论蓄势。足见此词思笔之绵密,结构之浑成。宋释文莹《湘山野录》载:"范文正公(范仲淹)谪睦州,过严陵祠下,会吴俗岁祀,里巫迎神,但歌《满江红》,有'桐江好,烟漠漠。波似染,山如削。绕严陵滩畔,鹭飞鱼跃'之句。……吴俗至今歌之。"《词谱》载"此调……仄韵词,宋人填者最多、其体不一。今以柳词为正体"。

〔2〕临岛屿二句:言船傍小岛而停泊,岸边蓼花笼上一层轻烟,芦苇在风中瑟瑟作响。蓼(liǎo 憭),为一年生或多年生草本。有水蓼、红蓼、刺蓼等,花为白色或淡红色。萧索,风雨吹打树叶的声音。

〔3〕几许句:言许多渔人飞也似地划着小船。短艇(tǐng 挺),轻快的小船。

〔4〕桐江:在今浙江桐庐县北,即钱塘江中游,自严州至桐庐一段的别称。又名富春江。上片"长川"即指此。

〔5〕烟漠漠:雾气弥漫。

〔6〕波似染二句:形容水之碧蓝,山之陡峭。

〔7〕严陵滩:又名严陵濑,在桐江畔,是东汉严光隐居钓鱼的地方。《水经注·浙江水》:"(孙权)割富春之地为桐庐县,自县至于潜(旧县名),凡十有六濑,第二是严陵濑。濑带山,山下有一石室,汉光武帝时,严子陵之所居也。"《后汉书·严光传》:"严光字子陵,一名遵,会稽馀姚人也。……除为谏议大夫,不屈,乃耕于富春山,后人名其钓处为严陵濑焉。"

〔8〕游宦二句:言为了区区一官,在外漂泊,算得什么事。何况平生

更有归隐山林的心愿。区区,小小。底事,何事。云泉,白云山泉。指归隐山林。

〔9〕归去来:陶渊明《归去来兮辞》:"归去来兮,田园将芜胡不归?"仲宣吟、从军乐:用王粲事。王粲(177—217),字仲宣,建安七子之一,山阳高平(今山东邹县)人。初依荆州刘表,未被重用,后归顺曹操,先后为丞相掾、侍中等官。他在《七哀诗》、《登楼赋》中均抒写了思乡之情。如"虽信美而非吾土兮,何曾足以少留","人情同于怀土兮,岂穷达而异心"。从曹操西征张鲁,作《从军诗》五首,诗中写到军士行役之苦和思归之情,有"征夫怀亲戚,谁能无恋情"、"征夫心多怀,恻怆令吾悲"等句。

满江红[1]

访雨寻云[2],无非是、奇容艳色[3]。就中有、天真妖丽,自然标格[4]。恶发姿颜欢喜面[5],细追想处皆堪惜。自别后、幽怨与闲愁,成堆积。　　鳞鸿阻[6],无信息。梦魂断[7],难寻觅。尽思量,休又怎生休得。谁恁多情凭向道[8],纵来相见且相忆[9]。便不成、常遭似如今,轻抛掷[10]。

〔1〕此首写与佳人别后的追想思念。上片回想佳人。言她与众不同,天生丽质自然标格,其表情姿态,无论发怒还是欢喜,追想起来都值得珍惜。真一片痴情之语。歇拍"幽怨与闲愁",点醒题旨,自然过渡。下片抒写愁思。"尽思量,休又怎生休得",又一痴情语。"谁恁"一句,

直接拈出"多情"二字,为己写照。此篇活脱出一对佳人才子,一个天真,一个多情。

〔2〕访雨寻云:指访寻佳丽。云、雨,即朝云暮雨,本指男女欢会,此代指女子。

〔3〕奇容艳色:指其他女子装扮得出奇、妖艳。

〔4〕就中有二句:写所恋女子的姿色和风度皆出于自然。就中,其中。妖丽,艳丽。标格,风范,风度。唐杨敬之《赠项斯》诗:"几度见诗诗尽好,及观标格过于诗。"

〔5〕恶发:宋人谓发怒为恶发。《续传灯录·宗杲禅师》:"唤尔作菩萨便欢喜,唤尔作贼汉便恶发,依前只是旧时人。"

〔6〕鳞鸿阻:指音信阻隔。古时有鱼雁传书之说,鳞即指鱼,鸿即指雁。参见《雪梅香·景萧索》注〔9〕与《倾杯·离宴殷勤》注〔10〕。

〔7〕梦魂断:从睡梦中醒来。梦魂,古人以为人的灵魂在睡梦中会离开肉体,故称"梦魂"。

〔8〕谁恁多情:谁像我这么多情。凭:靠,依。向:对,与。

〔9〕纵来句:言纵然与她相见,我尚且追忆与她在一起的情景。忆,回想,追忆。言外之意,不能相见就更加追忆了。

〔10〕便不成二句:言就是不可以常像如今这样,轻易将她丢在一边。不成,不行,不可以。抛掷,丢弃。

满江红[1]

匹马驱驱,摇征辔、溪边谷畔[2]。望斜日西照,渐沉山半。两两栖禽归去急[3],对人相并声相唤。似笑我、独自向长途,离魂乱。　　中心事,多伤感。人是宿[4],前村馆。想鸳衾今夜,共他谁暖[5]。惟有枕前相思泪,背灯弹了依前满[6]。怎忘得、香阁共伊时,嫌更短[7]。

〔1〕此首写独行与单栖的伤感。上片写独行。起笔"匹马驱驱",寥寥四字,刻画出了独行的孤寂与长途跋涉的苦辛。"两两"四句,以拟人手法写禽鸟"笑我",反衬人之孤独苦辛,反不如禽鸟之自由自在、相鸣相伴,可谓生动有致。下片写单栖。用设想手法,写今夜依旧投宿孤馆的情景,却虚事实写,语语逼真。"背灯弹泪"这一细节,极符合人物的心境与特定的情境,尤为传神。结拍二句,以昔日欢娱嫌夜短,反衬今日愁人知夜长,益觉凄婉动人。此词上下片皆用反衬,收到了鲜明的艺术效果。

〔2〕摇征辔:策马前行。征辔,远行之马的缰绳。

〔3〕栖禽:归鸟。

〔4〕是:张相《诗词曲语辞汇释》:"是,犹虽也。柳永《满江红》词:'中心事,多伤感。人是宿,前村馆。想鸳衾今夜,共他谁暖。'言人虽独宿孤馆,而心中犹想念鸳衾也。"

〔5〕共他谁暖:即"谁共他暖"的倒装。

〔6〕惟有二句:写枕前相思,背灯弹泪。按:背灯弹泪,是怕青灯照见孤影,益发令人伤感。柳永《梦还京》词中有"欹枕背灯谁"之句,与此意相近。

〔7〕怎忘得二句:言怎能忘记与你在闺房时,总嫌夜晚的时间太短。更(gēng耕),古时夜里打更以计时,一夜分五更,每更约两小时。

洞仙歌[1]

乘兴,闲泛兰舟,渺渺烟波东去[2]。淑气散幽香,满蕙兰汀渚[3]。绿芜平畹[4],和风轻暖,曲岸垂杨,隐隐隔、桃花圃。芳树外,闪闪酒旗遥举[5]。　　羁旅。渐入三吴风景[6],水村渔市。闲思更远神京,抛掷幽会,小欢何处。不堪独倚危樯,凝情西望日边[7],繁华地、归程阻。空自叹当时,言约无据[8]。伤心最苦,伫立对、碧云将暮[9]。关河远,怎奈向、此时情绪[10]。

〔1〕此首写泛舟东游,抒发羁旅离愁。作于柳永漫游江南时期。一起写乘兴泛舟东去,可见词人此时心情闲散兴致勃勃。"淑气"以下八句,写乘舟所见沿岸风景,最为精彩,真是春风扑面,一派生机。换头"羁旅"二字,由眼前好景想到客居他乡,情绪陡然一转。下片抒写羁旅愁怀。结拍以关河远隔,抒写难见之无奈。全篇前曰"乘兴",后言"伤心",因景及情,由乐转悲,曲折变化,纡徐婉转。

〔2〕乘兴三句:写满怀兴致泛舟东游。按:前面《双声子》、《夜半乐》亦写乘兴泛舟东游。不过时令不同。前两首为深秋,此首为初春。

〔3〕淑气:温和之气。唐柳道伦《赋得春风扇微和》:"青阳初入律,淑气应春风。"满蕙兰汀渚:即蕙兰满汀渚。一说,满,指香满,下句紧承上句。意谓淑气散发的幽香充满生长蕙兰的汀渚。

〔4〕绿芜:碧绿的草地。平畹(wǎn 晚):平整的园圃。畹,古代地积单位,亦泛指园圃。

〔5〕举:飘动。白居易《长恨歌》:"风吹仙袂飘飘举,犹似霓裳羽衣舞。"

〔6〕三吴:见《双声子·晚天萧索》注〔3〕。

〔7〕不堪二句:言难以承受独自倚靠桅杆,向西遥望京都的那种悲凉感觉。危樯,高耸的船桅杆。凝情,神情集中专注。日边,犹言天边。

163

代指京都。《世说新语·夙惠》:"晋明帝数岁,坐元帝膝上。有人从长安来,元帝问洛下消息,潸然流涕。明帝问何以致泣?具以东渡意告之。因问明帝:'汝意谓长安何如日远?'答曰:'日远。不闻人从日边来,居然可知。'元帝异之。明日集群臣宴会,告以此意,更重问之。乃答曰:'日近。'元帝失色。曰:'尔何故异昨日之言邪?'答曰:'举目见日,不见长安。'"后因以"日边"喻指京都或帝王左右。

〔8〕言约无据:谓当时虽约定归期,如今能否兑现却难以料定。无据,不能凭信,难以料定。

〔9〕碧云将暮:江淹《杂体·拟休上人怨别》:"日暮碧云合,佳人殊未来。"此处暗用其意,谓碧云将暮,而我与佳人难以相会。

〔10〕关河远二句:言山河远隔,我此时的心情也是无可奈何。关河,泛指山河。见《曲玉管·陇首云飞》注〔3〕。怎奈向,犹怎奈,奈何。

引驾行[1]

红尘紫陌,斜阳暮草长安道,是离人、断魂处,迢迢匹马西征[2]。新晴。韶光明媚,轻烟淡薄和风暖,望花村、路掩映,摇鞭时过长亭[3]。愁生。伤凤城仙子,别来千里重行行[4]。又记得临歧,泪眼湿、莲脸盈盈[5]。　　消凝。花朝月夕,最苦冷落银屏[6]。想媚容、耿耿无眠,屈指已算回程[7]。相萦。空万般思忆,争如归去睹倾城。向绣帏、深处并枕,说如此牵情[8]。

〔1〕此首写匹马西征思忆佳人,作于去长安途中。一起"红尘紫

陌"、"斜阳暮草",借特定的意象虚写长安道,以引出西征之事。"新晴"五句,为即目所见,写出天气与途中风景。雨后新晴,春光明媚,词人扬鞭策马,行过一个又一个的长亭。然景致之美,行程之快,更兼长亭为送别之地,不由地触发了词人的离情别绪。故"愁生"五句,追叙与佳人别时之情景。下片写思忆佳人。先设想佳人思己,屈指已算回程;再言自己情牵佳人,不如归去一睹芳容;两面写来,虚实相映,这正是柳词之常用手法。

〔2〕红尘四句:写离别佳人,匹马西征,将要踏上通往长安的大道。红尘紫陌,谓京都道路上尘土飞扬,形容人众车多。紫陌,指京都郊野的道路。唐刘禹锡《戏赠看花诸君子》诗:"紫陌红尘拂面来,无人不道看花回。"断魂,形容极度伤感。迢迢,道路遥远。

〔3〕时:不时地。长亭:古代大道上每五里设一短亭,十里设一长亭,供行人休息。人们常在长亭送别。参见《雨霖铃·寒蝉凄切》注〔3〕。

〔4〕伤凤城二句:感伤与京城的佳人别后,独自远行而不止。凤城,京城的美称。杜甫《夜》诗:"步檐倚杖看牛斗,银汉遥应接凤城。"仇兆鳌引赵次公曰:"秦穆公女吹箫,凤降其城,因号丹凤城。其后言京城曰凤城。"仙子,仙女。此处指一歌妓。重(chóng 虫)行行,行而不止。《古诗十九首》其一:"行行重行行,与君生别离。"重,又。

〔5〕临歧:分别。莲脸:形容女子美丽的脸庞。

〔6〕花朝二句:言花好月圆的时刻,最苦的是冷落了闺中佳人。银屏,镶银的屏风。此处代指闺房。

〔7〕媚容:娇媚的容貌。指佳人。耿耿:心中不能宁帖,难以入睡。《诗经·邶风·柏舟》:"耿耿不寐,如有隐忧。"屈指:弯着手指头计算。回程:返回的路程。

〔8〕向绣帏二句:言在绣帏深处凤枕边上,讲述我现在是如此地牵

心与思念她。此与柳永《浪淘沙》"知何时,却拥秦云态,愿低帏昵枕,轻轻细说与,江乡夜夜,数寒更相忆",为同一表现手法。

望远行[1]

长空降瑞,寒风剪,渐渐瑶花初下[2]。乱飘僧舍,密洒歌楼,迤逦渐迷鸳瓦。好是渔人,披得一蓑归去,江上晚来堪画[3]。满长安,高却旗亭酒价[4]。　　幽雅。乘兴最宜访戴,泛小棹、越溪潇洒[5]。皓鹤夺鲜,白鹇失素,千里广铺寒野[6]。须信幽兰歌断,彤云收尽,别有瑶台琼榭[7]。放一轮明月,交光清夜[8]。

〔1〕此首写雪景雪情,在柳词中是比较清新疏淡、别具一格的作品。词从瑞雪初降写起,风剪瑶花,迷茫一片;再至"千里广铺寒野",鹤鹇皆失鲜素;最后设想雪住云收之后,瑶台琼榭、雪月交光之美景。全词不受上下片限制,以时间为线索,雪景为重点,而于其间插入渔人晚归、长安酒贵、乘兴访戴等人物、故事,借以抒发潇洒幽雅的雪中之情。周济《宋四家词选》说:"柳词总以平叙见长,或发端,或结尾,或换头,以一二语勾勒提掇,有千钧之力。"此词换头"幽雅"二字,言景言情,绾合上下两片,正是起到勾勒提掇之作用。
〔2〕长空三句:谓天空初降瑞雪,洁白的雪花如寒风剪出一般。瑞,瑞雪。剪,剪裁。渐(xī 西)渐,象声词,风声,雨雪声。瑶花,玉白色的花。又指传说中的仙花。此喻雪花。
〔3〕乱飘六句:言雪花漫天飘洒,由僧舍到歌楼,连成一片,渐渐覆

盖了鸳瓦。渔人身披蓑衣翩然归去,晚来寒江雪景真能入画。迤逦(yǐ lǐ 以礼),曲折连绵貌。迷,迷茫,难以分辨。鸳瓦,瓦之成偶者。好是渔人,即好一个渔人。此六句隐括唐人郑谷《雪中偶题》诗后四句:"乱飘僧舍茶烟湿,密洒酒楼酒力微。江上晚来堪画处,渔人披得一蓑归。"

〔4〕满长安二句:谓整个长安,酒楼都提高了酒价。盖因雪景增人酒兴,雪天又不便劳作,故文人雅士、渔夫村人皆聚集酒楼,故长安为之酒贵。高却,提高。高,用作动词。却,语助词,表示动作已经完成。旗亭,酒楼。

〔5〕乘兴二句:谓雪中最宜乘兴访友,那是何等潇洒。乘兴访戴,用晋名士王徽之(字子猷)雪夜乘船访戴逵(字安道)事。《世说新语·任诞》:"王子猷居山阴,夜大雪,眠觉,开室命酌酒。四望皎然,……忽忆戴安道。时戴在剡,即便夜乘小船就之。经宿方至,造门不前而返。人问其故,王曰:'吾本乘兴而行,兴尽而返,何必见戴?'"小棹(zhào 照),小船。棹,桨。越溪,即剡溪,戴安道所居,在今浙江嵊南县。

〔6〕皓鹤三句:谓白雪覆盖了千里原野,使白鹤白鹇都黯然失色。此处套用南朝宋谢惠连《雪赋》"庭鹤夺鲜,白鹇失素"成句。

〔7〕须信三句:言雪住云收之后,会呈现一个银白色的世界,别有瑶台琼榭,而不需到仙境寻访。须信,须知。幽兰歌断,指雪止。幽兰,古琴曲名。宋玉《讽赋》:"臣援琴而鼓之,为《幽兰》、《白雪》之曲。"因"幽兰"与"白雪"并提,谢惠连《雪赋》也有"楚谣以《幽兰》俪曲"之句,为避免词中出现白雪字样,故以幽兰代指白雪。彤云尽收,指云收。彤云,下雪前密布的浓云。唐宋之问《奉和春日玩雪应制》诗:"北阙彤云掩曙霞,东风吹雪舞山家。"瑶台琼榭,指亭台楼榭披上雪装犹如美玉雕成。瑶、琼,都是美玉。谢惠连《雪赋》:"庭列瑶阶,林挺琼树。"

〔8〕放一轮二句:谓雪霁月出,月光雪色交相辉映,是一个多么清凉静谧的夜晚!

八声甘州[1]

对潇潇、暮雨洒江天,一番洗清秋[2]。渐霜风凄惨,关河冷落,残照当楼[3]。是处红衰翠减,苒苒物华休[4]。惟有长江水,无语东流。　　不忍登高临远,望故乡渺邈[5],归思难收。叹年来踪迹,何事苦淹留[6]。想佳人、妆楼颙望[7],误几回、天际识归舟[8]。争知我、倚阑干处,正恁凝愁[9]。

〔1〕此首写登楼远望思乡怀人,是柳永著名词篇。上片写登楼所见之秋景。起二句,写雨后江天,澄澈如洗,用笔大气,用语洗练。"渐霜风"三句,写秋风、关河、残照,景象阔大,意境高远。苏轼称赏其"于诗句不减唐人高处"(宋赵令畤《侯鲭录》卷七引)。"是处"四句,伤叹花木凋零,物华衰残,更以江水无情默默东流,反衬人之悲秋伤逝,景中含情,语淡情深。下片抒思乡怀人之愁情。思乡五句,先言"归思难收",再反问"何事苦淹留",妙在问而不答,吞吐凝咽。怀人四句,先从自己设想佳人,妆楼颙望,误识归舟,此为虚事实写;再从佳人设想自己,她怎知我,倚栏凝愁,此为实事虚写。梁启超点评此词云:"飞卿词'照花前后镜,花面交相映',此词境颇似之。"(见梁令娴《艺蘅馆词选》)正言其两面写来,虚实相映之美。陈廷焯称此词:"情景兼到,骨韵俱高,无起伏之痕,有生动之趣,古今杰构,耆卿集中仅见之作。"(《词则》眉批)王国维称:"若屯田之《八声甘州》、东坡之《水调歌头》,则伫兴之作,格高千古,不能以常调论也。"(《人间词话删稿》)

〔2〕对潇潇三句:谓傍晚雨过之后,江天澄澈,如同洗了一遍,呈现

出一派清秋景色。潇潇:形容雨声。

〔3〕渐:张相《诗词曲语辞汇释》:"渐,旋也;还又也。柳永《八声甘州》词:'……渐霜风凄紧,关河冷落,残照当楼。'言雨后旋又为凄风残照之景况也。"霜风:秋风。凄惨:指寒气逼人。一作"凄紧"。关河:山河。关,山关,关塞。当:对着。

〔4〕是处:处处,到处。红衰翠减:花落叶败。李商隐《赠荷花》诗:"翠减红衰愁杀人。"苒苒:同"冉冉",渐渐。物华:万物之菁华。指美好的事物。

〔5〕渺邈(miǎo 秒,一说读 mò 莫):遥远杳茫。

〔6〕叹年来二句:感叹多年来四处飘泊滞留他乡。何事,为什么。苦,副词,表示程度之甚。淹留,久留,滞留。

〔7〕妆楼:闺楼。颙(yóng 永阳平)望:抬头凝望。

〔8〕误几回句:谓多少次错把远处驶来的船当成我的归舟。天际识归舟,用谢朓《之宣城郡出新林浦向板桥》诗:"天际识归舟,云中辨江树。"

〔9〕争知:怎知。阑干:同"栏杆"。凝愁:凝结着不解的忧愁。

竹马子[1]

登孤垒荒凉,危亭旷望,静临烟渚[2]。对雌霓挂雨,雄风拂槛,微收烦暑[3]。渐觉一叶惊秋[4],残蝉噪晚,素商时序[5]。览景想前欢,指神京,非雾非烟深处[6]。　向此成追感[7],新愁易积,故人难聚。凭高尽日凝伫[8]。赢得消魂无语。极目霁霭霏微,暝鸦零乱[9],萧索江城暮。南楼画角〔10〕,又送残阳去。

〔1〕此首写登临旷望,怀念故人。作于柳永漫游江南时期。上片览景,下片怀人。起三句,交代登临之地与所览之景。"渐觉"三句,从视觉与听觉感受,写出节候之交替,更在以"惊秋"二字,暗示出日月惊迈之感。"览景"三句,由景及情,点明"前欢"——京城之故人旧事皆已虚幻微茫。故换头"向此成追感,新愁易积,故人难聚",为一篇之题旨。周济云:"吞吐之妙,全在换头煞尾。"此词"极目"以下五句,描绘出江城暮霭迷蒙,残阳斜坠之苍凉景象,镕情入景,尤具浑融之境,吞吐之妙。《词谱》载"此调始自此词、应为正体"。

〔2〕孤垒:指昔日残存的孤零零的堡垒。危亭:高亭。旷望:极目远望。烟渚:烟雾迷蒙的水中小洲。

〔3〕雌霓:即雌蜺。虹有二环时,内环色彩鲜盛为雄,曰虹;外环色彩暗淡为雌,曰蜺,即霓。此处雌霓指彩虹,与"雄风"对举。雄风:本指强劲的风。宋玉《风赋》:"故其风中人……清清泠泠,愈病析酲,发明耳目,宁体便人,此所谓大王之雄风。"此处指清凉劲健的风。槛(jiàn 剑):栏杆。烦暑:闷热的暑气。

〔4〕一叶惊秋:本于"一叶知秋"。《淮南子·说山训》:"见一叶落,而知岁之将暮。"杜牧《早秋客舍》诗:"风吹一片叶,万物已惊秋。"惊秋,惊觉秋临,表现出伤叹时光易逝的岁月之感。

〔5〕时序:四季变化的顺序。

〔6〕非雾非烟:本指五色祥云。见《看花回·王城金阶舞舜干》注〔5〕。

〔7〕向:对。追感:追忆,感慨。

〔8〕凝伫:凝神久立。

〔9〕霁霭:雨晴后的烟雾。霏微:迷蒙貌。暝鸦:日暮归巢的乌鸦。

〔10〕画角:有彩绘的号角,用以报昏晓。

小镇西犯〔1〕

水乡初禁火,青春未老〔2〕。芳菲满、柳汀烟岛〔3〕。波际红帏缥缈〔4〕。尽杯盘小,歌袯禊,声声谐楚调〔5〕。　路缭绕。野桥新市里,花秾妓好〔6〕。引游人、竞来喧笑。酩酊谁家年少。信玉山倒〔7〕。家何处,落日眠芳草。

〔1〕此首写水乡清明。作于楚地。上片写水边。汀洲花草盛开,水中画船飘荡,人们饮宴欢歌,水边洗濯,此为一幅水滨游乐图。下片写新市。野桥新市,花秾妓好,游人纷至,竞来喧笑。更有酩酊少年,日落不归,醉眠芳草。此又一幅市井游乐图。两幅图画清新鲜丽,合看恰是一幅清明风俗画。

〔2〕水乡二句:言水乡刚刚清明,春天才来不久。禁火,古时寒食节(清明前一日或二日)停炊称"禁火"。相传春秋时晋文公与介子推逃亡国外,子推曾割股肉救文公性命。文公复国后,犒赏从亡者,子推独无所得,遂与母隐于绵山。文公悔悟,烧山逼令其出仕,子推抱树焚死。人民同情介子推遭遇,相约于其忌日禁火冷食,以为悼念。见《太平御览》卷三十、宋洪迈《容斋三笔·介推寒食》等。宗懔《荆楚岁时记》:"去冬节一百五日即有疾风甚雨,谓之寒食,禁火三日。"青春,指春天。春季草木茂盛,其色青绿,故称。

〔3〕芳菲:花草的芳香,也指花草盛美。南朝陈顾野王《阳春歌》:"春草正芳菲,重楼启曙扉。"

171

〔4〕波际:水中。红帏:指画船的帷幔。缥缈:隐隐约约。

〔5〕祓禊(fú xì 伏细):古代风俗,人们欢聚水滨洗濯,以消除不祥。详见《笛家弄·花发西园》注〔3〕。楚调:楚地的曲调。常与吴弦、燕歌对举。唐陶翰《燕歌行》:"请君留楚调,听我吟燕歌。"白居易《醉别程秀才》:"吴弦楚调潇洒弄,为我殷勤送一杯。"

〔6〕秾:花草树木茂盛。

〔7〕信:听凭。玉山倒:形容人酒醉如玉山颓倒。详见《凤栖梧·帘内清歌帘外宴》注〔7〕。李白《襄阳歌》:"清风朗月不用一钱买,玉山自倒非人推。"

迷神引[1]

一叶扁舟轻帆卷。暂泊楚江南岸[2]。孤城暮角,引胡笳怨[3]。水茫茫,平沙雁、旋惊散[4]。烟敛寒林簇,画屏展[5]。天际遥山小,眉黛浅[6]。　　旧赏轻抛[7],到此成游宦。觉客程劳,年光晚[8]。异乡风物,忍萧索、当愁眼[9]。帝城赊,秦楼阻,旅魂乱[10]。芳草连空阔,残照满。佳人无消息,断云远[11]。

〔1〕此首写旅思闺情。作于柳永入仕后,地点为楚地。由"暂泊"二字,知词人是过路。上片写泊舟江岸的情景。从声象视听之不同感觉与远近浓淡之不同层次,描绘出江岸晚景,苍凉悲咽而又平远阔大。下片抒发宦游感慨。分两层:一层以旅程劳顿,抒客子之叹;一层念帝城遥远,抒怀人之思。全词情景交融,哀婉顿挫,称得上柳永晚期的佳作。

〔2〕楚江:楚境内的江河。李白《观天门山》诗:"天门中断楚江开,碧水东流至此回。"

〔3〕暮角:日暮的号角声。引:逗引。胡笳怨:胡笳为古代北方民族的管乐器,传说由汉张骞从西域传入,汉魏鼓吹乐中常用之,其声多悲怨。唐岑参《胡笳歌送颜真卿使赴河陇》诗:"君不闻胡笳声最悲,紫髯碧眼胡人吹。"杜甫《独坐》诗:"胡笳在楼上,哀怨不堪听。"

〔4〕平沙:平旷的沙滩。南朝梁何逊《慈姥矶》诗:"野雁平沙合,连山远雾浮。"旋:旋即,立刻。

〔5〕烟敛二句:谓林中云烟消散,其景致佳美,宛如展开的画屏。

〔6〕天际二句:谓天边的远山望去很小,好似女子浅浅的眉毛。按:古代女子以青色黛螺画眉,故常将眉毛比作青翠的远山。《西京杂记》卷二:"文君(卓文君)姣好,眉色如望远山。"此处正相反,将远山比作黛眉。

〔7〕旧赏:指旧日喜欢的人和物。

〔8〕年光:年华,岁月。

〔9〕异乡二句:谓怎么忍心用愁眼面对冷落萧条的异乡风物。即不忍看的意思。当,对。

〔10〕帝城赊(shē 奢,也读 shā 沙):谓京城遥远。赊,远。韩愈《赠译经僧》:"万里休言道路赊。"秦楼:指佳人居处。旅魂:羁旅情绪。

〔11〕断云:片云,孤云。

剔银灯[1]

何事春工用意[2]。绣画出、万红千翠。艳杏夭桃[3],垂杨芳草,各斗雨膏烟腻[4]。如斯佳致。早晚是、读书天气。

渐渐园林明媚。便好安排欢计[5]。论篮买花,盈车载酒,百琲千金邀妓[6]。何妨沉醉。有人伴、日高春睡。

〔1〕此首上片写春景美好,正宜读书;下片写买花载酒,携妓春游。描写的不过是风流才子的生活情趣,结句也不免庸俗。然写景状物尚有可取之处。起首"何事"二句,用拟人手法,设问句式,写出春工巧用心思,绣画出万红千翠之佳致,语辞俊爽。

〔2〕何事:为何。春工:对春天拟人化的称呼。唐张碧《游春引》诗:"万汇俱含造化恩,见我春工无私理。"

〔3〕夭桃:艳丽的桃花。《诗经·周南·桃夭》:"桃之夭夭,灼灼其华。"

〔4〕雨膏烟腻:谓花草树木在烟雨的滋润中显得肥腴润泽。膏、腻,动物的油脂。

〔5〕欢计:欢游的计划。

〔6〕论篮三句:谓整篮子买花,满车子载酒,花千金邀妓,尽情地游玩。篮,《全宋词》本作"槛",从吴本。百琲(bèi 贝),指很多珠宝。琲,珠串子。参见《引驾行·虹收残雨》注〔7〕。

临江仙[1]

鸣珂碎撼都门晓[2],旌幢拥下天人[3]。马摇金辔破香尘[4]。壶浆盈路,欢动一城春[5]。　　扬州曾是追游地,酒台花径仍存[6]。凤箫依旧月中闻[7]。荆王魂梦,应认岭头云[8]。

〔1〕此首借咏扬州守帅而追忆扬州。作于京城。上片写守帅入调京都的欢迎场面。马队威武,旌旗簇拥,百姓夹道相迎,欢声雷动,此以夸张渲染之手法,盛赞守帅之功德。下片追忆扬州。"扬州曾是追游地",可知柳永足迹到过扬州。"仍存"、"依旧"二语,追述昔日饮酒赏花观月听箫之俊游。"荆王"二句,暗寓词人在扬州的一段情事。全篇由人及己,由眼前之景触动怀旧之情,具有浪漫色彩。

〔2〕鸣珂:玉珂鸣响。显贵者所乘之马以玉为饰,行则作响,因名。碎:通"萃",聚集。撼:震撼。都门:京都城门。

〔3〕旌幢(jīng chuáng 京床):泛指旌旗。幢,一种旌旗,垂筒形,饰有羽毛、锦绣。天人:才能杰出的人。

〔4〕金辔:饰金的马缰绳。唐唐彦谦《咏马》诗:"骑过玉楼金辔响,一声嘶断落花风。"破:冲破,分开。

〔5〕壶浆二句:写百姓欢迎守帅入京赴任。壶浆,茶水、酒浆以壶盛之,用以欢迎王者的军队。《孟子·梁惠王下》:"箪食壶浆,以迎王师。"也用指百姓欢迎、慰劳自己所拥护的人。

〔6〕追游:寻胜而游。酒台:可供宴饮的亭台。

〔7〕凤箫:指排箫,亦指箫声。

〔8〕荆王:即宋玉《高唐赋》中的楚王。沈佺期《巫山高》诗:"神女向高唐,巫山下夕阳。徘徊行作雨,婉娈逐荆王。"李商隐《代元城吴令暗为答》诗:"荆王枕上原无梦,莫枉阳台一片云。"后亦用以指恋爱故事中的男子。此处为词人自指。应认:应记得。宋孙光宪《浣溪沙》词:"静街偷步访仙居,隔墙应认打门初。"岭头云:即巫山朝云。指所恋的女子。

凤归云[1]

向深秋,雨馀爽气肃西郊[2]。陌上夜阑,襟袖起凉飙[3]。

175

天末残星,流电未灭[4],闪闪隔林梢。又是晓鸡声断,阳乌光动[5],渐分山路迢迢。　　驱驱行役[6],苒苒光阴[7],蝇头利禄,蜗角功名[8],毕竟成何事,漫相高[9]。抛掷云泉,狎玩尘土,壮节等闲消[10]。幸有五湖烟浪,一船风月,会须归去老渔樵[11]。

〔1〕此首写行役之苦辛,抒发厌倦功名、渴望归隐的情绪。上片叙写早行,不仅写出早行之"早",且以"又是"二字寓示早行非止一次,行役之苦辛,自不待言表。下片抒发感慨。一层以行役之劳顿、光阴之荏苒,反衬所求功名利禄之渺小、无益,斩截、警透;二层以"云泉"与"尘土"对比,慨叹壮心节操轻易消磨,深含痛惜;三层抒发归隐江湖、终老渔樵之心志,满怀憧憬。此词颇能代表柳永晚期的思想情感。

〔2〕向:临近,将近。雨馀:雨后。爽气:高旷爽朗之气。肃:肃杀,一般用来形容深秋草木枯落时的天气。《汉书·礼乐志》:"秋气肃杀。"西郊:《礼记·月令》:"立秋之日,天子亲帅三公、九卿、诸侯、大夫以迎秋于西郊。"故诗词中常以西郊表示秋天的郊野。

〔3〕陌上:路上。陌,田间东西或南北小路,亦泛指田间小路或道路。夜阑:夜将尽。凉飙:凉风,此指秋风。班婕妤《怨歌行》:"常恐秋节至,凉飙夺炎热。"

〔4〕天末:天边。残星:稀疏的星。流电:闪电。此处当指残星的流光。

〔5〕阳乌:神话传说中在太阳里的三足乌。左思《蜀都赋》:"羲和假道于峻歧,阳乌廻翼乎高标。"李善注:"《春秋元命包》曰:'阳成于三,故日中有三足乌。乌者,阳精。"李白《上云乐》诗:"阳乌未出谷,顾兔(指月中之兔)半藏身。"因用以指太阳。

〔6〕驱驱句:指为做官而奔走辛劳。

〔7〕苒苒:形容时间渐渐过去。

〔8〕蝇头二句:极言功名利禄微不足道。蜗角,语出《庄子·则阳》:"有国于蜗之左角者曰触氏,有国于蜗之右角者曰蛮氏;时相与争地而战,伏尸数万。"苏轼《满庭芳》词:"蜗角虚名,蝇头微利,算来著甚干忙。"

〔9〕漫相高:意谓人们徒以功名利禄互相争高夸耀。漫,徒然,白白地。

〔10〕抛掷三句:意谓抛弃了喜爱山水的高雅情趣,而去亲近污浊的官场,只能将壮心节操轻易消磨。云泉,白云清泉,借指山水胜景。高致,高雅的情趣。狎(xiá霞)玩,接近,戏弄。尘土,比喻污浊的官场。壮节,壮心节操。等闲,随随便便,轻易。

〔11〕幸有三句:意谓幸亏有范蠡作表率,应当归隐、老死渔樵。幸,幸亏,多亏。五湖烟浪,用范蠡泛游五湖事,参见《双声子·晚天萧索》注〔6〕。会须,定要,应当。渔樵,捕鱼打柴,指隐居生活。杜甫《村夜》诗:"胡羯何多难,渔樵寄此生。"

女冠子[1]

淡烟飘薄[2]。莺花谢、清和院落[3]。树阴翠、密叶成幄[4]。麦秋霁景[5],夏云忽变奇峰、倚寥廓[6]。波暖银塘,涨新萍绿鱼跃[7]。想端忧多暇,陈王是日,嫩苔生阁[8]。　　正铄石天高,流金昼永,楚榭光风转蕙,披襟处、波翻翠幕[9]。以文会友,沉李浮瓜忍轻诺[10]。别馆清闲,避炎蒸、岂须河朔[11]。但尊前随分,雅歌艳舞,尽成欢乐[12]。

〔1〕此首写初夏之景与消夏之乐,作于柳永入仕之后。上片写初夏之景。主要选取绿树、白云、银塘等景物,依次写来,描绘出初夏时节绿树成阴、白云多变、池塘新萍鱼跃的优美景致,惬当而又清新。下片写消夏之乐。以文会友、沉李浮瓜,此乃文人之乐事;别馆清闲、尊前随分,此乃词人之心境。全篇颇富文人日常生活气息,其中也含蓄地表现出词人此时的心境已偏尚于平和清静。

〔2〕飘薄:随风消散。

〔3〕莺花句:犹言春景过去,初夏已至。莺花,莺啼花开,泛指春日景色。谢,衰退,过去。清和,农历四月的俗称。

〔4〕树阴翠句:形容树叶翠绿密集。幄,篷帐。

〔5〕麦秋:麦熟的季节。通常指农历四、五月。《礼记·月令》:"(孟夏之月)靡草死,麦秋至。"秋者,百谷成熟之期,此于时虽夏,于麦则秋,故云麦秋。霁景:雨后晴朗的景色。

〔6〕夏云句:化用顾恺之《神情诗》"夏云多奇峰"之句,谓雨后天晴,云彩变幻无穷,忽如奇峰,耸立天空。倚,立也。寥廓,高远空旷,此指天空。

〔7〕波暖二句:谓池塘波暖,新萍泛涨,鱼儿频跃。新萍,始生之萍。王融《三月三日曲水诗序》:"新萍泛汜,华桐发岫。"许浑《陪王尚书泛舟莲池》诗:"水暖鱼频跃,烟秋雁早鸣。"

〔8〕想端忧三句:以虚笔写嫩苔遍生。谢庄《月赋》:"陈王初丧应、刘,端忧多暇,嫩苔生阁,芳尘凝榭。"此处借用其意,谓当年陈王于此时节,正因初丧应、刘二人而忧愁,居多暇日,无复娱游,不觉楼阁前长满嫩苔。端忧,闲愁,深忧。陈王,陈思王,即曹植。应、刘,应玚、刘桢,建安文学家,与孔融、王粲等七人被后世称为"建安七子"。

〔9〕正铄(shuò硕)石四句:与前"霁景"照应,谓正当天气炎热之时,喜降甘霖;雨过天晴,和风摇荡,草木有光;披襟纳凉处,池塘碧波荡

漾。铄石、流金,形容天气非常炎热,能使金石熔化,为夸张之辞。《楚辞·招魂》:"十日代出,流金铄石些。"王逸注:"铄,销也;言东方有扶桑之木,十日并在其上,以次更行,其热酷烈,金石坚刚,皆为销释也。"楚榭,楚地台榭。此处泛指台榭。光风转蕙,指雨止日出,和风摇动。《楚辞·招魂》:"光风转蕙,氾崇兰些。"王逸注:"光风,谓雨已日出而风,草木有光也。转,摇也;……言天雾日明,微风奋发,动摇草木,皆令发光,充实兰蕙,使之芬芳而益畅。"披襟,敞开衣襟。波翻翠幕,形容水波迭起如同翠绿的帷幕。

〔10〕以文会友:语出《论语·颜渊》:"君子以文会友,以友辅仁。"沉李浮瓜:语出曹丕《与朝歌令吴质书》:"浮甘瓜以清泉,沉朱李于寒水。"指天热时把瓜果用冷水浸后食用以解暑。后以借指消夏乐事。忍:怎么忍心。轻诺:轻易许诺。

〔11〕别馆二句:谓馆舍清静自凉,自可避暑,何必一定要到北方去。炎蒸,暑热熏蒸,亦作炎烝。河朔,谓黄河以北之地。《三国志·袁绍传》:"振一郡之卒,撮冀州之众,威震河朔,名重天下。"

〔12〕但尊前三句:言酒宴上随便喝点儿酒,看看歌舞,尽情欢乐。随分,随意,随便。

玉山枕[1]

骤雨新霁。荡原野、清如洗。断霞散彩[2],残阳倒影,天外云峰,数朵相倚。露荷烟芰满池塘,见次第、几番红翠[3]。当是时、河朔飞觞,避炎蒸,想风流堪继[4]。　　晚来高树清风起。动帘幕、生秋气。画楼昼寂,兰堂夜静,舞艳歌姝,渐任罗绮[5]。讼闲时泰足风情,便争奈、雅歌都废[6]。省教成、几阕清歌,尽新声、好尊前重理[7]。

〔1〕此首写夏日闲情,作于柳永为宦时期。与前首时间接近。从时令来看,前首是夏初,此首为夏末。上片描写雨后新晴之景象。所绘之景,色泽鲜丽,清新宜人。下片专抒词人闲雅之情致。词人的性格作风已由昔日的疏狂转为沉静;"便争奈"句,嗟叹"雅歌尽废",表明词人的审美情趣已由过去的好俗转为尚雅。前首《女冠子》词中也提到"雅歌"。这是研究柳永其人其词前后期变化的不可多得的材料。

〔2〕断霞:片段的云霞。唐张说《巴丘春作》诗:"日出洞庭水,春山挂断霞。"

〔3〕露荷二句:言含烟带露的荷花、菱叶长满池塘,看这般光景,有多少红花翠叶啊。露荷、烟芰,互文见义。次第,光景,情况。几番红翠,指花之开落与叶之更替有多次。

〔4〕当是时三句:言此时人们避暑消夏,飞觞痛饮,其逸兴风流,可以承继当年袁绍子弟。河朔,即河朔饮,《初学记》卷三引曹丕《典论》:"大驾都许,使光禄大夫刘松北镇袁绍军,与绍子第日共宴饮,常以三伏之际,昼夜酣饮,极醉,至于无知。云以避一时之暑,故河朔有避暑饮。"后因以"河朔饮"指夏日避暑之饮,亦省作"河朔"。飞觞,形容行觞疾速如飞。觞,酒杯。炎蒸,炎热。

〔5〕画楼四句:言白日里画楼悄悄,深夜里兰堂静静,只是听任歌儿舞女在吟歌弄舞。画楼,雕饰华丽的楼房。兰堂,厅堂的美称。任,凭着,仗着。罗绮,此指衣着华贵的女子。

〔6〕讼闲二句:言争讼事少,时局安泰,风情淳厚,怎奈雅歌寥落,令人惋惜。便,就是。争奈,怎么办。表示无可奈何。

〔7〕省教成二句:言自己曾教会歌女们几首新歌,好让她们在酒席

上演唱。省,张相《诗词曲语辞汇释》:"省,犹曾也。……岑参《函谷关歌》:'野花不省见行人,山鸟何曾识关吏。'"阕(què 却),乐曲终了谓阕。歌曲或词一首叫一阕。清歌,指清雅之歌词,与俗艳之歌词相对。重理,重新唱起来。

木兰花令[1]

有个人人真攀羡[2]。问著洋洋回却面[3]。你若无意向他人,为甚梦中频相见[4]。　　不如闻早还却愿[5]。免使牵人虚魂乱。风流肠肚不坚牢,只恐被伊牵引断[6]。

〔1〕此首写一位男子的单相思,可谓内心剖白。上片写他对相恋女子的百般揣测,如"痴人说梦",痴情至极。下片写他急欲得到答复的迫切心情,乃实话实说,不加掩饰。全词活画出一个单相思男子的真实心理,大有神魂颠倒、叫苦连天的味道。既真切生动,又颇有几分谐趣。

〔2〕真攀羡:真值得人攀想爱慕。羡,因喜爱而希望得到。

〔3〕洋洋:同"佯佯",假装不知。吴本《乐章集》此处为"佯羞",即假装害羞。回却面:即回过头,掉过脸去。却,语助词。

〔4〕你若二句:言你若对我无意而向着他人,为什么梦中与我频频相见。无意,指不想和"我"相好。

〔5〕闻早:趁早,赶早。还却愿:了却心愿。

〔6〕风流肠肚(dǔ 堵):犹言花花肠子,调侃语。伊:她。指相好的女子。

甘州令[1]

冻云深,淑气浅,寒欺绿野[2]。轻雪伴、早梅飘谢[3]。艳阳天,正明媚,却成潇洒[4]。玉人歌,画楼酒,对此景、骤增高价[5]。　卖花巷陌,放灯台榭。好时节、怎生轻舍[6]。赖和风,荡霁霭,廓清良夜[7]。玉尘铺,桂华满,素光里、更堪游冶[8]。

〔1〕此首写雪景,与《望远行·长空降瑞》题材相同,写法同中有异。同者皆由雪飘写至雪霁,由雪景引动雪情。异者前首隐括唐人诗句,袭用辞赋佳句,语辞典雅工致。此首则辞无所假,皆平实自然,疏朗流丽。句式以三字句、四字句交错,节奏紧凑而明快。

〔2〕冻云三句:写阴云密布,寒凝大地。冻云,寒冷的阴云。陆游《好事近》:"扶杖冻云深处,探溪梅消息。"

〔3〕轻雪句:谓轻盈的雪花伴着早梅凋谢的花瓣一起飘飞。

〔4〕艳阳天三句:谓正是阳光明媚的天气,转眼间却成了雪花纷飞。潇洒,雨雪飘洒貌。唐韦应物《夏夜忆卢嵩》诗:"不知湘雨来,潇洒在幽林。"

〔5〕玉人三句:言面对雪景,歌与酒都骤然增高了价格。玉人,美人。骤,突然,忽然。

〔6〕卖花四句:谓卖花、点花灯的人们不肯轻易舍弃这好时节。

〔7〕赖和风三句:谓全赖和风吹散雪后的阴云,使夜空清朗明净。廓清,明净,清澈。

〔8〕玉尘铺三句:写雪晴月出时的情景。玉尘,喻雪。白居易《酬皇甫十早春对雪见赠》诗:"漠漠复霏霏,东风散玉尘。"桂华,喻月。因传说月中有桂,故云。韩愈《明水赋》:"桂华吐耀,兔影腾精。"堪,可以,能。游冶,游乐,游玩。

西施〔1〕

苎萝妖艳世难偕〔2〕。善媚悦君怀〔3〕。后庭恃宠,尽使绝嫌猜〔4〕。正恁朝欢暮宴,情未足,早江上兵来〔5〕。　捧心调态军前死〔6〕,罗绮旋变尘埃〔7〕。至今想,怨魂无主尚徘徊。夜夜姑苏城外,当时月,但空照荒台〔8〕。

〔1〕此首咏美女西施。在现存柳词中,专咏历史人物的词仅两首,一首为班婕妤(见《斗百花·飒飒霜飘鸳瓦》),一首为西施。古诗中吟咏西施的作品历来很多,如李白的古体诗《西施》,罗隐的绝句《西施》。或侧重描叙,或侧重议论。以词吟咏西施,此为首篇。词的上片,作者一方面赞美西施之美貌绝伦,一方面又对她的媚君恃宠略有微词。下片则对西施的悲剧命运抱以惋惜与同情。侧重于抒情是咏史词的特点。

〔2〕苎(zhù住)萝:山名。在浙江省诸暨市南,相传西施为此鬻薪者之女。故以"苎萝"作为西施的代称。汉赵晔《吴越春秋·勾践阴谋外传》载,越王勾践败于会稽,范蠡取西施献吴王夫差,使其迷惑忘政。越遂亡吴。妖艳:艳丽。《初学记》卷二七引三国魏钟会《菊花赋》:"乃有毛嫱西施,荆姬秦嬴,妍姿妖艳,一顾倾城。"偕:齐等,比并。

〔3〕媚悦:讨好,取悦。

〔4〕后庭:犹后宫。恃宠:依仗宠爱。嫌猜:疑忌。

〔5〕江上兵来:指越国从江上攻打吴国。

〔6〕捧心调(diào掉)态:形容西施手扪胸口的姿态。相传西施有心痛病,经常捧心皱眉。调态,作态。军前死:《吴越春秋》谓吴亡,西施归范蠡,同泛五湖。一说,吴亡后,越沉西施于江。此处采后说,故云"军前死"。此句承袭白居易《长恨歌》写杨玉环之死的句子"宛转蛾眉马前死",以写西施之死。

〔7〕旋,随即。

〔8〕荒台:指姑苏台。相传为吴王夫差所筑,他与西施曾于此游宴作乐。

西施〔1〕

自从回步百花桥。便独处清宵〔2〕。凤衾鸳枕,何事等闲抛〔3〕。纵有馀香,也似郎恩爱,向日夜潜消〔4〕。　恐伊不信芳容改,将憔悴、写霜绡〔5〕。更凭锦字,字字说情悰〔6〕。要识愁肠,但看丁香树,渐结尽春梢〔7〕。

〔1〕此首抒写闺怨。上片写女主人公的独处。主要借助有象征意义之物件——衾枕闲抛、馀香暗消,喻写情郎久去,恩爱渐减,将女主人公孤独与痛苦的心理,表现得十分熨帖、自然。下片写她的行动打算。先画下憔悴之容寄给他;再写信诉说悲伤;还要让他看看丁香花结,知道自己的愁肠。以此突出她的不甘心与挣扎。全篇塑造了一位有感情、有主见的女子形象,个性特征十分鲜明。另外,虽是俗词,亦很讲究领字的

用法,如自从、便、纵、也、向、恐、更、但、渐等,全用上声、去声,使情感表达顿挫流转,极具声律之美。

〔2〕自从二句:言自从与情郎在百花桥上分手,便独自度过一个个清寂的夜晚。

〔3〕凤衾二句:谓两人合用过的衾枕为何无端被抛置一边。何事,为什么。等闲,无端,无故。此二句乃明知故问,自有难以言说的苦处。

〔4〕纵有三句:谓衾枕上纵有馀香,恐怕也似情郎恩爱,随一个个日日夜夜暗自消失。

〔5〕恐伊三句:恐他不信我的思念之苦,我要将自己憔悴的容颜描画在白绸上寄给他。霜绡,白纱绸。

〔6〕锦字:用苏蕙事,代指书信。详见《曲玉管·陇首云飞》注〔5〕。情憀(liáo辽):悲伤的情绪。憀,悲思。唐陆龟蒙《自遣》诗:"云晴山晚动情憀。"

〔7〕要识愁肠二句:言要知道我的愁肠,只要看看丁香树梢密集的花结,便可想而知。丁香,古人以丁香结(花蕾)比喻愁心。李商隐《代赠》诗:"芭蕉不展丁香结,同向春风各自愁。"李璟《浣溪沙》词:"青鸟不传云外信,丁香空结雨中愁。"此处以丁香结比喻愁肠百结。春梢,春条的末梢。唐杜牧《代人寄远》诗之二:"丁香闲结春梢。"此处暗用其意。

河传[1]

淮岸。向晚[2]。圆荷向背,芙蓉深浅[3]。仙娥画舸,露渍红芳交乱。难分花与面[4]。　　采多渐觉轻船满。呼归伴。急桨烟村远。隐隐棹歌,渐被蒹葭遮断[5]。曲终人不见[6]。

〔1〕此首写采莲女子。上片写荷花人面交相辉映;下片写放歌归舟悠然自乐。写法上较少叙述,注重画面感和声音美,使声画融合,有声有色,颇似现代电影表现手法。如上片写采莲,由景及人,由远及近,可依次视为镜头的远景、近景、特写与叠映。下片写归舟,从"船满"、"急桨"到"遮断"、"人不见",则可视为运动镜头;画面又配之以声音,从"呼归伴"到"隐隐棹歌"再到"曲终",正是"此时无声胜有声"。

〔2〕淮岸:淮河岸边。与《安公子·长川波潋滟》所写地点略同。向晚:傍晚。

〔3〕圆荷二句:写荷叶形态各异,荷花色有深浅。圆荷,指荷叶。向背,指叶子的正面与背面。宋梅尧臣《和杨直讲夹竹花图》诗:"萼繁叶密有向背,枝瘦节疏有直曲。"芙蓉,荷花。

〔4〕仙娥三句:谓采莲的女子与带露的荷花交相辉映,难以分辨是花是人。此以花喻人,以人喻花。画舸,有彩绘的船。渍(zì字),浸,沾。

〔5〕隐隐二句:写莲舟驶入芦苇丛中。隐隐,隐约不分明貌。棹(zhào照)歌,划船时唱的歌。汉武帝《秋风辞》:"箫鼓鸣兮发棹歌。"

〔6〕曲终句:歌唱完了,人也看不见了。唐钱起《省试湘灵鼓瑟》诗:"曲终人不见,江上数峰青。"

郭郎儿近[1]

帝里[2]。闲居小曲深坊,庭院沉沉朱户闭[3]。新霁。畏景天气[4]。薰风帘幕无人[5],永昼厌厌如度岁[6]。　　愁悴[7]。枕簟微凉,睡久辗转慵起[8]。砚席尘生,新诗小阕,等闲都尽废[9]。这些儿、寂寞情怀,何事新来常恁地[10]。

〔1〕此首自叙闲居帝里的倦怠情绪。其中"睡久辗转慵起"、"砚席尘生"等句,表现文人日常生活之无聊,极为切近。"何事新来常恁地",不直言愁悴寂寞缘何而起,正是有许多说不出处。

〔2〕帝里:京城。

〔3〕小曲(qū 屈)深坊:指妓院。坊曲,指妓女所居之地。明杨慎《词品·坊曲》:"唐制,妓女所居曰坊曲。"沉沉:形容寂静无声。朱户:红漆大门。

〔4〕新霁:雨后新晴。畏景:夏天的太阳。此指夏天。

〔5〕薰风:和暖的风。指初夏时的东南风。

〔6〕永昼句:谓整天精神不振,度日如年。

〔7〕愁悴:忧伤憔悴。

〔8〕枕簟:枕席。簟,用竹子编织成的席子。慵起:懒得起来。

〔9〕砚席:砚台与坐席。借指读书写作。小阕:指词曲。等闲:随意,随便。

〔10〕这些儿二句:言不知为什么近来常这样寂寞无聊、无精打采。恁地,这样。

透碧霄[1]

月华边。万年芳树起祥烟[2]。帝居壮丽,皇家熙盛,宝运当千[3]。端门清昼,觚棱照日,双阙中天[4]。太平时、朝野多欢。遍锦街香陌,钧天歌吹,阆苑神仙[5]。　　昔观光得意,狂游风景,再睹更精妍[6]。傍柳阴,寻花径,空恁辔簪垂鞭[7]。乐游雅戏,平康艳质,应也依然[8]。伫何人、多谢婵娟[9]。道宦途踪迹,歌酒情怀,不似当年[10]。

〔1〕此首描写帝都见闻感受,为柳永入仕十多年后由外官转为京官,重返京城时所作。既为重返,则不免有今昔对比之感。上片着墨环境。词人极尽铺张之能事,描绘出今日帝都壮丽辉煌、朝野多欢之气象。下片则侧重抒写词人心境。柳阴花径,情怀索然,而昔日佳丽,却应依旧。显然,感喟宦途踪迹,伤叹心境今不如昔,是其重心,亦是此词之题旨。全篇以景胜反衬人悲,内中隐含了淡淡的哀怨。《词谱》载"此调始于此词,应以此为定格"。

〔2〕月华二句:写皎月泻辉,祥烟缭绕。万年芳树,指年代悠久的大树。祥烟,祥瑞的烟气,多用以象征吉祥兴旺。

〔3〕帝居三句:谓京都壮观富丽,皇家兴隆昌盛,国运气象万千。帝居,天帝、天子所居之处,亦指京都。熙盛,兴隆。宝运,国运,皇业。此三句歌颂北宋王朝盛况空前。

〔4〕端门三句:写宫阙阳光普照,楼观高及天半。端门,殿之正门。觚棱(gū líng 孤陵),宫阙上转角处成方角棱瓣之形的瓦脊。亦借指宫阙。班固《西都赋》:"设璧门之凤阙,上觚棱而栖金爵。"双阙,古代宫门、城门两侧的高台,中间有道路,高台上起楼观。中天,犹参天。班固《西都赋》:"树中天之华阙,丰冠山之朱堂。"李周翰注:"中天,高及天半。"

〔5〕遍锦街三句:谓大街小巷,处处仙乐可闻,人人如神仙一般,其乐融融。锦街香陌,指繁华的街道。钧天,天的中央,传说中天帝住的地方。此处为"钧天广乐"的略语,指天上的音乐。《史记·赵世家》:"我

之帝所甚乐,与百神游于钧天,广乐九奏万舞,不类三代之乐,其声动人心。"阆(láng郎)苑:传说中神仙住的地方。

〔6〕昔观光三句:谓昔日观赏游览帝京风光非常满意,今日再睹更觉精美。观光,观览国之盛德光辉。语出《易·观》:"观国之光,利用宾于王。"后泛指观赏风光。得意,称心,满意。精妍,精良美好。

〔7〕傍柳阴三句:谓依傍柳荫,寻觅花径,枉自这样信马垂鞭。空,空枉,白白地。軃(duǒ朵)辔垂鞭,松弛缰绳,垂下马鞭。用杜甫诗"垂鞭軃鞚(马勒)凌紫陌"(《醉为马坠诸公携酒相看》)句意。此三句含有一种旧日欢趣难觅的怅惘之情。

〔8〕乐游三句:谓乐游苑的雅戏与平康巷的佳丽,想必依旧那样引人入迷。乐游,即乐游苑,故址在今陕西西安南郊。本为秦时宜春苑,汉宣帝时改建为乐游苑。唐时,为长安士女游赏的胜地。此处泛指游冶之地。雅戏,高雅的游戏。艳质,艳丽的资质。代指歌妓。

〔9〕仗何人句:谓凭借什么人代我向佳丽致以问候之意。仗,凭借,依靠。多谢,殷勤问候,多多致意。陶渊明《赠羊长史》诗:"多谢绮与甪,精爽今何如?"婵娟,形容姿态美好。此指歌妓。

〔10〕道宦途三句:谓自己因官场而忙于奔波,唱歌饮酒的情怀,已不像当年。此与《长相思·画鼓喧街》词中"年来减尽风情"句意略同,有今非昔比之意。

木兰花慢[1]

倚危楼伫立,乍萧索、晚晴初[2]。渐素景衰残[3],风砧韵响[4],霜树红疏。云衢。见新雁过,奈佳人自别阻音书[5]。空遣悲秋念远,寸肠万恨萦纡[6]。　　皇都。暗想欢游,成往事、动欷歔〔7〕。念对酒当歌,低帏并枕,翻恁轻孤〔8〕。归途。纵凝望处,但斜阳暮霭满平芜〔9〕。赢得无言悄悄,凭栏尽日踟蹰〔10〕。

〔1〕此首写悲秋念远。题材司空见惯,无甚新意。但写景却不乏佳句。上片写秋景萧索,思念佳人。其中"风砧韵响,霜树红疏"二句最为精彩。上句传出声音——随风飘来的捣衣声真切响亮;下句推出画面——秋霜染红的枫叶零落稀疏。此声画配合,境界全出。尤其著一"韵"字,更具神韵,耐人品味。下片追想往事,瞻望归途。"斜阳暮霭满平芜"一语,写景苍茫开阔,又深含不尽愁思。此镕情入景,正所谓善写景者也。

〔2〕乍:正是。萧索:景色萧条冷落。晚晴:谓傍晚晴朗的天色。

〔3〕素景:秋景。

〔4〕砧(zhēn真):捣衣石。杜甫《秋兴八首》之一:"寒衣处处催刀尺,白帝城高急暮砧。"谓秋天为赶制寒衣,捣衣的砧声一阵紧似一阵。故此处有"风砧韵响"之说。韵:指动听的声音。

〔5〕云衢(qú渠)三句:言看见天空中新雁飞过,想到佳人久无音信。按:旧有鸿雁传书的说法,故由雁想到书信想到佳人,此为典型的接近联想。云衢,云中的道路,指高空。

〔6〕寸肠万恨:极言恨多,使人难以容纳和承受。恨,主要指懊恼、遗憾和不称心。此句同时运用夸张中的缩小法与夸大法。萦纡(yū迂):盘绕曲折。

〔7〕皇都三句:言追想当年在京都的欢游都成往事,令人感叹欷歔。动,指触动感情。欷歔(xī xū希虚):叹息声,抽咽声。

〔8〕念对酒三句:言饮酒听歌、同床共枕的欢乐时光反被这样轻易辜负。低帏,放下帐子。翻,反而。

〔9〕但斜阳句:谓斜阳暮霭笼罩着一望无边的草地。暮霭,傍晚的云雾。平芜,平旷的草地。此句暗示前途迷茫。

〔10〕赢得:落得。悄悄:忧愁貌。踟蹰(chí chú 迟除):徘徊不前。唐戴叔伦《感怀》诗之一:"踟蹰复踟蹰,世路今悠悠。"

木兰花慢[1]

拆桐花烂漫[2],乍疏雨、洗清明[3]。正艳杏烧林,缃桃绣野,芳景如屏[4]。倾城。尽寻胜去,骤雕鞍绀幰出郊坰[5]。风暖繁弦脆管,万家竞奏新声[6]。　　盈盈[7]。斗草踏青[8]。人艳冶、递逢迎[9]。向路旁往往,遗簪堕珥,珠翠纵横[10]。欢情。对佳丽地,信金罍罄竭玉山倾[11]。拚却明朝永日,画堂一枕春酲[12]。

〔1〕此首记清明踏青之盛况,由民间风情反映太平气象。上片以工笔重彩描绘春天郊野的景色。物象鲜明,色彩绚丽,画面感极强,一派充满活趣的春日游乐景象。下片以泼墨写意抒写士女游春的欢情。妇女们浓妆盛饰,男子们恣意纵情,真是笔墨酣畅,痛快淋漓。全词洋溢着春天的盎然生机与人们的欢乐情趣。用笔的铺叙渲染与用词的清雅工丽,使此词更具有一种富丽之美。

〔2〕拆:同"坼",裂开,绽开。宋晏殊《酒泉子》词:"春色初来,遍拆红芳千万树,流莺粉蝶斗翻飞。"桐花:桐树的花,清明时开放,先花后叶,花色紫白。烂漫:颜色鲜明而美丽。

〔3〕乍疏雨句:写清明时节,疏雨刚过,天气清朗,如同洗过一般。

乍,刚,才。疏雨,稀疏的雨。

〔4〕正艳杏三句:写杏花桃花盛开,田野美丽如绣,风景宛如图画。烧,映照。唐王建《江陵即事》诗:"寺多红药烧人眼,地足青苔染马蹄。"缃(xiāng相)桃,结浅红色果实的桃树,此指桃花。屏,屏风,此指屏风上的图画。

〔5〕倾城三句:写人们倾城出游,郊外车马络绎不绝。寻胜,去风景优美的地方游玩。骤,奔驰。雕鞍,刻饰花纹的马鞍,代指马。绀幰(gàn xiǎn旰显),天青色的车幔,亦指张绀幰的车驾。此处泛指华美的车马。郊坰(jiōng扃),泛指郊野。《尔雅·释地》:"邑外谓之郊,郊外谓之牧,牧外谓之野,野外谓之林,林外谓之坰。"

〔6〕风暖二句:写暖风吹拂,弦管齐鸣,人们竞相演奏新谱的歌曲。繁弦,指弦乐声的繁复。脆管,指管乐声的清越。

〔7〕盈盈:仪态美好貌。此指娇美的女子。以下六句写她们踏青的欢趣。

〔8〕斗草:一种采百草来做比赛的游戏。踏青:指春天到郊野游览。参见《斗百花·煦色韶光明媚》注〔6〕、〔7〕。

〔9〕艳冶:艳丽,妖冶,指盛装华饰。递逢迎:彼此问候。递,交替,互相。

〔10〕向路旁三句:谓妇女们逗闹嬉戏,路旁到处是被遗落的簪子、耳环、珍珠、翡翠一类的妆饰物。簪,古代妇女绾发的首饰。珥,耳环。

〔11〕欢情三句:谓男子们纵情欢乐,直到酒尽人醉。佳丽地,指美丽的郊野。信,任意,听任。金罍(léi雷),饰金的大型酒器,刻有云雷图象。罄竭,指酒尽。罄,器中空,引申为"尽"、"完"。玉山倾,形容人醉酒如玉山之倾倒。参见《凤栖梧·帘内清歌帘外宴》注〔7〕。

〔12〕拚(pàn判)却二句:谓甘愿明天因酒醉而整日长卧。拚却,豁出去,舍弃不顾,亦甘愿之辞。酲(chéng呈):病酒,即酒后困怠如病的

状态。《诗经·小雅·节南山》:"忧心如醒。"《毛传》:"病酒曰醒。"

木兰花慢[1]

古繁华茂苑,是当日、帝王州[2]。咏人物鲜明,土风细腻,曾美诗流[3]。寻幽[4]。近香径处,聚莲娃钓叟簇汀洲[5]。晴景吴波练静[6],万家绿水朱楼。　　凝旒。乃眷东南,思共理、命贤侯[7]。继梦得文章,乐天惠爱,布政优优[8]。鳌头[9]。况虚位久,遇名都胜景阻淹留[10]。赢得兰堂酝酒,画船携妓欢游[11]。

〔1〕此首咏苏州,投赠地方官。上片写苏州人美地美,将历史上的风流雅事与眼前的风土人物融合,写足其人物风情之美,生动鲜活。"晴景"二句,以"吴波"为魂,写尽苏州"绿水朱楼"的地方美,极具风韵。下片专颂州官。以"梦得"、"乐天"作比,颂古咏今,一举两得。此首写苏州,偏重人物、土风,与《望海潮》咏杭州,偏重湖山胜景、市井繁富,自是不同。

〔2〕古繁华二句:谓苏州自古繁华,曾是帝王之都。按:春秋时吴国曾建都于苏州,故云。茂苑,古苑名,又名长洲苑。故址在今江苏省吴县西南。后也作苏州的代称。晋左思《吴都赋》:"造姑苏之高台,……佩长洲之茂苑。"

〔3〕咏人物三句:谓这里的人漂亮,风俗细腻,曾出过很多诗人。咏,咏叹思念。鲜明,出色,漂亮。黄侃《读〈汉书〉、〈后汉书〉札记》:"鲜明,犹今所云漂亮矣。"土风,风土人情,指一个地方特有的地理环境

和民间风俗习惯。细腻,细密,精细。诗流,指诗人。

〔4〕寻幽:寻求幽胜。此指寻访昔日的胜境。

〔5〕近香径二句:谓走近昔日的香径,只见采莲女子与钓鱼老翁都三五成群地聚集在汀洲上。香径,采香径,参见《双声子·晚天萧索》注〔4〕。汀洲,水中小块陆地。

〔6〕晴景句:谓晴光下吴江水波平静如练。练,白绸。

〔7〕凝旒(liú 流)三句:言皇帝垂爱东南,任命贤才治理苏州。凝旒,本指帝王冕冠前后悬垂的玉串静止不动,形容帝王态度肃穆专心聆听。此处代指帝王。乃眷,《诗经·大雅·皇矣》:"乃眷西顾。"郑玄笺:"乃眷然运视西顾。"后以"乃眷"喻关怀、垂爱。共理,共同治理。命,任命。贤侯,对有德位之人的敬称。

〔8〕继梦得三句:谓这位州官继承了刘禹锡、白居易的才学和仁爱,施政宽和,政绩卓著。梦得,即唐代诗人刘禹锡(772—842),字梦得。刘以进士登博学宏词科,累官至集贤殿学士。曾为苏州刺史。乐天,即唐代诗人白居易(772—846),字乐天。曾任杭州、苏州刺史,有政声。布政优优,意为施政宽和。语出《诗经·商颂·长发》:"不竞不绿,不刚不柔,敷政优优,百禄是遒。"《毛传》:"优优,和也。"敷政,即布政。

〔9〕鳌头:唐宋时翰林学士、承旨等官朝见皇帝时立于镌有巨鳌的殿陛石正中,因称入翰林院为上鳌头。此处当指本词赠主有望擢升朝中任要职。

〔10〕况虚位二句:谓何况朝廷期待贤才已久,只是苏州这样的名都胜景将您留住了。虚位,特意空出职位。淹留,长时间逗留。

〔11〕赢得二句:谓暂留苏州,有好酒、美女相伴,亦是乐事。赢得,博得。酝,酿酒,亦指酒。《新唐书·隐逸传·王绩》:"故事,官给酒日三升,或问:'待诏何乐邪?'答曰:'良酝可恋耳!'"此处暗用其意,犹言待诏可乐,良酝美女亦可恋。

临江仙引[1]

上国。去客[2]。停飞盖、促离筵[3]。长安古道绵绵[4]。见岸花啼露,对堤柳愁烟[5]。物情人意,向此触目,无处不凄然。　醉拥征骖犹伫立[6],盈盈泪眼相看。况绣帏人静,更山馆春寒。今宵怎向漏永,顿成两处孤眠[7]。

〔1〕此首抒写西行途中的离愁别绪。上片写行于长安古道。起首三句,回想送别的情景。"古道绵绵",点出道路的漫长,亦暗示心绪的愁苦悲凉。故"见岸花"以下五句,不免移情于景,触目所见,物情人意,无不凄然。此与杜甫之"感时花溅泪,恨别鸟惊心"同一机杼,皆以我之观物,为有我之境。下片写思念佳人。采用情景对照:一边是词人醉拥征骖迟迟未行,一边是佳人盈盈泪眼相看无言;一边是绣帏深静佳人独处,一边是山馆春寒词人孤眠。此种手法,颇似电影中的对比蒙太奇,饶有韵味

〔2〕上国:指京都。去客:离京远行之人,词人自指。

〔3〕停飞盖句:谓车马暂停,离筵仓促。飞盖,驰车,古代车行时盖衣因风而起,故云。盖,车篷。曹植《公宴》诗:"清夜游西园,飞盖相追随。"此指急行之车。促,急促,仓促。离筵:饯别的宴席。

〔4〕绵绵:形容连续不断,此指古道漫长。

〔5〕见岸花二句:谓看见岸花带露如同泣啼,堤柳含烟好似凝愁。晏殊《蝶恋花》词:"槛菊愁烟兰泣露",与此相类。

〔6〕征骖:驾车远行的马,亦指旅人远行的车。唐王勃《饯韦兵曹》

诗:"征骖临野次,别袂惨江垂。"犹:还,依然。

〔7〕怎向:犹云怎奈。向,语助词,加强其语气。顿:突然,一下子。

瑞鹧鸪[1]

宝髻瑶簪[2]。严妆巧,天然绿媚红深[3]。绮罗丛里,独逞讴吟[4]。一曲阳春定价,何啻值千金[5]。倾听处,王孙帝子,鹤盖成阴[6]。 凝态掩霞襟[7]。动象板声声,怨思难任[8]。嘹亮处,迥压弦管低沉[9]。时恁回眸敛黛,空役五陵心[10]。须信道,缘情寄意,别有知音[11]。

〔1〕此首赞美一歌妓善歌。词的上片,以夸张手法写歌妓的貌美善歌。她天生丽质,姿色出众,更技压群芳,"独逞讴吟"。若仅止于此,还不免流于一般。故词的下片,写她的非同寻常。她的歌声,时而哀怨时而嘹亮,更在"缘情寄意",觅其"知音"。结拍二句,托旨深婉,弦外有音。《词谱》载"按'瑞鹧鸪'原本七言律诗,因唐人歌之,遂成词调。……至柳永有添字体、自注'般涉调'。有慢词体、自注'南吕宫'。皆与七言八句者不同"。

〔2〕宝髻(jì计)瑶簪:形容发饰精美。髻,盘在头上的各种形状的发式。簪,别住发髻的条状饰物。宝、瑶,美好,珍贵。

〔3〕严妆:整妆,梳妆打扮。天然:天生的。绿媚红深:形容女子长得美丽可爱。

〔4〕独逞讴吟:谓她擅长歌唱独显才能。讴吟,吟咏歌唱。

〔5〕一曲二句:因她擅唱高雅的歌曲,故身价倍增。阳春,即"阳春

白雪",古乐曲名。宋玉《对楚王问》:"客有歌于郢中者,其始曰《下里》、《巴人》,国中属和者数千人;……其为《阳春》、《白雪》,国中属而和者不过数十人。……是其曲弥高,其和弥寡。"何啻,何止。

〔6〕王孙帝子:泛指贵族子弟。鹤盖成阴:形容车辆极多,将车盖排列在一起,足以遮挡阳光,形成一片阴凉。语本汉刘桢《鲁都赋》:"盖如飞鹤,马如游龙。"南朝梁刘孝标《广绝交论》:"鸡人始唱,鹤盖成阴。"

〔7〕凝态:庄重的神态。掩:盖过,超过。霞襟:美艳的衣服。

〔8〕象板:象牙拍板。打击乐器。怨思难任:意谓那种哀怨的情思令人难以禁受。南唐李煜《虞美人》词:"满鬓清霜残雪,思难任。"任,禁受。

〔9〕嘹亮处二句:言歌声嘹亮时,远远压倒弦管的伴奏声。迥,远。

〔10〕回眸敛黛:用以形容歌女的表情。回眸,转过眼睛,回顾。敛黛,皱眉。役:驱使,役使。五陵心:五陵公子们的心。五陵公子,指富贵人家的子弟,参见《抛球乐·晓来天气浓淡》注〔5〕。

〔11〕须信道三句:谓要知道,她的歌声缘情而发,深含寄意,是另有知音的。按:正因知音非五陵少年,故前句云"空役"。须信道,犹云须知道。

忆帝京[1]

薄衾小枕天气[2]。乍觉别离滋味[3]。展转数寒更[4],起了还重睡。毕竟不成眠,一夜长如岁[5]。　也拟待、却回征辔。又争奈、已成行计[6]。万种思量,多方开解,只恁寂寞厌厌地[7]。系我一生心,负你千行泪[8]。

〔1〕此首写男子的离别相思之情。上片通过人物辗转反侧夜不能寐的一系列动作与感受,写活了别离滋味。尤其是"寒更"之"寒",意不在天气之"寒",而在人物内心的凄清之感,与李后主"罗衾不耐五更寒",李清照"玉枕纱橱,半夜凉初透",同一意蕴。下片通过人物的心理活动,写其不忍离别又欲归不得的矛盾和苦恼。结拍"系我一生心,负你千行泪",由自己的痛苦推想对方的痛苦,情真意厚,为一篇之警策。此词语言质朴,纯用口语与白描手法,却愈朴愈厚,言有尽而意无穷。

〔2〕薄衾句:言天气不太冷也不太热。薄衾,单被。

〔3〕乍觉:初次感受到别离的滋味。乍,初,刚刚。

〔4〕数寒更:计算更次。寒更,指更鼓,报更的鼓声。宋孙光宪《更漏子》词:"听寒更,闻远雁,半夜萧娘深院。"

〔5〕毕竟二句:言终归还是不能入睡,竟觉得一夜的时间跟一年的时间一样长。毕竟,到底,终归。

〔6〕也拟待二句:也曾想掉转马头,怎奈已经成行。拟待,打算。却回,回转。

〔7〕万种三句:言千思万想,多方宽解,终无济于事,只是这样冷清孤单,提不起精神。厌厌地,即"恹恹地",精神不振貌。

〔8〕系(xì 细)我二句:言我为你牵系了一生的心思,也害得你为我流了许多的眼泪。意谓两人相思相恋,彼此都为对方承受了许多痛苦。系,拴住,引申为挂念,牵记。负,连累,拖累。

塞孤〔1〕

一声鸡,又报残更歇〔2〕。秣马巾车催发〔3〕。草草主人灯下别〔4〕。山路险,新霜滑。瑶珂响、起栖乌〔5〕,金镫冷、敲残月[6]。渐西风紧,襟袖凄冽[7]。　　遥指白玉京,望断黄金阙[8]。远道何时行彻[9]。算得佳人凝恨切[10]。应念念,归时节。相见了、执柔荑,幽会处、偎香雪[11]。免鸳衾、两恁虚设。

〔1〕此首写早行之苦辛与思归之心切。上片写早行。与《凤归云·向深秋》上片意思相同,而所绘景致有别。此词主要通过两种声音来写"早":一是鸡鸣声,二是玉珂响,此以声写静,以静衬"早"。而行路之苦辛,则于山路险、新霜滑、秋风凄紧、襟袖生寒数语可见。此种况味,非亲历之人不易道得。下片写归思。由"白玉京"、"黄金阙",知思归之地乃京城。"远道"一语,以行远突出难归,衬托思归之切。以下数句,词人忽而猜想佳人满怀幽怨,定日日数念归期;忽而设想,待到相见,执手相偎,情意缱绻。此全用假设手法,从虚想写出;而上片的摹景叙事则偏重写实。全词虚实结合,情景相兼,正是柳词之常用手法。

〔2〕残更:旧时将一夜分为五更,第五更时称残更。歇:尽。

〔3〕秣(mò 末)马:喂饱马匹。秣,牲口的饲料,名词用作动词,意为喂养。《诗经·周南·汉广》:"之子于归,言秣其马。"巾车:以帷幕装饰车子,因指整车出行。陶潜《归去来兮辞》:"或命巾车,或棹孤舟。"

〔4〕草草:匆忙仓促的样子。

〔5〕瑶珂:玉珂,马络头上的玉饰物,马行则作响。起栖乌:惊起晚宿的归鸦。

〔6〕金镫(dèng 凳):挂在马鞍子两旁的脚踏。多用铁制成,此为美称。

〔7〕渐:正。西风:秋风。凄冽:寒冷。

〔8〕白玉京、黄金阙:皆仙人所居之府。《五星经》:"天上有白玉京、黄金阙。"引申指帝王宫阙。此指京都。

199

〔9〕远道句：谓道路遥远，何时才能走到。彻：尽，完。

〔10〕算得句：谓料想佳人凝愁含恨盼归心切。算得，料得。

〔11〕相见二句：设想与佳人相见的情景。执，握住。柔荑(tí 题)，芳草的嫩芽，柔而白。用以比喻美人手的娇嫩。《诗经·卫风·硕人》："手如柔荑，肤如凝脂。"此指佳人的手。香雪，白色的花。此指佳人的肌肤。

瑞鹧鸪〔1〕

天将奇艳与寒梅〔2〕。乍惊繁杏腊前开〔3〕。暗想花神、巧作江南信，鲜染燕脂细剪裁〔4〕。　　寿阳妆罢无端饮〔5〕，凌晨酒入香腮。恨听烟坞深中〔6〕，谁恁吹羌管逐风来〔7〕。绛雪纷纷落翠苔〔8〕。

〔1〕此首写寒梅之开落，是柳词中唯一的咏梅词。起首以"奇艳"二字标举寒梅之风骨，以下承此写来。梅花不畏严寒腊前盛开，令人惊讶是繁杏移时怒放，可谓"奇艳"；梅花形神俏美，令人暗想是花神巧为妆扮，又可谓"奇艳"。上片以天工写梅开，充满赞梅赏梅之情。下片借人事写梅落。用寿阳公主的"梅花妆"与乐府笛曲《梅花落》，写梅花之纷纷飘落，流露出怜梅惜梅之意。全词笔墨飞动，丰神骚雅，为寒梅平添了几分神奇色彩。

〔2〕天将句：谓上天将奇艳赋予寒梅。奇艳，奇特的艳丽。与，给予，赋予。

〔3〕乍惊：谓乍见梅开，令人惊讶。乍，刚。腊前：岁末。因腊祭而

得名。通指农历十二月或泛指冬月。宋张先《好事近》词:"谁教强半腊前开,多情为春忆。"

〔4〕江南信:用陆凯寄梅赠诗事。参见《尾犯·晴烟幂幂》注〔6〕。鲜染燕脂:用胭脂点染。燕脂,即胭脂,一种用于化妆或绘画的红色颜料。细剪裁:指花神精心剪裁而成。唐贺知章《柳》:"不知细叶谁裁出,二月春风似剪刀。"

〔5〕寿阳妆:即梅花妆。风行于南朝六宫。相传为南朝宋武帝女寿阳公主首创,故名。《太平御览》卷九七〇引《宋书》:"武帝女寿阳公主人日卧于含章檐下,梅花落公主额上,成五出之花,拂之不去,皇后留之,自后有梅花妆,后人多效之。"唐牛峤《红蔷薇》:"若缀寿阳公主面,六宫争肯学梅妆。"无端:无意间。

〔6〕恨听:听而生怨恨,不愿听。与《轮台子·雾敛澄江》词中的"愁听"构词方式相同。烟坞:雾气笼罩的村坞。

〔7〕谁恁句:谓是谁用羌笛吹起了悲凉的曲子? 羌管,即羌笛,古代羌人所制,笛声高亢悲凉。此处羌笛所吹者,当指乐府笛曲《梅花落》。故引出下句梅花的飘落。

〔8〕绛雪:红雪,喻飘落的梅花。翠苔:绿色苔藓。此处代指庭阶。

瑞鹧鸪[1]

全吴嘉会古风流[2]。渭南往岁忆来游[3]。西子方来、越相功成去,千里沧江一叶舟[4]。   至今无限盈盈者,尽来拾翠芳洲[5]。最是簇簇寒竹,遥认南朝路、晚烟收[6]。三两人家古渡头[7]。

〔1〕此首咏苏州。上片言苏州自古风流。着重写美女西施与越相范蠡,此二人辅佐勾践图王取霸,功成身退,成为苏州之风流人物。下片写苏州今日风情。绘出三幅图画:一幅美人拾翠,一幅簇簇寒竹,一幅古渡人家。此三幅画,第一幅秾丽,第二幅素雅,第三幅古朴。合起来,大约就是词人对苏州的几点印象。

〔2〕全吴句:谓苏州众美咸集,自古就是风流之地。嘉会,众美会集。《易·乾》:"亨者,嘉之会也……嘉会足以合礼。"孔颖达疏:"言君子能使万物嘉美集会,足以配合于礼,谓法天之亨也。"

〔3〕渭南:词人自指。柳永曾任华阴(属陕西)令,华阴在渭水之南,故称。往岁:从前,往日。

〔4〕西子:西施。春秋越美女。姓施,春秋末年越国苎萝(今浙江诸暨南)人。她被越国献于吴,以助越灭吴。吴亡后,她复归范蠡,相与游五湖。一说她被沉江。参见《西施·苎萝妖艳世难偕》注〔6〕。此处采前说。越相:指范蠡。他辅佐越王勾践灭吴,功成身退,泛舟五湖。参见《双声子·晚天萧索》注〔6〕。沧江:指江流,江水。

〔5〕盈盈:指娇美的女子。拾翠:女子们拾取翠鸟羽毛做首饰。语出曹植《洛神赋》。参见《破阵乐·露花倒影》注〔10〕。芳洲:芳草丛生的小洲。

〔6〕簇簇:一丛丛。寒竹:即竹。因其经冬不凋,故称。南朝,我国南北朝时期,据有江南地区的宋、齐、梁、陈四朝的总称。

〔7〕三两句:谓在古渡口上还住着三三两两的人家,极古朴幽静。

安公子[1]

远岸收残雨[2]。雨残稍觉江天暮[3]。拾翠汀洲人寂静,立双双鸥鹭[4]。望几点、渔灯隐映蒹葭浦[5]。停画桡、两两舟人语。道去程今夜,遥指前村烟树[6]。　　游宦成羁旅[7]。短樯吟倚闲凝伫[8]。万水千山迷远近,想乡关何处[9]。自别后、风亭月榭孤欢聚[10]。刚断肠、惹得离情苦。听杜宇声声,劝人不如归去[11]。

〔1〕此首写蛰居舟中,春暮怀归。作于柳永为宦时期。上片写舟中所见。起二句,写雨残日暮,交代天气、时间。"拾翠"二句,写佳人已去,唯见鸥鹭双双,暗示词人内心之孤独。"望几点"四句,通过"远望"、"停船"、"对语"、"遥指"等一系列动作,生动展现了行役之真实情景。下片写舟中所感。由"游宦成羁旅"五字领起。一层写乡关之情;一层写相思之苦。结拍写杜宇声声,催人归去,愈发加深了思归不得的痛苦。全词结构绵密,却不见人工;语意层深,而出以自然。清邓廷桢《双砚斋词话》谓:"远岸收残雨一阕,亦通体清旷,涤尽铅华。"

〔2〕残雨:将止的雨。

〔3〕雨残句:言雨将止才觉江上天色已晚。按:可知雨下得时间不短,因雨中天色昏暗,难辨时间,故有此言。稍觉:才觉。

〔4〕拾翠二句:谓汀洲拾翠羽的佳人已归去,留下一双双还巢的鸥鹭。

〔5〕隐映:掩映。蒹葭:芦苇。浦:水边,河口。

〔6〕停画桡(ráo 饶)三句:谓船夫们停下船桨,指点远方,商议今夜去路。画桡,船桨的美称。

〔7〕游宦:春秋战国时期士人离开本国至他国谋求官职,后泛指外出求官或做官。羁旅:寄居他乡。

〔8〕樯:桅杆。吟倚:倚桅杆而低吟。吟,叹息。凝伫:凝神久立。

203

〔9〕万水二句:谓重重山水阻隔,令人迷失远近,不知家乡离此还有多远?

〔10〕风亭:亭子。月榭:赏月的台榭。榭,建在高台上的木屋,多为游观之所。孤欢聚:辜负了欢聚的好时光。

〔11〕刚断肠三句:谓才被离别之情惹得柔肠寸断,又听得杜鹃声声,劝人归去,更增添人的烦恼。

长寿乐〔1〕

繁红嫩翠。艳阳景,妆点神州明媚。是处楼台,朱门院落,弦管新声腾沸。恣游人、无限驰骤,骄马车如水〔2〕。竞寻芳选胜〔3〕,归来向晚〔4〕,起通衢近远,香尘细细〔5〕。　太平世。少年时,忍把韶光轻弃〔6〕。况有红妆,楚腰越艳,一笑千金何啻〔7〕。向尊前、舞袖飘雪,歌响行云止〔8〕。愿长绳、且把飞乌系〔9〕。任好从容痛饮,谁能惜醉。

〔1〕此首描写都市风情,游冶盛况。为青年柳永初到京师时所作。词的上片,不惜笔墨,描绘了京都的触处繁华景象与人们的恣情游乐。词人被此景此情所吸引所陶醉,故下片抒发了太平之世及时行乐的思想。尽管这首词难免有美饰的成分,但可以说,柳永基本是以平民眼光、词人笔墨,热情讴歌了当时都市的太平景象和自己的真切感受。正如黄裳所说:"太平气象,柳能一写于乐章,所谓词人盛世之黼藻,岂可废焉?"(《书乐章集后》)

〔2〕骄马:壮健的马。车如水:即车水马龙之意。

〔3〕寻芳选胜:游赏优美的自然风景。

〔4〕向晚:近晚。

〔5〕通衢:四通八达的道路。细细:轻微。

〔6〕忍把句:谓怎么忍心虚度青春的美好时光。韶光,美好的时光。

〔7〕楚腰越艳:楚国与越国的美女。泛指美女。何啻:何止。

〔8〕舞袖飘雪:形容舞蹈时衣袖如雪花飞舞回旋。飘雪,亦作"回雪"。参见《木兰花·酥娘一搦腰肢袅》注〔3〕。歌响行云止:形容歌声嘹亮能使天边行云停止。亦作"响遏行云"。参见《昼夜乐·秀香家住桃花径》注〔4〕。

〔9〕飞乌:指神话传说中在太阳里的三足乌。此处言愿用长绳将飞乌系住,即愿把时光留住之意。傅休《九曲歌》:"安得长绳系白日。"

倾杯〔1〕

水乡天气,洒蒹葭、露结寒生早〔2〕。客馆更堪秋杪〔3〕。空阶下、木叶飘零,飒飒声干〔4〕。狂风乱扫。黯无绪、人静酒初醒〔5〕,天外征鸿,知送谁家归信,穿云悲叫〔6〕。　蛩响幽窗,鼠窥寒砚,一点银釭闲照〔7〕。梦枕频惊,愁衾半拥〔8〕,万里归心悄悄〔9〕。往事追思多少。赢得空使方寸挠〔10〕。断不成眠,此夜厌厌,就中难晓〔11〕。

〔1〕此首写秋居客馆之愁思。上片写居所外景。为全词涂上一层冷色调,引动旅人的悲凉之感。下片转写室内情景。由见室内之简陋凄清,动物扰人,致人难以安睡,写出彻夜煎熬之苦状。全篇写外景由远及

近,写室内由物及人;时间由暮至夜,由夜待晓,脉络清晰,铺叙井然。凄清衰飒之景物与愁人悲凉之心境浑融一片,色调和谐,意境浑成。

〔2〕水乡二句:化用《诗经·秦风·蒹葭》"蒹葭苍苍,白露为霜"二句的字面与意境。

〔3〕客馆句:言客馆独居萧索,那堪又值秋末。更堪,岂堪,那堪。秋杪(miǎo秒),秋尽,秋末。杪,尽头。

〔4〕空阶二句:写狂风吹落叶的情景。木叶,树叶。屈原《湘夫人》:"袅袅兮秋风,洞庭波兮木叶下。"飒飒声干,指枯叶落地时发出的干裂的响声。

〔5〕黯无绪:心情黯淡,没有欢乐的情绪。

〔6〕天外三句:天边大雁悲叫,不知是为谁家送去归信。征鸿,远飞的大雁。归信,催归的书信。

〔7〕蛩(qióng穷):蟋蟀。幽窗:幽静的居室。寒砚:冰凉的砚台。鼠窥寒砚,常以衬托环境的凄清冷落。宋曾巩《遣兴》诗:"青灯闻鼠窥寒砚。"银釭(gāng缸):银白色的灯盏、烛台。

〔8〕梦枕二句:意谓多次从梦中惊醒,半围着被子独坐。按:用"梦"、"愁"修饰"枕"、"衾",乃移情于物。

〔9〕悄悄:忧愁的样子。

〔10〕方寸:指心、心绪。挠(náo恼阳平):恼乱,烦乱。

〔11〕断不成眠三句:谓整夜睡不着觉,无精打采,盼不到天亮。就中,其中,指夜间。

倾杯[1]

金风淡荡,渐秋光老、清宵永[2]。小院新晴天气,轻烟乍敛,皓月当轩练净[3]。对千里寒光,念幽期阻、当残景[4]。早是多情多病。那堪细把,旧约前欢重省[5]。　　最苦碧云信断,仙乡路杳,归鸿难倩[6]。每高歌、强遣离怀,惨咽、翻成心耿耿[7]。漏残露冷[8]。空赢得、悄悄无言,愁绪终难整。又是立尽、梧桐碎影。

〔1〕此首写月夜怀人。上片写景,下片抒情,结句尤富深韵。"立尽"二字最为警妙,可知词人伫立树下,愁绪万千,由月之当轩,千里寒光,直至月之西沉,碎影散尽。"立尽"前加"又是",知此情此境非止一日,人生之诸多"不得已"皆蕴注笔端。辛弃疾《满江红·敲碎离愁》阕结句为:"最苦是、立尽月黄昏,栏干曲。"论者谓之"'立尽'二字老辣"。观辛之词意,当从柳词脱胎。

〔2〕金风二句:谓秋风和舒,秋光迟暮,秋夜渐长。淡荡,水迂回缓流貌,引申为和舒。

〔3〕轻烟:淡淡的雾气。乍敛:刚刚消散。当:对着。轩:窗户。练:白绸。净:明净。

〔4〕幽期:指男女之间的幽会。残景:指暮秋的肃杀景象。

〔5〕省(xǐng醒):记忆,回想。

〔6〕碧云:碧空中的云。此喻远方佳人。仙乡:借称所爱人的居处。杳:远得不见踪影。归鸿:归雁。大雁春天北飞,秋天南飞,候时而来,故称归鸿。诗文中多以寄托归思。三国魏嵇康《赠秀才入军》诗之四:"目送归鸿,手挥五弦。"倩(qiàn欠):请,托。

〔7〕每高歌二句:谓每每强以高歌排遣离怀,可是声音凄惨哽咽,反而使内心更不得宁帖。翻,反而。

〔8〕漏残露冷:意谓夜将尽,寒气浓。漏残,残夜将尽时的滴漏。

207

倾杯[1]

鹜落霜洲,雁横烟渚[2],分明画出秋色。暮雨乍歇。小楫夜泊,宿苇村山驿[3]。何人月下临风处,起一声羌笛。离愁万绪,闻岸草、切切蛩吟如织[4]。　　为忆。芳容别后,水遥山远,何计凭鳞翼[5]。想绣阁深沉,争知憔悴损、天涯行客[6]。楚峡云归,高阳人散,寂寞狂踪迹[7]。望京国。空目断、远峰凝碧[8]。

〔1〕此首抒写羁旅离愁。柳永善写雨后日暮之秋景,此首亦是。起三句,以霜洲烟渚为背景,写野鸭翩然落下,征雁横空飞过,勾勒出一幅浅淡而又凄清的水乡秋色图。"暮雨"三句,写雨后夜泊村驿。"何人"四句,写月下临风闻笛,牵动"离愁",而蛩声切切,更扰乱心绪。下片承"离愁"而思忆佳人。一念水遥山远,音信杳然;二想绣阁深沉,怎知天涯行客憔悴瘦损;三借"云归"、"人散"隐喻前欢难觅;四以目断远峰暗示前景渺邈。全词上片重在描绘景色环境,而景中带情;下片重在抒发离情别绪,而结情于景。语言整散结合,典雅清丽。"鹜落霜洲,雁横烟渚"与"楚峡云归,高阳人散"两对句,工稳整练,而中间夹入"何人月下临风处,起一声羌笛"之散句,使整饬句中含有徐散之气。张炎《词源》说:"如起头八字相对,中间八字相对,却须用功著一字眼,如诗眼亦同。如八字既工,下句便合稍宽,庶不窒塞,……此词中之关键也。"柳词恰是"工"、"宽"相间,故觉精粹。

〔2〕鹜落二句:互文。鹜,野鸭。霜洲、烟渚,指烟霭弥漫于凝结轻

霜的小洲。

〔3〕小楫(jí急):小船。楫,船桨,代指船。苇村山驿:指可提供旅人歇息的水边村庄、山间旅店。

〔4〕何人四句:写月下闻笛,勾起了词人的离别之情,而蟋蟀的叫声,更增添了人的烦意。李白《春夜洛城闻笛》诗:"此夜曲中闻折柳,何人不起故园情。"此处暗用其意。蛩吟如织,形容蟋蟀的叫声嘈嘈切切,此起彼伏。织,喻纷繁交错。

〔5〕鳞翼:即鱼雁。代指书信。参见《倾杯·离宴殷勤》注〔10〕。

〔6〕憔悴:忧愁或病瘦的样子。损:副词,犹煞、极。表示程度之深。

〔7〕楚峡三句:意谓昔日的情侣恋人已经离散,过去的疏狂行迹已变成今天的寂寞情怀。楚峡云归,高阳人散,用宋玉《高唐赋》楚王梦神女事。楚峡,即巫峡,古属楚地,故称。

〔8〕望京国二句:谓远望京都杳杳,唯见山峰相连,一派浓绿。目断,远望至看不见,即望尽。凝碧,凝重浓郁的绿色。

鹤冲天〔1〕

黄金榜上〔2〕。偶失龙头望〔3〕。明代暂遗贤,如何向〔4〕。未遂风云便,争不恣狂荡〔5〕。何须论得丧〔6〕。才子词人,自是白衣卿相〔7〕。　　烟花巷陌,依约丹青屏障〔8〕。幸有意中人,堪寻访。且恁偎红翠〔9〕,风流事、平生畅〔10〕。青春都一饷〔11〕。忍把浮名,换了浅斟低唱〔12〕。

〔1〕此首抒发落第举子的牢骚与不平,表现了柳永青年时期狂傲

不羁的思想性格,影响很大。上片写他对落榜的态度。起首四句,自认落榜在自己不过是偶然失利,在朝廷不过是暂时遗贤。表面看来,不加贬抑,而内里却深含怨望。以下五句,言既然不能一酬壮志,那就恣意狂荡,做一个"才子词人"、"白衣卿相"。在此,柳永将自己的人生道路与价值取向突然逆转,显示了一种逆反心理与狂傲性格。下片写他今后的打算。"烟花巷陌"八句,言偎红倚翠,是平生畅事,青春短暂,应及时行乐。"忍把浮名"二句,绾结全篇,坦率道出对功名的鄙弃态度,不惟出言不逊,直是惊世骇俗! 但应指出的是,这不过是落第举子一时的愤激与解嘲之语,并非真的与功名决裂。事实上,他后来又参加了考试。却因仁宗皇帝知道了此词,将他黜落(见宋人吴曾《能改斋漫录》卷十六)。柳永自是不得志,留连坊曲,自称"奉旨填词柳三变"。

〔2〕黄金榜:即黄榜,殿试后朝廷发布的中式者名单。用黄纸书写,故名。

〔3〕龙头望:指高中(zhòng 众)的希望。龙头,科举时代称状元为龙头或龙首。

〔4〕明代:政治教化清明的时代。暂:暂时。遗贤:弃置贤才。《尚书·大禹谟》:"野无遗贤,万邦咸宁。"是说社会清明安定,便不会弃置贤才。此句既言"明代",却"遗贤",显然语含讥讽。如何向:张相《诗词曲语辞汇释》:"凡曰如何向,犹云如之何。"

〔5〕未遂句:言自己尚未遇到侍奉明主的机会。风云:《易经·乾·文言》:"云从龙,风从虎,圣人作而万物睹。"后因以"风云"喻君臣相得的机遇,或指英雄遇上了大展宏图的机会。争:怎。恣:恣意,纵情。

〔6〕何须:何必。论得丧:计较得失。

〔7〕自是:本来是。白衣:古代平民穿白衣,因称无功名或无官职的人为白衣。卿相:执政的大臣。柳永自封为白衣卿相,乃自嘲自傲之语。

〔8〕烟花二句:意谓妓馆美艳如画。烟花巷陌:妓女聚居的地方。

依约:隐约。丹青屏障:绘有彩画的屏风。"依约"句,本自韦庄《将卜兰芷村居留别郡中在仕》诗:"结茅依约画屏中。"

〔9〕 且恁:姑且这样。偎(wēi 威),紧贴,挨着。红翠:指穿红着绿的妓女。

〔10〕 风流事:指男女间的情事。平生畅:一生畅快。

〔11〕 青春句:极言青春短暂。一饷(xiǎng 想),一顿饭的时间。意思近于"一晌"。

〔12〕 忍把二句:谓怎忍用功名去换浅斟低唱。即是说,浮名不如浅斟低唱更可贵。忍,怎么忍心。把,拿,用。浮名,虚名,指功名。宋范仲淹《剔银灯》词:"人世都无百岁。少痴呆、老成尪悴。只有中间,些子少年,忍把浮名牵系。"浅斟低唱,指饮酒听歌,也包括为歌妓谱写新曲新词。

木兰花[1] 杏花

剪裁用尽春工意[2]。浅蘸朝霞千万蕊[3]。天然淡泞好精神[4],洗尽严妆方见媚。　　风亭月榭闲相倚[5]。紫玉枝俏红蜡蒂[6]。假饶花落未消愁[7],煮酒杯盘催结子[8]。

〔1〕 此首写杏花。上片写杏花开放的美丽姿态。从形到神,运用比喻、夸张之手法,写出了杏花美丽又朴素的标格。下片将杏花与文人闲情糅合而写。风亭月榭,杏花闲雅相倚,令人叹赏。纵使花落而闲愁未消,则催其结子,佐酒消愁,写来别有情韵。由此首写杏花之"天然淡泞",与《满江红》写歌妓之"天真"、"自然",足以见出柳永审美趣味的一个方面。

〔2〕意:创意。

〔3〕浅蘸句:谓杏花的绚丽之色,是春工蘸取朝霞的色彩点染而成。蕊,花朵。

〔4〕天然:天生。淡泞,清新明净。好精神:指有风采、韵致。

〔5〕风亭句:言杏花常与亭榭相倚,风前月下,极为闲雅。风亭月榭,参见《安公子·远岸收残雨》注〔10〕。

〔6〕紫玉:多称紫竹,此处喻杏枝。俏:俏丽,美丽。红蜡蒂:喻杏花。

〔7〕假饶:即使,纵使。为假定之辞。

〔8〕催:催促。结子:结出果实。此指结成杏子。

倾杯乐〔1〕

楼锁轻烟,水横斜照〔2〕,遥山半隐愁碧〔3〕。片帆岸远,行客路杳,簇一天寒色〔4〕。楚梅映雪数枝艳,报青春消息〔5〕。年华梦促,音信断、声远飞鸿南北〔6〕。　　算伊别来无绪,翠消红减,双带长抛掷〔7〕。但泪眼沉迷,看朱成碧〔8〕。惹闲愁堆积。雨意云情,酒心花态,孤负高阳客〔9〕。梦难极。和梦也,多时间隔〔10〕。

〔1〕此首写旅途怀人之情,作于楚地。上片写旅途风物,下片写思念佳人,题材已不觉新鲜。但此词写景绘色、遣词炼句,清雅别致,读来仍觉独具韵味。上片一起六句,将楼台、轻烟、碧水、斜阳、远山、遥岸、片帆、行客,皆拢于"一天寒色"之中,构成一幅冷色调的画面。而"楚梅映

雪"二句,点染出白雪红梅,不仅顿使画面增添几多暖色、几多生机,而且由冬去春来触发了词人的岁月之感、怀人之思。故为一篇词眼。下片"算伊别来"五句,设想佳人思己。言她衣带长抛,泪眼沉迷,看朱成碧,虽悬想而极传神。"惹闲愁"以下六句写己之思人。先自责辜负佳人,又伤叹无由梦见,愈实说而愈有味。至于全篇起头八字相对,中间八字相对,其间著一词眼之特点,亦如《倾杯·鹜落霜洲》,可参阅。

〔2〕楼锁二句:谓楼头轻烟凝聚,斜阳横照水面。斜照,傍晚西斜的太阳。

〔3〕遥山句:谓远处的山峰一半隐没于青碧的山色之中。愁碧,指山色青碧,在愁人看来更添愁绪。李白《菩萨蛮》词:"寒山一带伤心碧。"

〔4〕片帆三句:谓孤舟离岸渐远,行客路途遥远,水天一派清寒的景色。簇,聚集。

〔5〕楚梅二句:谓红梅映雪,尤为艳丽,已报知春天到来的消息。楚梅,指楚地的梅花。宋梅尧臣《读吴正仲重台梅花诗》:"楚梅何多叶,缥蒂攒琼魂。"

〔6〕年华二句:谓时间短促,而彼此音信断绝,还得忍受离别相思之苦。飞鸿,飞雁。

〔7〕算伊三句:谓料想她与我别后,身体消瘦,衣带也常抛掷一边。意谓懒于装束。翠消红减,叶落花衰,形容佳人消瘦。双带,指衣带。

〔8〕沉迷:指泪眼模糊。看朱成碧:将红的看成绿的。唐武则天《如意娘》诗:"看朱成碧思纷纷,憔悴支离为忆君。"

〔9〕雨意三句:意谓我辜负了佳人的浓情蜜意。雨意云情,用楚王梦巫山神女典,代指佳人的情意。酒心,饮酒时的兴致情趣。花态,如花般的美态。酒心花态,与《祭天神》词中"酒态花情"意思相近。高阳客,代指所思佳人。参见《倾杯·鹜落霜洲》注〔7〕。

〔10〕 梦难极三句:意谓楚王能梦神女,而我不但难梦佳人,近来连梦也要隔很长时间才做一次。此极言与佳人无由相见之悲哀。极,至,到达。和,连也。秦观《阮郎归》:"梦魂纵有也成虚,那堪和梦无。"

瑞鹧鸪〔1〕

吹破残烟入夜风〔2〕。一轩明月上帘栊〔3〕。因惊路远人还远,纵得心同寝未同。　　情脉脉,意忡忡〔4〕。碧云归去认无踪〔5〕。只应曾向前生里〔6〕,爱把鸳鸯两处笼〔7〕。

〔1〕此首写相思之情。起二句"夜风"、"明月"暗示愁人夜不成眠。"因惊"二句,巧用连珠对句,写山遥水远两处分隔的相思之苦,思笔摇荡,声情流转。换头两用叠字,状情思之连绵与内心之忧愁。"碧云归去",借喻佳人芳踪难觅。结拍二句,痴想今生佳侣难聚,只怕是前生爱把鸳鸯分笼,语愈痴愈朴,情愈真愈浓。

〔2〕吹破:吹散。残烟:未消尽的雾气。

〔3〕轩:有窗户的长廊。帘栊:窗帘和窗牖。

〔4〕脉(mò 默)脉:形容情思连绵不断。忡(chōng 冲)忡:忧愁的样子。《诗经·召南·草虫》:"未见君子,忧心忡忡。"

〔5〕碧云:碧空中的云。此指佳人。参见《倾杯·金风淡荡》注〔6〕。

〔6〕只应(yīng 英):只是,有推度之意。向:在。前生:前一辈子。

〔7〕爱把句:言爱把一对鸳鸯分置两处。笼,名词用作动词,指置于笼中。

梁州令[1]

梦觉纱窗晓[2]。残灯掩然空照[3]。因思人事苦萦牵[4],离愁别恨,无限何时了[5]。　　怜深定是心肠小。往往成烦恼[6]。一生惆怅情多少。月不长圆,春色易为老。

〔1〕此首写梦醒后的惆怅。比之柳永其他长调慢词,此词浅显流畅,语淡意浓,颇得唐五代韦庄词之遗风。上片写梦醒。晓色入窗,残灯空照,暗思人事苦萦,致离愁别恨无限,不禁黯然神伤。下片抒发感慨。换头二句,点出愁恨烦恼皆因"怜深",而"怜深"又因"心肠小"。所谓"心肠小",即是情意深挚,能入而不能出。故逼出"一生惆怅情多少"句。一个"情"字正是词心。"月不长圆"二句,缘情设喻,感叹欢聚难久,青春易逝,正为情而伤惋。

〔2〕晓:拂晓,天快亮的时候。

〔3〕掩然:摇曳昏暗貌。

〔4〕人事:人的离合、境遇、存亡等各种事情。此处以离别之事为主。故下句言"离愁别恨"。萦牵:纠缠牵连。

〔5〕何时了:什么时候才能了结。李煜《虞美人》词:"春花秋月何时了?"

〔6〕怜深二句:谓爱得太深,往往铸成许多烦恼。心肠小:指情感过于投入,放不下丢不开。

夜半乐[1]

艳阳天气,烟细风暖[2]、芳郊澄朗闲凝伫[3]。渐妆点亭台,参差佳树[4]。舞腰困力[5],垂杨绿映,浅桃秾李夭夭[6],嫩红无数[7]。度绮燕、流莺斗双语[8]。　　翠娥南陌簇簇[9],蹑影红阴[10],缓移娇步。抬粉面、韶容花光相妒[11]。绛绡袖举[12]。云鬟风颤[13],半遮檀口含羞,背人偷顾[14]。竞斗草,金钗笑争赌[15]。　　对此嘉景,顿觉消凝[16],惹成愁绪。念解佩、轻盈在何处[17]。忍良时、孤负少年等闲度[18]。空望极、回首斜阳暮[19]。叹浪萍风梗知何去[20]。

〔1〕此首以春日嘉景反衬羁旅愁绪。分三片。上片描绘郊野春景。依次写艳阳天气、桃李佳树、绮燕流莺,宛然一幅色彩明艳、充满生机的春郊图。中片写佳人游春。词人用动态描写,把佳人的举手投足、一颦一笑,写得活泼娇艳,妩媚动人。然而这美丽春色、妩媚佳人,不过是春郊图上的背景与陪衬,主角则是起三句即点出的"闲凝伫"的词人。下片写他的对景伤情。他面对嘉景,触动愁绪,念及情侣,深感辜负少年时光。"空望极"二句,以景结情,点出愁绪之内涵乃是喟叹漂泊、自伤迟暮。至此,仕途之蹇,身世之感,翻成本篇主旨。

〔2〕烟细:雾气轻微。

〔3〕澄朗:清朗。闲:空闲,无事。凝伫:凝神伫立。

〔4〕渐:正。妆点:妆扮点缀。参差佳树:指高高低低的各种树木。

〔5〕舞腰:形容风中的柳枝。白居易《杨柳枝词》:"叶含浓露如啼眼,枝袅轻风似舞腰。"困力:指柳枝柔弱。

〔6〕浅桃:浅色的桃花。秾李:华美的李花。夭夭:形容花草茂盛而艳丽。《诗经·周南·桃夭》:"桃之夭夭,灼灼其华。"

〔7〕嫩红无数:柔嫩的花草数不清。

〔8〕度绮燕句:谓莺、燕穿过佳树,双双对语,声音宛转动听。度,过。绮燕,美丽的燕子。流莺,即莺。流,谓其鸣声流丽宛转。斗,张相《诗词曲语辞汇释》:"斗,犹对也。"

〔9〕翠娥:指美丽的女子。南陌:南面的道路。泛指道路。簇簇:指成对成行。

〔10〕蹑影红阴:踩踏花树的影子。

〔11〕粉面:指女子的面孔。韶容:美丽的容貌。花光:花的色彩。相妒:谓花也要妒忌女子们的美丽。

〔12〕绛绡:红色绡绢。绡为生丝织成的薄纱、细绢。举,飘。

〔13〕云鬟:高耸的环形发髻。风颤:在风中颤动。

〔14〕半遮二句:谓她们含羞遮住半边面,背过人去偷偷顾盼。檀口,犹言朱唇。

〔15〕竞斗草句:谓她们玩斗草的游戏,不惜用金钗打赌。

〔16〕消凝:消魂、凝神。

〔17〕念解佩句:谓念及我所钟情的女子不知在何处。解佩,解下佩玉。旧题汉刘向《列仙传》卷上《江妃二女》载,郑交甫于江滨逢江妃二女,"见而悦之,不知其神人也。谓其仆曰:'我欲下请其佩。'"二女"遂手解佩与交甫。交甫悦,受而怀之中当心,趋去数十步,视佩,空怀无佩。顾二女,忽然不见。"后因以"解佩"喻自己钟情的女子。

〔18〕忍良时句:谓怎忍辜负了少年好时光,将它随便度过。

〔19〕望极:望尽。极,尽头。斜阳暮:日落的时候,傍晚。

〔20〕浪萍风梗:浪中飘萍风中断梗。比喻飘泊无定。是柳词中常用的意象。

爪茉莉〔1〕

每到秋来,转添甚况味〔2〕。金风动、冷清清地〔3〕。残蝉噪晚,甚聒得、人心欲碎〔4〕。更休道、宋玉多悲,石人、也须下泪〔5〕。　衾寒枕冷,夜迢迢、更无寐〔6〕。深院静、月明风细。巴巴望晓,怎生捱、更迢递〔7〕。料我儿、只在枕头根底,等人来、睡梦里〔8〕。

〔1〕此首写秋来孤眠之苦。此词将书面语与口语巧妙结合,娓娓诉说秋日孤眠滋味,情感真切,体会入微,声口毕现,尤其是三个"更"(更休道、更无寐、更迢递),起到了强调、渲染的作用,读之若身历其境,颇能引起有类似体验者的共鸣。清沈谦《填词杂说》谓:"词不在大小浅深,贵于移情。……柳屯田'每到秋来'一曲,极孤眠之苦。予尝宿御儿客舍,倚枕自歌,能移我情,不知文之工拙也。"

〔2〕转:渐。陶渊明《杂诗十二首》:"气力渐衰损,转觉日不如。"甚:什么。况味:景况和滋味。

〔3〕金风:秋风。

〔4〕残蝉:秋天的蝉。噪:虫鸟的喧叫。甚:为什么。聒(guō 郭)得:声音嘈杂,使人厌烦。

〔5〕更休道二句:谓莫要说像宋玉那样善为悲秋的人深感凄凉,就是石头雕刻的人也会伤心落泪。

218

〔6〕迢迢:时间久长貌。唐戴叔伦《雨》诗:"历历愁心乱,迢迢独夜长。"

〔7〕巴巴二句:谓眼巴巴地盼着天亮,怎么越是难捱,夜越是漫长。捱(ái挨),困难地度过时光。怎生,怎么。迢递,漫长,遥远。

〔8〕料我儿二句:谓料想我的心上人也在枕上盼望我能入她的梦里。我儿,我的可儿之省略,对心上人的昵称。

十二时〔1〕

晚晴初,淡烟笼月〔2〕,风透蟾光如洗〔3〕。觉翠帐、凉生秋思。渐入微寒天气。败叶敲窗,西风满院,睡不成还起。更漏咽、滴破忧心〔4〕,万感并生,都在离人愁耳。　天怎知、当时一句,做得十分萦系〔5〕。夜永有时,分明枕上,觑着孜孜地〔6〕。烛暗时酒醒,元来又是梦里。　睡觉来、披衣独坐,万种无憀情意〔7〕。怎得伊来,重谐云雨,再整馀香被〔8〕。祝告天发愿,从今永无抛弃〔9〕。

〔1〕《十二时》本是敦煌古曲,分上下两片,柳永旧曲新翻,破为三片,更富声情变化之美。词写相思离愁。上片由秋夜之景引出离愁。先以工致之笔描绘出晴爽夜景;继而以"败叶"、"西风"等萧疏物象,补足秋思秋意;复以更漏之声引出"忧心"、"离愁"。以上描写,声象结合,遣词精当。中片追忆旧情回味梦境。包含两个时空:一是当初盟誓,致使情牵梦萦;二是枕上所见,酒醒却是梦里。写来情痴意真,感荡人心。下片写万般思念祝发心愿。抒情不加遮拦,一泄无馀。此词所写不过俗事

俗情,而能以工丽之语摹写景物,以口语俗语叙事抒情,妙在谐和自然,浑化无碍,故觉援雅入俗,俗不失雅。

〔2〕晚晴:傍晚晴朗的天色。笼(lǒng拢):笼罩。

〔3〕蟾光:月光。唐皎然《溪上月》诗:"蟾光散浦溆,素影动沧漪。"

〔4〕更漏句:谓更漏声幽咽,令分离之人充满忧愁的心为之破碎。咽,声音因阻塞而低沉。此处移情于物,故觉更漏声咽。李白《忆秦娥》词:"箫声咽。秦娥梦断秦楼月。"

〔5〕天怎知二句:谓连老天也未曾料到,当时的一句盟誓,竟将两人紧紧牵系。

〔6〕分明二句:谓分明看见佳人容颜姣好就在枕边。觑(qù去),细看。孜孜地,美好的样子。宋毛滂《菩萨蛮》词:"端端正正人如月,孜孜媚媚花如颊。"

〔7〕觉来:醒来。无憀:空闲而烦闷、郁闷的心情。宋范成大《枕上二绝效杨廷秀》:"无憀滋味厌残更。"与此意同。

〔8〕怎得三句:谓怎样才能使她再来重温欢情。云雨,指男女欢会。馀香,指女子留下的香气。

〔9〕祝告二句:谓到那时一定对天发誓,从此永不分开。祝告,祷告。

柳永词评辑要

大抵以《花间集》中所载为宗,然多小阕。至柳耆卿,始铺叙展衍,备足无馀,形容盛明,千载如逢当日,较之《花间》所集,韵终不胜。

（宋李之仪《姑溪居士文集》卷四《跋吴思道小词》,《四库全书》本）

予观柳氏乐章,喜其能道嘉祐中太平气象,如观杜甫诗,典雅文华,无所不有。是时予方为儿,犹想见其风俗,欢声和气,洋溢道路之间,动植咸若。令人歌柳词,闻其声,听其词,如丁斯时,使人慨然有感。呜呼！太平气象,柳能一写于乐章,所谓词人盛世之黼藻,岂可废耶！

（宋黄裳《演山集》卷三五《书〈乐章集〉后》,《四库全书》本）

东坡云:世言柳耆卿曲俗,非也。如《八声甘州》云:"霜风凄紧,关河冷落,残照当楼。"此语于诗句不减唐人高处。

（宋赵令畤《侯鲭录》卷七,《四库全书》本）

耆卿以歌词显名于仁宗朝,官为屯田员外郎,故世号柳屯田。其词虽极工致,然多杂以鄙语,故流俗人尤喜道之。其后欧、苏诸公继出,文格一变,至为歌词,体制高雅。柳氏之作,殆不复称于文士之口,然流俗好之自若也。

（宋徐度《却扫编》卷五,《四库全书》本）

柳词格固不高,而音律谐婉,语意妥帖,承平气象,形容曲尽,尤工于羁旅行役。

(宋陈振孙《直斋书录解题》卷二一,《四库全书》本)

张子野与柳耆卿齐名,而时以子野不及耆卿。然子野韵高,是耆卿所乏处。

(宋魏庆之《魏庆之词话》引晁无咎评,《词话丛编》本)

逮至本朝,礼乐文武大备,又涵养百年,始有柳屯田永者,变旧声作新声,出《乐章集》,大得声称于世。虽协音律,而辞语尘下。

(宋魏庆之《魏庆之词话》引李清照《词论》,《词话丛编》本)

柳耆卿《乐章集》,世多爱赏该洽,序事闲暇,有首有尾,亦间出佳语,又能择声律谐美者用之。惟是浅近卑俗,自成一体,不知书者尤好之。予尝以比都下富儿,虽脱村野,而声态可憎。前辈云:"《离骚》寂寞千年后,《戚氏》凄凉一曲终。"《戚氏》,柳所作也。柳何敢知世间有《离骚》,惟贺方回、周美成时时得之。

(宋王灼《碧鸡漫志》卷二,《词话丛编》本)

仁宗留意儒雅,务本理道,深斥浮艳虚薄之文。初,进士柳三变好为淫冶讴歌之曲,传播四方。尝有《鹤冲天》词云:"忍把浮名,换了浅斟低唱。"及临轩放榜,特落之,曰:"且去浅斟低唱,何要浮名!"景祐元年方及第。后改名永,方得磨勘转官。

(宋吴曾《能改斋漫录》卷一六,《四库全书》本)

柳三变游东都南北二巷,作新乐府,骫骳(wán bèi 完备)从俗,天下咏之,遂传禁中。宋仁宗颇好其词,每对酒,必使侍妓歌之再三。三变闻之,作宫词号《醉蓬莱》,因内官达后宫,且求其助。后仁宗闻而觉之,自是不复歌此词矣。会改京官,乃以无行黜之。后改名永,仕至屯田员外郎。

(宋胡仔《苕溪渔隐丛话》前集卷五九引《后山诗话》,
人民文学出版社一九八四年本)

柳三变,字景庄,一名永,字耆卿,喜作小词,然薄于操行。当时有荐其才者,上曰:"得非填词柳三变乎?"曰:"然。"上曰:"且去填词。"由是不得志,日与獧子纵游娼馆酒楼间,无复检约,自称云:"奉圣旨填词柳三变"。……柳之乐章,人多称之。然大概非羁旅穷愁之词,则闺门淫媟之语。若以欧阳永叔、晏叔原、苏子瞻、黄鲁直、张子野、秦少游辈较之,万万相辽。彼其所以传名者,直以言多近俗,俗子易悦故也。

(同上书后集卷三九引《艺苑雌黄》卷三,《四库全书》本)

永亦善为他文辞,而偶先以是得名,始悔为己累。……尝见一西夏归朝官云:"凡有井水饮处,即能歌柳词。"

(宋叶梦得《避暑录话》卷三,《四库全书》本)

项平斋自号江陵病叟,余侍先君往荆南,所训学诗当学杜诗,学词当学柳词。扣其所云,杜诗柳词皆无表德,只是实说。

(宋张端义《贵耳集》卷上,《四库全书》本)

词欲雅而正,志之所之,一为情所役,则失其雅正之音。耆卿、伯可不必论,虽美成亦有所不免。……康、柳词亦自批风抹月中来,风月二字,在我发挥,二公则为风月所使耳。

(宋张炎《词源》卷下,《词话丛编》本)

康伯可、柳耆卿音律甚谐,句法亦多有好处。然未免有鄙俗气。

(宋沈义父《乐府指迷》,《词话丛编》本)

李氏、晏氏父子、耆卿、子野、美成、少游、易安至矣,词之正宗也。
"今宵酒醒何处,杨柳岸、晓风残月。"与秦少游"酒醒处,残阳乱鸦",同一景事,而柳尤胜。
美成能作景语,不能作情语,能入丽字,不能入雅字,以故价微劣于柳。

(明王世贞《艺苑卮言》,《词话丛编》本)

盖词本管弦冶荡之音,而永所作旖旎近情,故使人易入。虽颇以俗为病,然好之者终不绝也。

(清《四库全书总目》,中华书局本)

僻调之多,以柳屯田为最。

(清邹祗谟《远志斋词衷》,《词话丛编》本)

柳七亦自有唐人妙境,今人但从浅俚处求之,遂使金荃、兰畹之音,流入挂枝、黄莺之调,此学柳之过也。

(清彭孙遹《金粟词话》,《词话丛编》本)

苏东坡曰:山抹微云秦学士,露花倒影柳屯田,微以气格为病。
蔡伯世曰:子野词胜乎情,耆卿情胜乎词。

《吹剑录》曰:东坡在玉堂日,有幕士善歌,因问我词何如耆卿。对曰,郎中词,只好十七八女子,执红牙按歌"杨柳岸晓风残月"。学士词,须关西大汉铁绰板,唱"大江东去"。为之绝倒。

(清沈雄《古今词话·词话上卷》,《词话丛编》本)

耆卿为世訾謷久矣,然其铺叙委宛,言近意远,森秀幽淡之趣在骨。耆卿乐府多,故恶滥可笑者多,使能珍重下笔,则北宋高手也。

(清周济《介存斋论词杂著》,《词话丛编》本)

耆卿镕情入景,故淡远。

周、柳、黄、晁,皆喜为俚语,山谷尤甚。

词笔不外顺逆反正,尤妙在複在脱。複处无垂不缩,故脱处如望海上三山妙发。温、韦、晏、周、欧、柳,推演尽致,南渡诸公,罕復从事矣。

(清周济《宋四家词选目录序论》,《词话丛编》本)

柳词总以平叙见长,或发端,或结尾,或换头,以一二语勾勒提掇,有千钧之力。

清真词多从耆卿夺胎,思力沉挚处往往出蓝。然耆卿秀淡幽艳,是不可及。后人擩其乐章,訾为俗笔,真瞽说也。

(清周济《宋四家词选眉批》,《词话丛编》本)

耆卿失意无俚,流连坊曲,遂尽收俚俗语言,编入词中,以便伎人传习。一时动听,散播四方。其后东坡、少游、山谷辈,相继有作,慢词遂盛。……使大雅,则歌者不易习,亦风会使然也。……柳词曲折委婉,而中具浑沦之气。虽多俚语,而高处足冠群流,倚声家当尸而祝之。如竹垞所录,皆精金粹玉。以屯田一生精力在是,不似东坡辈以余事为

225

之也。

（清宋翔凤《乐府馀论》，《词话丛编》本）

柳耆卿以词名景祐皇祐间。乐章集中，冶游之作居其半，率皆轻浮猥媟，取誉筝琶。如当时人所讥，有教坊丁大使意。惟雨霖铃之"今宵酒醒何处，杨柳岸晓风残月"，雪梅香之"渔市孤烟袅寒碧"，差近风雅。八声甘州之"渐霜风凄紧，关河冷落，残照当楼"，乃不减唐人语。远岸收残雨（按：指《安公子》）一阕，亦通体清旷，涤尽铅华。昔东坡读孟郊诗作诗云："寒灯照昏花，佳处时一遭。孤芳擢荒秽，苦语馀诗骚。"吾于屯田词亦云。

（清邓廷桢《双砚斋词话》，《词话丛编》本）

耆卿词，曲处能直，密处能疏，奡（ào奥）处能平，状难状之景，达难达之情，而出之以自然，自是北宋巨手。然好为俳体，词多媟黩，有不仅如提要所云"以俗为病"者。《避暑录话》谓："凡有井水饮处，即能歌柳词。"三变之为世诟病，亦未尝不由于此。盖与其千夫竞声，毋宁白雪之寡和也。

（清冯煦《蒿庵论词》，《词话丛编》本）

柳耆卿词，昔人比之杜诗，为其实说，无表德也。余谓此论其体则然，若论其旨，少陵恐不许之。

耆卿词细密而妥溜，明白而家常，善于叙事，有过前人。惟绮罗香泽之态，所在多有，故觉风期未上耳。

南宋词近耆卿者多，近少游者少，少游疏而耆卿密也。

词品喻诸诗，东坡、稼轩，李杜也。耆卿，香山也。

（清刘熙载《艺概·词曲概》，《词话丛编》本）

226

秦写山川之景，柳写羁旅之情，俱臻绝顶，有不可以言语形容者。

（清陈廷焯《词坛丛话》，《词话丛编》本）

耆卿词，善于铺叙，羁旅行役，尤属擅长。然意境不高，思路微左，全失温、韦忠厚之意。词人变古，耆卿首作俑也。

（清陈廷焯《白雨斋词话》，《词话丛编》本）

耆卿词多本色语，所谓有井水处，能歌柳词，时人为之语曰"晓风残月柳三变"，又曰"露花倒影柳屯田"，非虚誉也。特其词婉而不文，语纤而气雌下，盖骩骳从俗者。以发乎情止乎礼义之旨绳之，则望景先逝矣。胡致堂谓为掩众制而尽其妙，盖耳食之言耳。

（清张德瀛《词徵》卷五，《词话丛编》本）

古今之成大事业、大学问者，必经过三种之境界。"昨夜西风凋碧树，独上高楼，望尽天涯路"，此第一境也。"衣带渐宽终不悔，为伊消得人憔悴"，此第二境也。"众里寻他千百度，回头蓦见，那人正在，灯火阑珊处"，此第三境也。此等语非大词人不能道。

（近人王国维《人间词话》，《词话丛编》本）

长调自以周、柳、苏、辛为最工。美成《浪淘沙慢》二词，精壮顿挫，已开北曲之先声。若屯田之《八声甘州》、东坡之《水调歌头》，则伫兴之作，格高千古，不能以常调论也。

（近人王国维《人间词话删稿》，《词话丛编》本）

柳屯田《乐章集》,为词家正体之一,又为金元以还乐语所自出。

(近人况周颐《蕙风词话》卷三,《词话丛编》本)

屯田,北宋专家,其高浑处不减清真。长调尤能以沉雄之魄,清劲之气,写奇丽之情,作挥绰之声。

私辑柳词之深美者,精选三十馀解,更冥探其一词之命意所注,确有层折,如画龙点睛,神观飞越,只在一二笔,便尔破壁飞去也。盖能见耆卿之骨,始可通清真之神。不独声律之空积忽微,以岁世绵邈而求之至难,即文字之托于音,切于情,发而中节,亦非深于文章,贯串百家,不能识其流别。

(清郑文焯《与人论词遗札》,引自龙榆生《唐宋名家词选》)

耆卿词,当分雅、俚二类。雅词用六朝小品文赋法,层层铺叙,情景兼融,一笔到底,始终不懈。俚词袭五代淫波之风气,开金、元曲子之先声,比于里巷歌谣,亦复自成一格。

耆卿写景无不工,造句不事雕琢。清真效之。故学清真词者,不可不读柳词。耆卿多平铺直叙。清真特变其法,一篇之中,回环往复,一唱三叹。故慢词始盛于耆卿,大成于清真。

(近人夏敬观《手评乐章集》,引自龙榆生《唐宋名家词选》)

屯田为北宋创调名家,所为词,得失参半。其倡楼信笔之作,每以俳体为世诟病,万不可学。至其佳词,则章法精严,极离合顺逆贯串映带之妙,下开清真、梦窗词法。而描写景物,亦极工丽。

柳词胜处,在气骨,不在字面。其写景处,远胜其抒情处。而章法大开大阖,为后起清真、梦窗诸家所取法,信为创调名家。如《玉蝴蝶》"望处雨收云断"、《夜半乐》"冻云黯淡天气"、《安公子》"远岸收残雨"、《倾杯乐》"木落霜洲"、《卜算子慢》"江枫渐老"、《甘州》"对潇潇暮雨洒江天"诸阕,写羁旅行役中秋景,均穷极工巧。

周词渊源,全自柳出。其写情用赋笔,纯是屯田家法。……陈裵碧有言:能见耆卿之骨,始能通清真之神。目光如炬,突过王晦叔、张玉田诸贤远甚。

(蔡嵩云《柯亭词论》,《词话丛编》本)

柳永高浑处、清劲处、沉雄处、体会入微处,皆非他人展齿所到。且慢词于宋,蔚为大国。自有三变,格调始成。

(近人陈匪石《声执》卷下,《词话丛编》本)